給孩子的港臺散文

給孩子的港臺散文

劉紹銘、梁淑雯　選編

香港中文大學出版社

《給孩子的港臺散文》
劉紹銘、梁淑雯　選編

國際統一書號（ISBN）：978-988-237-116-3

2019年第一版
2023年第二次印刷

出版：香港中文大學出版社
香港 新界 沙田・香港中文大學
傳真：+852 2603 7355
電郵：cup@cuhk.edu.hk
網址：cup.cuhk.edu.hk

Selected Essays from Hong Kong and Taiwan for Children
Edited by Joseph S. M. Lau and Leung Shuk Man

ISBN: 978-988-237-116-3

First edition 2019
Second printing 2023

Published by The Chinese University of Hong Kong Press
The Chinese University of Hong Kong
Sha Tin, N.T., Hong Kong
Fax: +852 2603 7355
Email: cup@cuhk.edu.hk
Website: cup.cuhk.edu.hk

Printed in Hong Kong

寫作用心者大都字字如琢如磨，豈容他人隨便潤色。「善為文者，富於萬篇，貧於一字」，萬一真碰到高手救此一字，那是沒話說了，只得拜服。寫作確要自愛，率爾操觚之作拿出去見人終歸要後悔的。

——董橋〈鍛句煉字是禮貌〉

目錄

臺灣篇

人間煙火（代序）

劉紹銘、梁淑雯

《給孩子的港臺散文》選集特定的讀者對象，順理成章應當是「孩子」。王安憶教授在她選編的《給孩子的故事》的序言裏為選材訂下標準：「事實上，如今『兒童文學』的任務也日益為『繪本』承擔……意味着在『孩子』的閱讀裏，小心地劃一條界線，進一步分工——我決定在所有的故事寫作，而不是專供給『兒童』的那一個文類中，挑選篇目，收集成書。」

王安憶的選稿標準，其實也是我們為《港臺散文》集稿時所用的標準。我們沒有往「兒童文學」這個特定文類去取經。這集子老少咸宜，讀者唯一不可或缺的是一顆童心，或時髦點說，得有些幽默感。有幽默感的人才會忍不住笑傲江湖，胸懷日月。《給孩子的港臺散文》雖突出了「孩子」的身份，卻絕不意味「長者不宜」。我們相信，文章只有好壞，卻無雅俗之分。我們相信，清風明月、水面落花固然是散文取景的素材，但散文的品種，可細分為雜文、小品、或隨筆諸如此類的稱謂，像何福仁的〈當狗遇上貓〉，當然是名正言順的散文，實際上也可稱為隨筆、小品文，雖然隨筆跟小品的分別，不易說清。

為了方便，本集把刊於臺灣和香港兩地刊物的作品分成臺港兩輯。在此不妨簡單的介紹一下臺灣和香港兩地的文化生態。嚴格來講，除了《香港文學》，香港再無定期出版的文藝雜誌，但不缺的是依附報紙副刊生存千字以內的「方塊文章」。短短的一塊豆腐空間，高手輩出，端的是「袖裏乾坤在，壺中日月長」。

散文要抖出韻味，空間寬敞得可以讓作者使出看家本領，先得打消字數框框的限制。臺灣的《聯合報》副刊和大型的綜合雜誌《天下》不時刊登名家散文，不受框框字限。如果不是這些刊物的照顧，我們說不定沒機會看到蔣亞妮的〈寫妳〉、簡媜的〈在茄紅素的領導下〉，更別說亮軒的〈哪個是老師？〉了。

《給孩子的港臺散文》絕對是老少咸宜的讀物。

香港篇

力匡（一九二七—一九九一），原名鄭健柏，筆名力匡、百木，上世紀五十年代香港最有名的詩人，曾辦《人人文學》和《海瀾》兩本文藝雜誌，扶植不少文壇新人。

三個香港

力匡

我的記憶中，有三個香港。

第一個香港，時間是在一九三七年，盧溝橋燃起了漫天烽火。七月裏的一個正午，有一架日本的偵察機由高空掠過白雲機場。廣州的市民慌了，說日本人要大舉轟炸廣州了。住在機場、火車站、碼頭和別的戰略重點附近的人，都認為最好遷居為良。但是，到哪裏去好呢？香港，是大多數人心目中的答案。香港只在廣九鐵路的另一端，朝發午至，不用護照，無需領事館簽證。還有，廣州人總有些親戚住在香港或九龍的，必要時，也可通有無，以解燃眉之急。

到香港「避難」的人，也包括我的一家，我家不富，住不起九龍塘或跑馬地。父親在深水埗汝州街和一個姓韓的朋友合租了一層樓。客廳公用，廚房亦然。韓家出三分之二的屋租，分得頭房和尾房。我家只出三分之一，就只有一房了。

韓家這「二房東」，完全不像香港地的包租婆。水電費全由他出，這還是小事，我記憶中，我家的交租，似乎不怎麼準時。又有一次，我的學費逾期未交，班主任下了最後通牒，我回家告訴母親。媽馬上到頭房和韓太太嘀咕了一陣子，出來時，我的學費就有了。

我那時在香江中學讀初中一，校長姓陳。校址在大埔道，後來搬到窩打老道，那是我讀中二時的事。

大埔道的舊校，附近有一小山，我們叫百步梯，我和韓家念小學的兩個小兄弟只上山玩過一次，就碰上了兩個亮着小刀的歹徒。韓家老大的手錶，鄭家老大的鋼筆，全完了。以後，我們再不敢上「百步梯」去。我們那時活動的範圍只限於深水埗。在汝州街騎腳踏車，到北河戲院看電影，再到戲院對面的甜品舖吃一碗紅豆沙。紅豆沙只要「三個仙」一碗，為我能力所及。龜苓膏兩毫子一碗，我從來也不敢夢想有此口福。要到中二那一年，我們學校一個校董的老婆瑤池返駕，學校派了一隊品學兼優的學生去送殯。我們坐校車去回，只是到了墳場，方下車走一段路，我們回校時，喪家給了每個送殯的親友一封「利是」，老幼一視同仁。我在校車上打開了一看，嘩！四毫子。

當天下午，我到北河街吃了一碗龜苓膏，膏底色黑，上加白糖，白瓷碗，小湯匙，呼嚕呼嚕，一下子就吃完了。吃完後的感覺是：不過爾爾。我以後沒有再吃龜苓膏，紅豆沙仍為我獨沽一味的甜品，此習慣四十五年未變。

第一個香港，在我生命中佔了兩年的時間。除了「百步梯」、龜苓膏之外，記憶中的那一個香港，有過一次「打大風」，一艘輪船被吹上岸，船頭擱在干諾道中，算是那兩年中的一件大事。

那時，香港人看的報紙，有《循環日報》、《華字日報》，內容如何，我就說不上來了。

我個人的成就，只有一事可記，就是在學校作文比賽中得了個初中二組的第二名。題目是〈我印象最深刻的一個人〉。那一年，我剛讀完胡適之寫的《差不多先生傳》，極為欣賞。於是，我也用諷刺的筆法，來寫我的一個舅舅，嬉笑怒罵，盡量發揮，自認必可掄元，但結果只得了個榜眼，狀元給一個女同學拿去了，她的題目是〈我的母親〉。我起先不服氣，但是，當我和別的同學一起在學校的「貼堂作文」上讀到她那篇文字樸素但感情豐富的文章後，我心服口服，也明白了一個「作文」的道理，最好的文章，是真情流露的文章。

一個人能夠一面流淚一面寫的文章，也必然能夠感動別人。後來，我更發現：作者動真感情來寫的文章，必然精彩。作者內心的喜、怒、哀、樂，會變為讀者心中的喜、怒、哀、樂。

初學寫作者，文齡較輕，感情雖豐富，但能發而不能收，如寫長篇時，每每後勁不繼。要能發能收，但文氣不斷，如大江東去，時平靜無波，時漣漪起伏，當到了險灘，遇到了砥柱，激起了滔天浪花、急劇狂流，鬼哭神號，驚心動魄，千古不朽的文章出現了。

我如今仍未寫出如此的作品。我十二歲時寫不出，五十八歲也未臻此高峰。

我家在香港住了兩年，就離開這東方之珠。那時，中國整條海岸線已為日軍佔領，廣州陷敵，我家的經濟來源斷了。母親的金戒指當了。我有好幾次拿過父親寫的信找親戚借錢，或十元，或五元，從未空手而回，學費沒法交了，陳校長准我免費，但人要吃飯，要買米，買油，買菜。我記得，有一天，我家沒吃飯，只燒了一大鍋粥，用黃糖攪拌，大家也還吃得挺香的。

吃粥後不久，我家回中國了，我們坐小船到鯊魚涌，步行到淡水，乘木船沿東江上溯，經惠州、河源、龍川，時間似乎有一個月，然後這才到和平縣境的東水。做和平法院院長的爺爺已派人在那裏等着，還僱了兩頂轎子，母親抱着四弟坐一頂，另一頂轎子大家輪流坐，但以我坐的時間最多，我是老大嘛！

和爺爺生活的日子，在和平縣立中學念書的日子，我常做在香港生活的夢，在北河街吃紅豆沙，在皇后大道中皇后戲院對面的安樂園餐室吃雪糕（冰淇淋），在山頂纜車站吃朱古力，一個南洋回港的親戚，帶我們一家去坐纜車，那是我第一次坐纜車；他買了一大包雀巢牌朱古力給我，那是我第一次吃朱古力。

午夜夢迴，那個和平縣立中學和後來龍川一中的學生常常希望，有一天重回香港。他終於重回香港，但那是十五年後的事了。

第二個香港，空間未變，時間變了，那是一九五二年。

我單槍匹馬闖江湖，我由海南島海口市一個碼頭下船，一艘單桅的木船，經硇洲島，到廣州灣，乘長途汽車到了江門。

我在江門碼頭徘徊了好久，不知道該北上廣州，還是南下澳門，再轉去香港。廣州是我出生地，東皋大道的市六三小，小北路的市二八小，石牌的中大，都是我的母校。雖然時移世易，好些事物都變了，但那兒一土一石，一山一水，對我仍然親切。香港呢，也有過我的童年，吃朱古力的童年，吃黃糖粥的童年。

我決定去香港。

我搭「龍門」船到澳門，再乘「西安」輪到香港。（西安輪後來失火焚毀了）我由省港澳碼頭出來，一個「差人」在閘口問我，對白很簡單，我在三十五年後仍然能背個一字不漏。

「你邊度人？」差人問。我想他是個「沙展」。

「廣州人。」那初出茅廬的大學生回答。

「數一二三四俾我聽。」

「一、二、三、四、五、六、七……」

我沒有數到十，那差人或沙展一揮手，說：「行啦！」

那時的移民條例規定，不會說純正廣州話的，不能進入香港。

我又在干諾道中了，我又看見我住過的中國旅店了。中環如故，太平山如故，江山無恙，我又回到香港。以前香港有我的家，母親噓寒問暖，弟妹笑語相歡。我吃過朱古力，我也吃過黃糖粥，我家並不富，但這是我的家。家的意思是，如果你受苦，你不會孤獨地受苦，一定有人陪你。

如潮的情感湧上心頭，但一下子潮又退了。這還不是我懷念或回憶的時刻，我要先找一個地方把自己安頓下來，我要有一張床，有一張吃飯的桌子。

相當長久的一段歲月，我睡的是帆布床，吃的是大牌檔。我在中環一間廉價旅店住了一陣子，那是我父親的朋友做東主的，他讓我住在賬房，到夜後十一時才可以睡覺，他讓我和店伴一起吃飯，雖是老闆吩咐的，但飯桌上多了一個人，多了一雙筷子，必然把飯菜分薄了。雖然我很有自知之明，起筷時只夾魚尾巴和雞骨頭。但還是聽到好些冷言冷語，「單單打打」，令人難受，幸好，這段時間一下子就過去了。這是我一生中只有一次的「失業」的經驗。

我在香港仔一間中學找到了一份一腳踢的教職。別人教不來的或不願教的，全都歸我負責。比如音樂，我也硬着頭皮來教了。鋼琴彈不好，彈風琴吧，學生問：「老師，為什麼不用鋼琴呀？」

「鋼琴壞了。」

在我擔任音樂課時，那鋼琴一直沒有修好。學校不急，我就更不急了。我只會彈《少女的祈禱》和《聖誕頌歌》，我的鋼琴技巧見不得人。

起先，我還住在中環那間旅店，天天到統一碼頭搭七號巴士到香港仔，七毫子車票，是我一項沉重的負擔。有一天，那間香港仔的學校的「校主」，忽然對我說：「你可以在圖書館住，不過，你只可用帆布床，學生放學後才可以開。」

我本來就睡帆布床，這點沒問題。學校一到了下午五時半，就沒有學生了，這比中環酒店的賬房的條件優厚得多。

我兼任圖書館主任，沒有另加津貼，這是自然的事。沒有這個銜頭，我就不能在圖書館開帆布床了。

我教音樂，我教國文。上午，我把圖書館的門打開；下午，我關上圖書館，把書架後面的帆布床和棉被拿出來。

我夏天常到香港仔墳場納涼，常到香港仔海邊看漁船出海和歸來。我在假期中常作遠足，到過黃竹坑，此地方，潮籍人很多，把地名讀成粵語的「五敵奇」。

香港仔的生活是寧謐的，和平的，只是，薪水太少了，每月才一百多元港幣。人望高處嘛，我到處打聽，看能不能找到一間待遇較合理的學校。

我不是羅師（羅富國師範學院）或葛師（葛量洪師範學院）出身，不能教「官校」，沒法拿高薪。但任何一間學校的待遇，都會比香港仔學校的薪水高的。教了一年多，我就和香港仔的水光山色告別了。

我在薄扶林道一間中學教國文，不必教音樂了，不必在圖書館開帆布床了。學校用的國文課本，是中華版，這原本就是我做高中生時讀的課本，翻開第一冊的第一課，是《詩經》的〈伐檀〉。「坎坎伐檀兮……」我曼聲吟哦，模仿我讀龍川一中時那位老秀才教員的調子。不過，那時他用客家話讀，而我現在用廣州話讀，我的廣州話，有東山的口音，很標準。

「鄭生，你讀書的聲音好聽極了。」一個女學生說。

「鄭生」，是廣州話鄭先生的簡稱。

我很開心，我說：「我用客家話讀還要好聽呢。」

我用客家話，讀〈伐檀〉，讀〈蒹葭〉，讀〈六月〉。還告訴學生們〈六月〉那首詩中的「服」字，讀若牆壁的「壁」字；而「國」字，則讀若疆域的「域」字。這都是書中的注解沒有提及的。學生大為佩服，認為鄭老師很「有料」。這話傳到校長耳中，我第二年的聘書就穩如泰山了。

在報刊上寫文章，對我並非新的經驗。我在初中時，就寫過一篇短文，列在廣東戰時的省會韶關的一份日報。讀高中時，我經常把稿子寄給在興寧出版的《建國日報》。在石牌做大學生時，我寄過一篇〈學校通訊〉給在香港的《星島日報》，一下子就刊出了。

香港重回，人還年輕，心情卻衰老了，現實了。教書的收入還不夠自己生活，遑論養高堂稚弟。搶劫銀行無此膽量，印偽鈔票無此技術，彈鋼琴連第一級文憑也沒有一張，還有別的途徑可以賺一些「外快」的嗎？想了想，只剩「賣文」一途了。

好些事情，似乎是命運的安排。我做中學生時，在興寧認識的一位極年輕的《建國日報》的編輯「潘仔」，後來在《星島晚報》做港聞編輯。

「我能不能替《星晚》寫些文章呀？」我到灣仔道星系報業公司和「潘仔」寒暄過後，我試探地問，他本來知道我會搖筆桿的。

「你先寫一兩篇寄來看看啦！」潘仔沒作肯定的答覆，他並不編「星晚」。

我記不起第一篇刊出的拙作是什麼了。我也記不起經過多久，我才被報館認為是可以栽培的新進作家。我只關心報館每半月結算的稿費是多少，是否可以幫助我解決柴米油鹽的難題。

如果我沒有記錯，在一九五二年，我教書的收入是兩百多元港幣（那時，一個教官校小學教師的收入約為此數的三倍）。寫稿呢，看行情好壞而定。行情好，多幾篇散文或詩見報，可有一百多元，行情差，就難說了。

一百多元港幣又是多少呢？我到灣仔一間洋服舖縫了一套勉強可以禦寒會客的西裝，花了四百多元。四百多元，那是三個月的稿費了。為了一套西裝，我要寫二三十篇散文和詩，這還要編者賞臉刊出才行。

我不知道，這世上還有沒有哪一門行業，像「作家」這一行，需要那麼多的專業知識和技巧，但卻只換來那麼微薄的報酬。

我說的作家，自然不是作品同時在美國一百多間報紙刊出的包可華。或小說一出版，就有電影商高價買去改編電影版權的弗烈德力．科西斯。我說的是咱們這些一點一撇一捺地湊成一個方塊字的作家，寫作的題材也不是如《查泰來夫人的情人》那麼吸引讀者的內容。

我們寫詩，以李杜，濟慈，惠特曼等人為模範；我們寫小說，長篇學《紅樓夢》或《人間喜劇》，短篇學蒲松齡或奧亨利。我們寫散文，腦筋裏出現的是唐宋八大家，袁中郎；或寫《莎氏樂府本事》的查理士．蘭姆，和寫《法國大革命》的加萊爾。

我們寫的是「文學作品」，中文的文學作品。這些作品，篇篇見匠心，字字見功力。顛撲不破，歷劫仍存。

然而，這些擲地作金石聲的作品，卻沒法換來足夠的稿酬，讓作者可以交房租（更別提買樓了），可以仰事俯蓄，可以縫一兩套西裝，和買一件在攝氏九度仍可到海洋公園看海豚表演的厚大衣。

文窮而後工，這是不合理的。

清代的趙翼有一首七絕：「詩解窮人我未空，想因詩尚不曾工。熊魚自笑貪心甚，既要工詩又怕窮。」

趙甌北之所以未空，未窮，是因為他是進士，官至貴西兵備道，這自然不會捱餓，不會像和他同時的：「全家都在秋風裏，九月衣裳未剪裁。」的黃景仁，黃仲則結果貧病而死。

我很早就明白此理。香港沒有科學，我雖然有生花妙筆，也中不了范進的舉人或洪亮吉的一甲第二名。當世已非戰國，我就是口才若蘇秦，也取不了六國的相印。

正業的教師收入少得可憐，副業的「作家」賺來的錢不夠縫西裝買大衣，當文藝刊物主編吧，一個刊物辦砸了，第二個刊物又停刊了。

我像「力拔山兮氣蓋世」的項羽到了烏江了。

我的一個堂兄由新加坡來香港招聘教員，那邊有一間中學擴充班後，多了個高中部，南洋請不到那麼多教員。

去新加坡？為什麼不呢？

我一下子就簽了合約，一九五八年五月上旬，我上了一艘英國輪船公司的大郵輪。真巧，這艘船的船名也是廣州（Canton）。

「再見了，香港。我會回來的。」我倚着船欄，看「廣州」號離開九龍倉碼頭。

我「重回香港」，那是二十七年以後的事了。

一九八五年十二月五日，我乘國泰航機，由新加坡的樟宜機場起飛，經泰國的曼谷，到香港九龍的啓德機場。

我是一個月前就訂好了飛機的來回票的，我上機後心中忐忑不安，擔心的有兩事：一為此航線的一架民航機在十年前飛過越南上空時，曾為越共所擊落，這次會不會悲劇重演呢？二為當親友聽説此機經曼谷，都異口同聲地警告我千萬別和機上的陌生人談話。尤其是那些在曼谷上機的人，更要避之若浼。在機上去廁所時，我夫婦兩人一定要有一人看緊手提行李，不然，讓毒販栽贓，這就身敗名裂了。

我起先一直笑他們神經過敏，但當飛機到了曼谷稍停再起飛，不久就進入了越南領空，時間已是晚上，機窗外黑越越的，什麼也看不見，但我卻彷佛見到下面有一個又一個的頭戴竹葉帽子的越南人，手中拿着一個個山姆七型的地對空飛彈。

飛機離開了中南半島，進入了海域，我第一個杞憂放下了，但第二個懸慮又出現了。自己從頭細想，由樟宜機場上機後，有什麼可疑人物企圖接近自己嗎？都想清楚了，沒有問題，於是，我內心舒泰地走向香港移民局的官員，讓他檢查我的新加坡「教育官員」的護照。我做了新加坡公民十年後，這是第一次申請護照，第一次出國，新加坡國。

移民署員問了一兩句話，就在護照上蓋了一個印，我可以「旅港」居留三個月。我自然不會住那麼久，我只準備住十天。

沒有人接機，我和內子拉着那個有輪子的大皮箱，出了閘口，出了啓德機場。

我又在九龍了，我回到香港了。這次，是我生命中第三次訪問這個東方之珠。我第一次莅港，我是香港人，讀香港書，吃香港米，吃香港的龜苓膏，紅豆沙。

我第二次來，我是香港人，是有權利選非官守議員的專業人士，我是拿香港居民身份證件離開的。

如今，我來香港，我是香港人口中的南洋伯。但是，我在香港有一個家，我弟弟的家。當年在深水埗汝州街出生的娃娃，如今四十多歲了，還在銅鑼灣買了一層樓。

我弟弟沒有來啓德，我預先用長途電話通知他不必來接機。

我說：「我回香港，閉了眼睛也會走路。」我信心充沛，覺得要他來帶路實屬笑話。香港，由西環到筲箕灣，由香港仔到「五畝奇」，由淺水灣到中灣，到南灣。有哪一處我不是了如指掌的？九龍更不在話下，當我第二次寓港，我收過一封「九龍、彌敦道、力匡先生」的信。我去過沙田，上過望夫山，還寫了十三首以「望夫山」為題的詩，刊於《星島晚報》。

然而，我錯了，我以前認識的香港忽然失踪了。

自然，太平山仍在，纜車仍在，我坐纜車到了山頂，俯首下望，仍然是那帆檣如林的維多利亞港。但這個香港是另一個香港，我以前並不認識。

我到香港仔，我找不到那間我曾當「圖書館主任」的學校了。

我到薄扶林道，也找不到那間我曾用客家話讀「坎坎伐檀兮」的幽雅小築。這間學校，本來是私人邸宅，改建為學校後，仍留一園港島罕見的茶花，我見過的最美的白茶花。

我沿斜坡走上去，那條我晨昏上落的小路仍在，但路的盡頭的建築物變了，舊的兩層樓的建築，變成了多層的公寓。那些豔冠港九的茶花，自然是被連根拔了。

看公寓的人問我：「先生，你搵邊個？（你找誰呀？）」

我沒法回答，我能這樣說嗎？「哦，我要找以前的我，和往昔的一株白茶。」

我沒有說什麼，我沿着斜坡下來了。我到皇后大道中，到德輔道中。大公司仍在，但小商店失踪了。那些小商店賣的毛線衣、皮鞋都價格較廉。那些小餐室，一個幾毫就可以裹腹。這都是我常到的地方，我二十七年前常常光顧的小商店，都變成大廈了。

就是歷劫仍存的建築，也已改容換面。永安公司比以前大得多，皇后戲院和娛樂戲院的入門處改在旁邊的小路，看來，就像一個中風的病人，嘴巴忽然歪了。

我到九龍去，不必坐尖沙咀或佐敦道的渡輪，我只要搭地鐵，到了金鐘站換車，我根本沒見到海，就已經過了海，到了彌敦道。

彌敦道比我的記憶中的彌敦道狹窄了很多，我想，這是因為我已習慣了新加坡較寬闊的馬路的緣故。

我就像一個回到火災或地震後的故居的住客，我拼命想找回一些值錢的財物！卻發現一切已成瓦礫，已成灰燼。

舊的香港，我生活過的香港，已成為灰燼。但由灰燼中，卻出現了另一個香港，新的香港，一如神話中五百年就要應劫一次，被烈火焚為灰燼，為輕烟的一隻鳳凰。香港，如鳳凰一樣，歷劫重生。新的香港，比舊的香港更年輕，更有活力。新的香港人，是創造奇迹的一群人。

地鐵，是一項奇迹。

過海隧道，是一項奇迹。

無數個小型的家庭工業，結集為許多新興的工業，是奇迹。

太古城，為許多香港人提供了禦烈日、避風雨的家，是奇迹。

過去，創造奇迹的，是神，或神的兒子。如希臘神話中，駕小舟，歷重洋，去尋找金羊毛的英雄，都是奧林匹斯山上諸神的後代。

但如今，在香港創造奇迹的，卻都是凡人。他們胼手胝足，捨死忘生，合力繪出了一幅壯麗的畫圖。

如今，香港已是遐邇知名的所在，七大洲的三十億人，無人不知此亞洲小龍，東方之珠。

香港人，了不起。

我驕傲，我曾為香港人。

我高興，我弟弟是香港人，他出生於深水埗汝州街，是「石板街直落」（香港俗語，一意為香港出生的人）的道地香港人。

我弟弟在啓德機場問我：「大哥，你會常常回香港吧！」

我點頭，我自然會再回香港。我下一次「重回香港」，不會是二十七年後。頂多一兩年，我會再寓「怡東」，再到中環飲茶，再坐一次電車，和過海渡輪。下一次，我對香港就不會那麼陌生了。

但有一點可以肯定的是，我下一次絕對不會乘搭航線經曼谷、越南的班機！

一九八六年九月七日新加坡

載陶然編，《香港當代作家作品合集選．散文卷》（上冊）（新加坡青年書局、香港明報月刊出版社〔聯合出版〕，二〇一二），頁三九二——四〇六。

小住息風塵

阿濃

阿濃（一九三四年生），原名朱溥生，退休教師，寫作文體多樣，曾獲香港兒童文學雙年獎、冰心兒童文學獎與陳伯吹園丁獎，又曾五度被中學生票選為「最喜愛作家」。現居加拿大繼續寫作，近作有《一個寂寞的晚上》（二〇一八）、《惡人——阿濃輕小説＋變奏》（二〇一八）等。

這幾年多了往外地旅行，因年齡關係，自問沒有精力去自行安排食宿交通，一切都交旅行社去辦。

在旅行社的行程單張上，有一項是重點標明，就是住宿的酒店是三星、四星還是五星、六星？其實不論是多少星，我們待在酒店的時間很短，最要緊的是地方和床鋪乾淨，能睡一個安穩的覺。

大部分的酒店格局大同小異，給我印象深刻的反而是西方國家小城市的Ｂ＆Ｂ，中國小城的民宿。地方特色加家庭式經營店主的殷勤，都使我長久不忘。

曾在泰山頂見到一間賓館，小小的門面，幾塊牌匾，卻已使我駐足。賓館的名字是「來今雨」，出典遠遠來自唐朝的杜甫。那年這位大詩人臥病長安旅次，雨下得大，又連續多天。杜甫記述當時境況說：「常時車馬之客，舊，雨來；今，雨不來。」意思說朋友們此前下雨也來，現在下雨卻不來了。後來稱早已認識的朋友為「舊雨」，新結交的朋友為「新雨」。兩種朋友合稱「新知舊雨」。賓館名「來今雨」，是歡迎新朋友的意思。

店門兩旁是一副對聯：

相逢皆萍水

小住息風塵

公元六百七十五年，唐高宗上元二年，年方十四歲的神童王勃，往高趾省親，路經南昌。適逢重陽佳節，一位姓閻的州牧在當地名勝滕王閣上宴客。本意想炫耀女婿的文才，事先寫好了一篇記述此盛事的文章。他假意邀請賓客們撰寫，王勃也不客氣，一揮而就，就是有名的《滕王閣序》，其中有句曰：「關山難越，誰悲失路之人；萍水相逢，盡是他鄉之客。」

也就是這上聯的來歷。

東漢的秦嘉，有一個很有文學修養的妻子。秦嘉因公事奔波各地，寫信給妻子訴說思念。信上說：「當涉遠路，趨走風塵。非志所慕，慘慘少樂。」風塵僕僕地奔走四方，不是他想要的，所以很不快樂。「風塵」代旅途之勞碌，大概自此始。

站在這樣的一間小賓館前，一下子就有這許多文化帶來的聯想。這又豈是五、六星酒店能提供的。

載陶然編，《香港當代作家作品合集選．散文卷》（上冊）（新加坡青年書局、香港明報月刊出版社〔聯合出版〕，二〇一二），頁四至五。

童年經歷與文字

阿濃

一九四〇，我六歲。祖父在鄉間病逝，我隨父親從鎮上（蘇北名鎮黃橋）奔喪回鄉。

祖父的靈柩已停放在祖屋前進的大堂中間，準備第二天下葬。當晚守靈，一班親友圍坐在白蠟燭跳動的光影下，長夜漫漫，穿長衫的風水先生開始說故事。

他說的是一間鄉村旅店曾經發生的怪事，是以一件真事的口吻敘述的：某夜，四個趕夜路的小商販來到這家旅店投宿，店主告以客滿。再三懇求下店主帶他們進入裏間，那裏有四張空床。不過他的媳婦新喪，停屍於床側不遠處。四人中之一人因恐懼未能入睡，半夜見屍體走近他們床邊吹氣，結果三人皆亡，唯他一人逃出屋外，屍體亦緊隨其後。來到一間廟宇前的大楊樹下，繞圈追逐，最後屍體雙手插進樹幹，逃去之商販亦暈厥，幸為寺中僧侶救醒。

在這樣的氣氛下說這樣的故事，聽得個個都凝神屏息。若干年後我讀《聊齋志異》，才知道這故事來自此書，題目是〈屍變〉。也就是說我初次接觸《聊齋》，只得六歲。

大約是我十歲時的一個秋夜，晚飯之後，忽然聽到屋外有奇怪的風聲，長久不息。父親帶我走出門外觀望，但見明月在天，樹梢動也不動，那像海潮的風聲好像來自眼睛看不見的高空。

父親聆聽了好一會兒，帶我回到屋裏，打開一本《古文觀止》，說剛才聽到的該是「秋聲」，隨即跟我講解歐陽修的《秋聲賦》。其中幾句描寫最是貼切：

星月皎潔，明河在天。四無人聲，聲在樹間。

對文章其他的敘述，我聽了也不大了了。但能在髫齡獲得與古人類似的經歷，既讀到又聽到、看到，使我留下深刻的印象。

十一歲左右國共內戰，兵燹帶來瘟疫，霍亂流行，差不多每條街道天天都有人家辦喪事，棺木售完，一條蘆蓆卷起便送往墓地草草埋葬。人人有朝不保夕的危機感，見面時連話也不想說。

不知從哪一天起，全鎮各處，尤其近水的地方，都聽到一種鳥兒的哀鳴：「苦哇！苦哇！」叫得大家心裏苦上加苦，覺得是一種不祥之兆。

我十二歲離開故鄉，在上海、香港、加拿大的溫哥華居住過，也曾在不同季節遊歷過中國和世界許多地方，竟不曾再聽過這「苦哇！」的呼喊。

許多年後讀周作人的《夜讀抄》，才知道這鳥因它的叫聲獲得兩個名字，一個是「姑惡」，一個是「苦哇」。《本草綱目》中有關於牠的描述：

今之苦鳥，大如鳩，黑色，以四月鳴，其鳴曰苦苦，又名姑惡，人多惡之……

民間故事中有兩個相反的說法，一說是媳婦被家姑迫害而死，化而為鳥，所以哭訴為「姑惡」；一說是不孝的媳婦拿蚯蚓當食物給盲眼的家姑吃，被丈夫發覺，將她覆在空禾桶裏，過了七日變成一隻禾雞飛去，在水田裏哀鳴。不論是哪種說法，都反映了自古至今婆媳間不和睦的狀態。

周作人這篇文章還引前人記載說蘇軾有〈五禽言〉詩，其中吟姑惡鳥有云：「姑惡，姑惡，姑不惡，妾命薄……」讓媳婦把自己的不幸歸咎於命運，哀而不怨。

我發現即使在童年，一些偶然的經歷，竟能與百年、千年前的文學相連繫，說明中國文化積澱深厚，而文學與人生其感受雖隔千年猶如一瞬。

載陶然編，《香港當代作家作品合集選．散文卷》（上冊）（新加坡青年書局、香港明報月刊出版社〔聯合出版〕，二〇一二），頁一至三。

迴轉木馬

阿濃

暑假的最後一天，孩子的爸説帶大家去遊樂場玩玩，當是對快樂暑假的告別，慶祝新學年的來臨。

遊樂場就搭建在屋村的空地上，屬臨時性質，暑假一完就會拆卸。

我們一家已玩過摩天輪，當那巨大的風車把我們送到最高處時，有片刻的停頓。滿天的星光和城市的燈光讓大家安靜了下來，很有做夢的感覺。

之後兒子纏着他爸去玩過山車，女兒卻心急要玩木馬，大家就分頭各玩各的了。

我進場時已聽見木馬迴轉的音樂，叮鈴噹叮鈴噹不停的重複，是如此的熟悉，使我懷疑這副木馬就是我從前玩過的同一副。

我跟女兒上了木馬，音樂響起，木馬高高低低向前轉動。女兒有點緊張，小手緊緊抓着那根鋼管。叮鈴噹聲中，我記起一些往事。

第一個陪我坐木馬的是爺爺，同去遊樂場的還有祖母、媽媽和弟弟。父親好像出差去了，他是經常要出差的。

媽媽陪弟弟上了木馬，祖母不敢坐，我也膽小要人陪，那時我好像才四歲。於是爺爺說：「等我陪你！」別的我不大記得了，只記得緊緊擁着我的爺爺身上有一陣煙味。那時代許多男人都抽煙，爺爺身上是積聚了幾十年的那種。

爺爺說他是第一次坐木馬，相信也是他最後一次。幾年後他中風了，上街要坐輪椅，在家常坐在搖椅上看電視。他什麼都看，或許什麼也沒看，整個人都消沉了。有一次，他坐在搖椅上，一面前後搖動，一面口裏模仿叮鈴噹的音樂聲，我記得這是迴轉木馬的音樂。不久他就永遠離開了我們。

我第二次坐木馬有表姐陪我。她從東南亞一個城市來。她比我大很多，我對她沒印象，她卻說在我很小的時候抱過我。

表姐相當胖，後來知道她身體有病，要長期服藥，而這種藥正是她致肥的原因。這趟是姑丈和姑母帶她來玩，我發覺表姐很喜歡笑，有好吃的東西她笑，有好看的東西她笑，有好玩的東西她笑。有一次，一隻麻雀飛進我家露臺，引得隔着玻璃門的貓兒十分緊張，她就笑個不停。她陪我坐木馬那次當然也不例外，她的笑聲跟木馬的音樂混在一起，一直在我耳畔響着。

表姐幾年後便在那邊去世了，媽過了好幾年才告訴我，許多不開心的事她都不想我知道。

第三次坐木馬是他陪我，我的同班男同學。我們互相暗戀着了，大家心裏都明白，但不説破，也不讓家人和同學知道。

是中學最後一個暑假，他約我去一個稍遠的衛星城市玩，那裏有一個臨時遊樂場正在運作，相信不容易碰見熟人。

我們玩了旋轉木馬，我前他後坐在一起。他把我越抱越緊，後來吻了我的後頸。我怕癢，扭着頸項躲避。我聞到他嘴裏薄荷糖的味道，看來他早有預謀。

可是他的高考成績不好，父母送他去英國升學。臨走他送我一個音樂盒子，是一臺旋轉木馬，居然是我熟悉的音樂。

臨別時他説會永遠愛我，我們擁抱着哭得很傷心。他要我等他，他會娶我。

三年後我漸漸少了他的消息，只知道他畢業後會留在那邊工作。我也開始了幾段新戀情，最後做了新娘又做了母親。

木馬旋轉着，風輕輕地吹，音樂聲中我回到過去……「微風吹動我的頭髮，叫我如何不想他……」我記起這首歌，也記起頸後的癢。我還思念他嗎？似乎並不。只是在這熟悉的叮鈴噹中，讓幾段回憶捕捉了我。

我回到現實，把女兒抱得緊緊的，我在她頸後吹氣，她格格的笑了起來。

選自《香港文學》二〇一一年五月號（總第三一七期），頁四五。

劉紹銘（一九三四—二〇二三），著名學者、翻譯家、作家，嶺南大學榮休教授，著作等身。與閔福德（John Minford）教授合編的學術著作*Classical Chinese Literature: An Anthology of Translations, Volume 1: From Antiquity to the Tang Dynasty*（香港中文大學出版社，二〇〇〇），深受好評。其他文集包括《吃馬鈴薯的日子》、《二殘遊記》等。

「文」淡如菊

劉紹銘

原來伍淑賢的小説集《山上來的人》是素葉名下出版的最後的一本著作。全書五百一十頁，定價七十元，價格克己得實在不能再克己了。《山上》終能面世，全仗許迪鏘先生「玉成其事」。我無緣認識許先生這位編者，也不認識伍淑賢這位作者。先「自報家門」，説話不帶私情，輕鬆多了。

許先生在本書的編後話用了二千多字的篇幅淺釋中西小説史之源流，其實大可不必。素葉是一本同仁雜誌和出版社，經常往來的讀者多少是行家，對其「文淡如菊」的風格不但早已認同，而且還當然偏愛。因素葉出版社一九七九年成立，其後一年始見《素葉文學》創刊。連同《山上來的人》一起算，素葉在過去的三十五年一共出版了七十五本叢書。許先生說：

> 同仁在一九七九年成立素葉出版社時，心裏很明白結束是遲早的事，而即使是遲，大概也不過五七年而已，斷斷續續拖到今天，算是意外。前些時跟給我們搞發行的負責人說，素葉快結束了，他說，早就應該啦。

看來許先生並沒有因這句不留情面的話害得「痛不欲生」。他承認是個「失敗主義者」，不覺得文學有市場，因此從來沒有把推廣、推動放在心上，這些年來，只是get things printed, not published。

素葉那位搞發行的先生的話說得這麼難聽，說不定也是一番好意。出版了這麼些脂粉不施的文字，既然無望打開市場，不如及早引退，見「不好」就收吧。我們這班在職業和個人趣味上也應該熱愛文學的讀者，應不應該給許先生說幾句安慰的話？說什麼呢？怎麼說呢？要不要告訴他，你已盡了心，最少對得起自己，該休息一下了。我們習稱的所謂「純文學」完全沒有市場。但純文學不管怎麼「純」，也是商品。商品不在市場流通，回收後就變為紙漿。

我是第一次接觸到伍淑賢的作品的。五百多頁的書，跳着來讀，先選出張楚勇和許迪鏘兩位在前言和後語介紹她的作品提到的幾篇。〈今夕何夕〉湊巧都上了他們的名單。許先生認為〈今夕何夕〉筆法略帶「文藝腔調」，說對了。月前我以〈無聲散落的膠片〉為題寫過千字介紹這個短篇，現在不受篇幅所限，再作補充。我看這是伍淑賢在技巧上最着意經營的一個短篇，文字配搭得宜，剪裁有度。

文字的剪裁就是取捨的決定。作者對自己的心血若狠不下心來「纖體」，一轉眼作品就會變成Henry James所說的「臃腫的怪物」，baggy monster。這也是許迪鏘所說的「溢寫」。我耐着性子看〈古古〉，發覺難以終卷。不得不問自己：是不是我的「趣味」出了問題？如果像我這個一輩子跟文學糾纏不休的「職業讀書人」看不下〈古古〉，這真的該是誰出了問題？

小說本來就是講故事，「『文』淡如菊」的敍述，因為紋理單薄，只能靠文字本身吸引讀者。〈今夕何夕〉應該是這一類型作品的書寫。故事一開始就滲透着現代人的疏離感：

> 今晚是農曆七月的晚上，我從銅鑼灣一間昏暗的餐廳跟一班舊同學一起推門出來的一刻，心中充滿了哀愁。那個晚飯聚會，不過是，呀她已結婚了呵他已升了級噢以前真熱鬧唉他原來移了民，之類、之類的聚會。我原是很喜歡這種呀呵噢咦的聚會的，不過，我還是和着哀愁吞下了牛肉和紅酒，我的哀愁，部分是感觸於悠悠生命就在一次又一次的呀呵唉之間流逝。

〈今夕何夕〉隱喻撲朔迷離，象徵環環相扣，每在小處看到作者鋪排的用心和剪裁的功夫。「我」推開餐廳的門出來的一刻，她和那班咦呵呀叫着的舊同學發覺原來竟一起到臨了奈何橋畔。「我」這輩子什麼橋都見過，但從沒見過今天晚上在銅鑼灣看到的奈何橋。橋是紙紮的，很小，上書：「魂歸離恨天」。

「奈何橋」之奈何承擔了「我」在日常生活中得忍受的無奈與不安。「我」在小小的山城認識了一個姓周的男子，……這先按下不表，先說「我」的職業，依她說，「非常奇特」。要是山城三個月不見雨水，「我」便要揹着沉重的機器收集水務局官員的聲音。要是淫雨十天不止呢？「我」一樣得揹着機器走訪天文臺的官員和木屋區居民，收錄他們的聲音。

回到辦公室後，「我」拿着剪刀、黃筆、膠紙替一餅餅聲帶做剪接工作。「手術」後，你在收音機上聽到水務局官員說的話，「我相信短期內仍未能放寬二級制水嘅政策」，原來不是本來面貌。他原來是這麼說的：「我，唔，我依家現在仲係相信，目前短期內仲係仍未能放寬二級制水呢個咁樣嘅政策。」

〈今夕何夕〉有神來之筆。「我」每次剪輯完這些冗詞贅語廢話後，就站起來，「抖抖衣裙，一截截剪斷了的聲帶便無聲散落在我腳旁」。這形像，太意外了。我們馬上看到，她不但認為跟舊同學餐聚時吱吱喳喳說的是廢話，她連每天晚上十一時正撥電話跟那個姓周的男朋友作興聊天的習慣也中斷了。姓周的摸不清「我」態度轉變的原因，總是追着問：「是不是我說錯了話？」「是不是身體不舒服呢？我介紹醫生給你好嗎？」「媽媽叫你明天來吃包餃子。」這些綿綿的情話，在「我」當時聽來不比散落在她衣裙旁邊的聲帶碎片有意義。

「我」的「奇特」工作還包括在電臺報告豬牛及漁農產品的價格。王士禎題《聊齋志異》有言，「料應厭作人間語，愛聽秋墳鬼唱詩」。「我」生活在一個語言失值的世界。她不想婚後每個週末陪「姓周的」喝下午茶打橋牌，可是又不知該用什麼語言告訴他。

像「我」這樣一個女子，怎樣面對明天呢？相信這是大家關心的問題。「周」最後等得不耐煩，跟母親移民澳洲去了。小說結尾時「我」坐在電車上，對面是一個兩三歲的女孩子。原先她是伏在窗緣看街景的，這時驀地轉過頭來。「我」看到她一臉淚痕。「要是她嘩嘩地哭，那反是尋常不過了，但她這樣無聲地瞪着細線般的淚濕眼睛，使人驚異於她某種懾人力量。所以，當我從電車上跳下來的時候，我竟像是由鬼影幢幢的世界逃回美麗的人間了。而在街頭一片熊熊的燒衣紙的火光裏，我的年輕又柔軟的哀傷，未嘗沒有一點雀躍。」

小女孩「細線般的淚濕眼睛」傳遞給「我」什麼信息呢？我們不知道，因為她傳遞的方式不是語言。「我」最後竟然會說：「明天，我仍會好好的上班，好好的報豬牛價格」。「我」突然轉變，會不會是對生命的一種妥協呢？大概是吧。薩特的「存在主義」哲學肯定了人選擇生命價值的絕對自由。說不定「我」明天回到辦公室，面對那一餅餅深棕色的聲帶的一刹那，會有渾然不同的感覺。

算來，〈今夕何夕〉是伍淑賢作品中最着意技巧經營的一個短篇，沒魔幻，不見奇情，居然吸引我們耐心的看下去，實在難得。「文淡如菊」原為「人淡如菊」，語出司空圖。

選自《香港文學》二〇一四年十一月號（總第三五九期），頁八〇—八一。

故國・喬木

劉紹銘

我在香港出生。七歲時，香港淪陷後不久就隨家人往內地逃難，躲日本鬼子。香港炮火連天時，張愛玲親歷其境，後來以散文〈燼餘錄〉記述一些身邊事，又以小說〈傾城之戀〉演繹一段亂世男女的愛情。這兩篇文字都沒有正面提到日本人怎樣看待「傾城」後的香港人。「皇軍」進城時我年紀雖小，但好些經驗，雖然零碎，卻終身難忘。我記得晚上時有「皇軍」帶着翻譯挨家抵戶找「花姑娘」。也記得街上的交叉點設有「皇軍」的站崗，你路過時得連番作深鞠躬。稍有差池，拳腳交加後喝令跪下來「示眾」街頭。這些景象，小孩子看在眼內，只識驚怕，但不會有什麼國仇家恨的感受。

抗戰勝利後我和弟弟在廣州唸小學。還記得是市立第六小學，又名漢民區第一國民學校。我們一班小朋友，早上第一件事就是行升旗禮：「看國旗在天空，飄飄蕩蕩趁長風，為我中華民族爭光榮。願從此烈烈轟轟……」。這是國旗歌的開頭。我們也面對國父照片唸遺囑，「矢勤矢勇，必信必忠，一心一德，貫徹始終」。然後禮成。

一九四八年小學畢業到香港。廣州市立小學是沒有英文課的。我回港時一個英文字母也不會唸。能在聖類斯中學重讀六年級，是一位親戚要求神父特別開恩的結果。還記得在聖類斯第一節的英文課是*Ali Baba and the Forty Thieves*，拿在手上如捧天書。幸好香港親戚都多少讀過點「番書」，課後經他們提點，終於看懂了阿里巴巴這個樵夫，怎樣從大盜口中取得開啓寶庫成為富翁的故事。學期終了，英文課僥倖過了關。

在聖類斯不用參加升旗禮，但晨早起床第一件事就是望彌撒。跟同學一起背誦的，是〈天主經〉、〈聖母經〉和〈練靈經〉。吃飯時，也要唸經。英文indoctrination是「灌輸」，說得不好聽是「洗腦」。聖類斯是慈幼會名下的天主教學校。你是寄宿生，就得依慈幼會給小孩子定的規矩過活。望彌撒和做晚禱是例行功課，只是routine，沒有特意向你「灌輸」什麼。

因為無錢唸中學，離開聖類斯後我做了幾年散工，一九五六年以通過臺灣大學聯考，入讀臺大外文系。那年頭在電影院看戲，上映前要起立聽國歌，「三民主義以進大同……」。鏡頭上看到蔣老先生在座駕上閱兵，向群眾頻頻揮手。在臺灣時的身份是「僑生」，意謂這小子在寶島舉目無親。一些平日比較接近的本地同學有見及此，有時假日會請我到家裏吃飯。

五、六十年代在臺灣躭過一些日子的人，大都熟悉阿里山的姑娘和淡淡三月杜鵑花這些流行曲子。跟「本省」朋友有往來的，想會有緣聽過《望春風》、《雨夜花》和《綠島小夜曲》如泣如訴的聲音。除了上述兩種歌謠外，我還在一個住在「軍眷區」的同學家裏聽過一支類似「軍樂」的歌謠：「爸爸哥哥真偉大，明月照我家。為國去打仗，當兵笑哈哈」。下文記不起來了，只記得有「家事不用你牽掛」一句。

在臺灣生活四年，聽國歌、受軍訓和聽看「檢舉匪諜，人人有責」的口號，是日常生活的一種儀式。旁人看來也許會認為這種教條式的生活不好過，我倒覺得沒有什麼，反正習慣了。儀式突然消失時，說不定還會若有所失。

一九六一年我到美國當研究生。過去十多年習慣了的「儀式生活」一下子變了樣。人太自由，生活就失去了方向。我住在研究生宿舍，日常往來的都是美國中西部的大孩子，大家很合得來，可惜就是不能「談心」。那時候能看到的中文報紙不多。《中央日報》航空版的「匪情」報道，輕易成為臺灣來的同學社交圈子的話題。「反攻大陸、解救同胞」的口號，外人聽來或半信半疑，或會覺得是癡人說夢，但我相識的臺灣「老兵」子弟中，有不少人的心態頗像五十年代在香港《自然日報》寫社論的馬兒先生說的：「遺民淚盡胡塵裏，東望王師又一年」。

中共原子彈試爆成功後，同學聚會時那種「漢賊不兩立」的氣氛逐漸鬆弛下來。陳毅那句「不要褲子也要原子」的豪語，多少補償了儀式失落後的空虛。同學租下的私人住宅，不時傳來「五星紅旗迎風飄揚，勝利歌聲多麼響亮，歌唱我們親愛的祖國……」的歌聲。

一九六七年夏天我回到闊別了六年的香港。在美國時聽到文革的報道，都是斷斷續續的。對《中央日報》的新聞，始終半信半疑。香港不是紅衛兵出沒之地，但火藥味已濃得不可開交。我住在窩打老道的男青年會，清晨起來到附近的小店吃早點，總看到一兩個用黃皮紙或布料紮成的「菠蘿」，上有「同胞勿近；這是給黃皮豬白皮狗吃的」等字樣。那時國貨公司和其他的中資機構，都一律掛上紅彤彤的長條標語：「戰無不勝的毛澤東思想萬歲！」

街上有手戴臂章、高呼口號、情緒激昂的呼喊着打倒這個那個的遊行隊伍。我買的是折得無可再折的來回機票，不能提早回美。日間無聊，看見電影院就跑進去「嘆」冷氣。有一回看一部已渾忘其名的國產片，正片開始前加映一輯有關文革的特別報道，銀幕上的畫面，像是從mass hysteria醫學個案剪下來的圖片。我無法忍受，提前離座，誰料到旁邊閘口要離開時，即有黑衣漢子出現，要我返回座位看到散場。

知名「反共」電臺新聞評論員林彬被殺，在他的「烏龜車」內被汽油火燄活活燒死。常見報紙「獨家」報道說解放軍雲集邊境。我早年雖習慣了「儀式生活」，但面對香港這種「儀式」，實在不能習慣。晚上無法入睡。

孟子見齊宣王有言，「所謂故國者，非謂有喬木之謂也，有世臣之謂也」。故國是祖國，但劉殿爵教授的英譯另有解釋：a state of established tradition，一個富有傳統的國家。一九六七年的香港，喬木依舊在，但established tradition岌岌可危。深夜和清晨聽收音機，聽到*God Save the Queen*的樂聲，才知道天還沒塌下來。

載《劉紹銘散文自選集》（香港：天地圖書有限公司，二〇一七），頁五五—五八。

公無渡河

劉紹銘

「官話」原來是「普通話」舊稱。這我就懂了。「天不怕、地不怕，就怕老廣說官話」。怕什麼？因為老廣說的官話原來一點也不普通。你的官腔對方若是聽不懂，情話何從說起？國家大事，怎麼商討？搞革命，要一呼百應，首先要有共鳴。一夥兄弟聽你說官話，一頭霧水，何來共鳴？

孫中山先生的官話何似，我不知道，不過拿他生平和教育背景來看，不會「普通」到哪裏。這麼看來，當年他四處奔走革命，接觸三山五嶽人物，居然能引起他們的「共鳴」，出錢出力扶大業，絕對是因為受了他個人魅力所感召有關。香江父老相傳，國父當年在殖民地鼓吹革命，把前景說得天花亂墜，因有「孫大炮」之稱。孫先生跟大小同鄉溝通的語言，應該是粵語，不會是官話，因為如果說話口齒不清，如簧之舌也鼓動不起來。

新會梁任公「筆鋒常帶情感」，文章極有魄力。但如果表達情感的方式不是書寫而是口語，就說用「官話」吧，效果會如何呢？梁實秋〈記梁任公先生的一次演講〉給了我們答案。事緣任公在一九二一年應清華學校之邀作演講，題目是〈中國韻文裏表現的情感〉。實秋先生也去了。他看到任公的演講稿是預先寫好的。此文後來收在《飲冰室文集》，但實秋先生覺得讀文本和聽任公現場說話，「趣味相差很遠，猶之乎讀劇本與看戲之迴乎不同。」

梁任公是戊戌政變主角，也是雲南起義「討袁」的策劃人。開講那天，清華高等科樓上大教堂擠滿了人，隨後一位短小精悍、禿頭頂、寬下巴的老先生走進來，「步履穩健，風神瀟灑，左右顧盼，光芒四射。」梁新會走上講臺，目光向下面一掃，說：「啟超沒有什麼學問——，」。然後眼睛向上一翻，輕輕點一下頭：「可是也有一點嘍！」他的開場白，就是這兩句。任公著作等身，他「自吹自擂」，人家也不會認為狂妄。

梁實秋接下來的記述教我們大開眼界。他認為任公的廣東官話是「很夠標準的」。雖然距離國語的標準甚遠，「但是他的聲音沉着而有力，有時又是洪亮而激亢，所以我們還是能聽懂他的每一字，我們甚至想如果他說標準國語其效果可能反要差一些。」細看實秋先生下文，我相信任公當天的演講讓聽眾動容，關鍵不在他說話的腔調如何，而在他對講辭的情感投入。講辭引文例子之一是古詩〈箜篌引〉：

公無渡河。
公竟渡河！
渡河而死，
其奈公何！

這四句十六字，一經任公朗誦和解釋後，馬上把聽眾帶到河邊，看見那個抱着酒壺的白髮老頭，不顧妻子趕在後面哀叫「公無渡河」，還是直奔急流之中，終於淹死。實秋先生說聽了任公演講二十年後，有一次在茅津渡候船渡河，「但見黃沙瀰漫，黃流滾滾，景象蒼茫，不禁悲從衷來，頓時憶起先生講的這首古詩。」

原來任公演講，七情上面，有時頓足，有時狂笑，有時嘆息。講辭所引作品讓他感受最深的是《桃花扇》。實秋先生記得，他講到「高皇帝，在九天，不管亡家破鼎，那知他聖子神孫，反不如飄蓬斷梗」這一段戲文時，不禁「悲從中來，竟痛哭流涕而不能自已。他掏出手巾拭淚，聽講的人不知有幾多也淚下沾巾了。」

梁任公那天的演講，會不會如梁實秋說的那樣，用標準國語讀出來的效果反不如「官話」感人，我們無法論斷。可以猜想的是，由於任公個人在清末民初政治舞臺上的經歷，因此想起「眼看他樓塌了」的境況時感觸最深。發乎情的語言，不論是國語還是官話，都收到普通話的效果。我想中山先生「半吊子」的國語人家還聽得懂，應該是這個道理。

載《劉紹銘散文自選集》（香港：天地圖書有限公司，二〇一七），頁五九──六一。

港島吾愛

西西

西西（一九三七—二〇二二），原名張彥，生於上海，畢業於香港葛量洪教育學院，後任教官立小學，一九七九年提早退休，專事寫作；曾與友人合辦《大拇指周報》和素葉出版社。著有短篇小說集《像我這樣的一個女子》、長篇小說《哀悼乳房》和散文集《縫熊志》等，作品屢獲港臺與世界各地文學獎項。

他們就把你下葬了。

他們說：撒一把泥土，我就做了。

他們說：鞠三個躬，我就做了。

我一哭都不哭。真的，我一哭都不哭。

我很早就知道總有這麼的一天，他們會把你下葬的，我也知道他們把你下葬之後我會怎樣，那時候，我對自己說過，一哭都不用哭的，我就做了。

我是怎樣漸漸地把你忘去的呢。那麼地一點一點，一點一點，起先是你的皮膚，起先是你的掌紋，起先是你的姿態。我不知道我怎樣會，而事情卻是了。

那間有趣的玩具店，那麼多的人，唉，那麼擠，我們的感覺觸及感覺。我們就進去了。我們看，我們擠，有人按響一隻銅喇叭。外面有船來了。但我總對着一張搖椅出神。我說。你怎麼不愛搖椅哩，我沒有你一半的老，我沒有你一半的白髮和眉，但我已經愛搖椅了。那時候，我還看得見玻璃杯曾經紅曾經藍，有一個靜靜的水瓶名叫希臘。但我十分不安寧，因為也許是明天，它們會一個一個地隱去。城市建在城市之上，臉疊在臉上，起先是那個銅門環，起先是那垂懸的燈盞。

在靈堂的時候，他們說：找你最好的朋友來陪陪你。我說我沒有一個最好的朋友。他們說，找一個隨便什麼的朋友來陪陪你。但我說我也沒有一個隨便什麼的朋友。他們怕我會哭得很厲害，怕我會暈過去，我知道我不會，因為我不是那種人。

我應該不是那種人，我不是那種隔了一夜就把昨天扔掉的人。他們哭，他們淚乾時記憶就乾，不再有人知道你，不再有人說。你還在那個車站上走來走去嗎。

你總是在那個車站上，穿一件白的制服，漿得硬硬的領，配着銀色的銅扣。你說，車子該開了，車就開了。於是我從一個火車停泊的場所過來，我們就在那邊的座位上舐雪糕。這是尖沙咀，這是九龍，這是香港。我們怎麼會來到這裏？

他們說，在眾多的孩子中，你最愛我。我們總是在一起。我們是那樣地坐過船，好闊卻好淺的錢塘江。每天早上，你就給我梳辮子，我們在一個城裏找到一間有個大煙囱有個大花園的屋子，晚上就睡在七張塌塌米上。我每天上學，就坐在你的腳踏車的後面，有一次，你為了避開一輛吉普車，我就坐在地上了。

他們不停的說：到時候你會哭得很厲害，因為來的人很多，人們愛看你淒涼的樣子。我知道我不會哭得很厲害，而且，我們在一起的時候總是開開心心的。你對我笑，我也對你笑，我們是老朋友了，誰都不要對誰哭。

但我是怎樣漸漸地把你忘去的呢。起先是你的頭髮，起先是你的長眉，我難道不曾竭盡眼神把它們捕捉?但我竟在一點一滴地把你忘記。難道愛沒有模型，風景沒有明天。

我開始穿着一雙紅色的鞋，穿過馬路，在一間店裏吃烘餅。我實在記得雪糕的樣子。但那店，和許多的店，逐漸隱去，像你，起先是你的烈日下遮陽的手，起先是你太陽鏡下皺着的眉。

我不知道它們怎樣漸漸地隱去。大街上的一間書店，十字路口的一間電影院。上學的時候，我繞過一片菜田，踏在一條下水管上，跳着跳着，那時候，我也曾竭盡眼神把它們捉住。但我是怎樣漸漸地把它們忘記的呢。

棺木抬出來的時候，他們哭得最大聲，但我看着你，你沒有淚，對的，我們在一起的時候，總是開開心心的，甚至當一個炸彈忽然地掉在地上，當一些人在岸上拖着淺水的船，我們也沒有哭。我們在一個颶風的晚上坐着，看着一個窗怎樣破裂，風怎樣削去額前的暖氣，我們不曾哭。我們說，我們總有地方可以去。你喜歡去，從這裏到那裏，有一個島叫青島，你說。有一個關叫山海關，你說。有一個城叫萬里長城，你說。有一個港，叫香港。

我不知道我們怎麼會來，那些隆隆的火車跑了三天三夜，那些高高的山瀉為平野，我看到了船，這就是香港。真的，你總有地方可以去，我說跟着你來了。

起先，你說，讓我們上電影院去。我們排排坐着，一人捧着一團雪糕。起先，你說，我帶你去看足球，我跳着跳地替你背着一雙好重的釘鞋，你在操場上跑來跑去，吹着一隻會叫的銀笛，我什麼都不明白，但人家拍手的時候我也就拍了，你給我一瓶汽水的時候我就也喝了。

但我是怎樣漸漸地把你忘去的呢。我回到家裏來，知道你不在任何一張椅上，床底下不再有你的鞋，一隻玻璃盤裏沒有你的眼鏡，也沒有一枝破爛得只有你才不捨得扔掉的墨水筆。我知道你不在任何一個角落，不在門後，不在簾外。我總是伏着案，對着一本書着迷，你的聲音漸漸遠。你的姿態漸漸模糊。

他們不再談起你，因為別的名字那麼多，別的臉又出現得頻。我只能集中一個焦點，記得一束也紅也黃的玫瑰，隨着一堆泥土一起降下。

他們和你一起隱去。陳舊的尖沙咀碼頭，那些木板叮嚀的長廊。如今我只能在海旁的一列石板上踏過，聽它們的馨坑馨坑，聲音不再是木質的，我不知道一切怎樣會漸漸隱去，甚至你總是沒法抓住。

漆咸道的公園，現在是樹的列陣，聖誕的晚上，它們是一片火樹銀花，但我記不得裏邊有你，因為有過你的園已經不再有一點痕跡。

有一間電影院叫平安，有一間帽子店叫鶴鳴，有一間你愛在窗櫥外蹓躂的伊利，它們也逐漸隱去，而一切就升起來，城市建在城市上，臉疊着臉。

一間舊的書店隱去，現在散了三間。一座雪糕店鋪平後，現在站成了大廈，送船的海運場長成一條跑道。你說，這是一個十分美麗的城。啊，你實在是不能重認它以前的面貌，他們也把它埋葬了許多。而我，同樣地也撒一把泥，也每次步過的時候，就知道，它們不在門後也不在簾外。

不過，我也就習慣了，在一條橋上面走過後在太子行的甬道裏數花磚，廣場上多了很多花，剛盛開的花，那麼年輕。我開始穿一雙紅色的鞋，穿過馬路。這是一個十分美麗的城，你說。是的，是的，我愛港島，讓我好在明天把你一點一點地忘記。

載西西著、劉以鬯主編，《交河》（香港：香港文學研究社，一九八一），頁九八——一〇二。

香港故事

小思

小思，原名盧瑋鑾，一九三九年生於香港，曾任香港中文大學中文系教授，退休後任香港中文大學香港文學研究中心顧問。二〇一五年獲「香港藝術發展獎」之「終身成就獎」。著有《豐子愷漫畫選繹》、《一生承教》、《淪陷時期香港文學資料選（一九四一至一九四五）》與《文學與影像比讀》等。

香港，一個身世十分朦朧的城市！

身世朦朧，大概來自一般歷史悲情。迴避，是忘記悲情的良方。如果我們說香港人沒有歷史感，這句話不一定包含貶斥的意思。路過宋皇臺公園，看見那塊有點呆頭呆腦的方塊石，很難想像七百多年前，那大得可以站上幾個人的巨石樣子，自然更無法聯想宋朝末代小皇帝，站在那兒臨海飲泣的故事了。

香港，沒有時間回頭關注過去的身世，她只有努力朝向前方，緊緊追隨着世界大流適應急劇的新陳代謝，這是她的生命節奏。好些老香港，離開這都市一段短時期，再回來，往往會站在原來熟悉的街頭無所適從，有時還得像個異鄉人一般向人問路，因為還算不上舊的樓房已被拆掉，什麼後現代主義的建築及高架天橋全現在眼前，一切景物變得如此陌生新鮮。

身為土生土長的香港人，我常常想總結一下香港人的個性和特色，以便向遠方友人介紹，可是，做起來原本並不容易，也許是她的多變，也許是每當仔細想起她，我就會陷入濃烈的感情魔網中……愛恨很不分明。只要提起我童年生命背景的灣仔，就可說明這種愛恨交纏的境況。

說灣仔是一個與海爭地的舊區，並不過份，因她大部分土地都是從海奪過來的，老街坊站在軒尼詩道上，就會咀嚼着滄海桑田的滋味。當初在填海土地上建成的房子已經殘舊，給人一幢一幢拆掉，代替的是更高更遮天的大廈，偶然一座不知何故可以苟延殘喘夾在新大廈中間的舊樓，寒傖得叫人淒酸。有時，我寧願它也趕快被拆掉，可是，又會慶幸它的存在，正好牽繫着我的童年回憶。洛克道、謝菲道，曾經是有名的煙花之地，自從那蘇絲黃故事出現之後，灣仔這個名字，在許多外國浪子心中，引起無數蠱惑聯想。每逢維多利亞港口停泊着外國艦隻時，我就很怕人家提起灣仔。我曾經厭惡自己生長在這個老區，但別人說她的不是，我又會非常生氣，甚至不顧一切為她辯護。在回憶裏，儘管是尋常街巷，都帶溫馨。現在，灣仔已經面目全新了，新型的酒店商廈，給予她另一種華麗生命。我本該為她高興才對，但隨着她容貌個性的變易，彷彿連我的童年記憶也逐漸褪色，灣仔已經變得一切與我無干了。

文化，是一座城市的個性所在。香港的個性呢？有人說她中西交匯，有人說她是個沙漠。是豐腴多彩？還是乾枯苦澀？應該如何描繪她？可惜，從來沒有一個心思細密的丹青妙手，為她逼真造像。文化沙漠，倒是人人叫得響亮，一叫幾十年，好像理所當然似的，也沒有人認真地查根究柢。難道幾百萬人就活在一片荒漠上麼？多少年來，南來北往的過客，雖然未嘗以此為家，畢竟留下許多開墾的痕跡，假如她到如今還是荒蕪，那又該由誰來負責呢？這樣說罷，香港的文化個性也很朦朧，不同文化背景的人為她添上一草一木，結果形成奇異園地。西方人來，想從她身上找尋東方特質，中國人來，又稍嫌她洋化，我們自己呢？一時說不清，只好順水推舟，昂起頭來接受了「中西文化交流中心」的稱譽，又逆來順受人云亦云的承認了「文化沙漠」的惡名。只求生存，一切不在乎，香港就這樣成為許多人矚目的城市了。

不知不覺，無聲歲月流逝。驀然，我們這一代人發現，自己的生命與香港的生命，變得難解難分。離她而去的，在異地風霜裏，就不禁惦念着這地方曾有的護蔭。而留下來的，也不得不從頭細看這撫我育我的土地；於是，一切都變得很在乎。但，沒有時間回頭關注過去的身世了，前面還有漫漫長路要走。

遠方朋友到香港來，我總喜歡帶他們到太平山頂看香港夜景。不是為了旅遊廣告的宣傳：「億萬金元巨製的堂堂燈火」，而是——乘纜車上山，我們不能不注意那種特殊感覺。車子自山下啟程，人坐在車廂裏，背靠着椅子，必須回過頭來看山下的景物。在一種要把人往下吸拉的力度中，就看見沿途的建築物都傾斜了，儘管我們不自覺地調校了坐姿，把視線與建築物平行起來，但其實我們是用傾斜角度看山下一切。到了終站，當滿城燈火在我們腳下時，我往往保持沉默。可以用什麼語言來描述香港呢？倒不如就讓在黑夜中顯得十分璀燦的人間燈火去說明好了。說實話，我也正沉醉在過客的嘖嘖稱奇中。

香港的夜景風光，最為耐人尋味。層層疊疊深深淺淺的閃爍，演成無盡的層次感。我總愛半眯着眼睛看山上山下的燈光，就如一幅迷錦亂繡。正因看不真切，那才迷人。過客也不必深究，這場燈火景致，永留心中，那就足夠記住香港了。

我常對朋友說，香港既是一個朦朧之城，生長其中的人，自當也具備這種朦朧個性。香港人不容易讓人理解，因為我們自己也無法說得清楚。生於斯長於斯，血脈相連着，我們已經與香港訂下一種愛恨交纏的關係。對於她，我們有時很驕傲，有時很自卑，這矛盾纏成不解之結，就是遠遠離她而去的人，還會時在心頭。

傾城之戀，朦朧而纏綿，這是香港與香港人的故事。

一九九二年

載黃念欣編選，《翠拂行人首·小思集》（香港：中華書局，二〇一三），頁一三〇——一三三。

董橋（一九四二年生），原名董存爵，印尼華僑，臺灣國立成功大學外文系畢業，於英國倫敦大學亞非學院研究多年。曾任《明報》總編輯、香港《蘋果日報》社長。著作有《英華沉浮錄》、《保住那一髮青山》、《小風景》、《今朝風日好》、《讀書人家》等。

「細長黃色水果」

董橋

James J. Kilpatrick 勸人寫作不必擔心用詞重複，說是有一位特約記者奉命去寫一篇關於聯合水果公司的特稿，「他提了一次香蕉；他再提一次香蕉；第三次還是用了香蕉；這一下他可急了。『全球首要細長黃色水果托運商』，他寫道。第四次用香蕉兩個字其實更好。」(He spoke of bananas once; he spoke of bananas twice; he spoke of bananas yet a third time, and he was desperate. "The world's leading shippers of the elongated yellow fruit," he wrote. A fourth bananas would have been better.)

不論中文英文，寫得平實清楚最好。第二步才追求味道氣勢不遲；那要多年的功力和閱歷才行。寫文言像文言，寫白話是白話，那是基本功；文白夾雜而風格自見，那是造詣。「已經」寫成「經已」；「也要」寫成「亦要」；「目前」、「現在」寫成「現時」；「他說的話」寫成「他的説話」；這是方言對文字的騷擾，不如全篇用方言去寫來得統一。用字還講貼切。中大醫學院院長那句「眾創院功臣」，雖是文字的「移植手術」，卻露出破綻。他想說的其實是「各位創院「俊彥」或者「賢達」。

不說be back to normal而說return to normalcy當然迂腐。今年世界婦女大會在北京附近的懷柔舉行，《紐約時報》竟把「懷柔」譯作Soft Bosom（酥胸！），真是想入非非。香蕉就是香蕉；寫作不宜有非分之想。

一九九五年十二月十九日

載《英華沉浮錄》（香港：牛津大學出版社，二〇一二），頁一九—二〇。

善待母語，維繫尊嚴

董橋

臺灣的何凡先生說：我們提倡白話文已近一個世紀，利用白話文傳授現代的聲光電化之學，國家因此步上現代化之路，功勞極大。但是現代臺灣學童愛看漫畫和電視，再加上電玩、KTV等消磨寶貴光陰，以致疏離國文，厭棄寫作，未免得不償失。他還說：筆下能通暢的表達情意是國民應有的基本能力之一，臺灣的教育普及已是世界第一流，但是國民寫作能力卻日見衰退，如果不能從小紮根，怎麼能培植成文化之樹。這是臺灣今日應當力謀改善的一個課題。

北京的《光明日報》載文呼籲善待母語，說是傳媒廣告中故意踐踏母語的現象姑且不說；去年秋季，某大學對三千五百一十一名新生進行語文水平測試，測試以中學語文及高考語文試題為基礎，難度不算高，但結果總平均分為六十三點九分，七十五分以上者僅佔百分之一點八，特別是碩士和博士研究生，平均得分都不及格。文章還說：我們有些人怠慢、冷落母語而熱衷於外語由來已久，中學階段外語與母語教育平起平坐；到了高校則不開《大學語文》之類的課程，外語倒不斷強化。碩士、博士研究生階段基本上是沒有母語市場了，考研、出國都只顧外語了。

香港理工大學中文及雙語學系助理教授陳瑞端研究公眾對中文錯別字態度及容忍程度，分析香港學生錯別字的情況。她的研究顯示大一學生錯別字為每一千字有五點六個；預科生有五個，中三學生有六點七個；小四學生有十二點四個。社會人士平均可以接受的錯別字數量是初中程度為一千字中有十一點三個；高中程度為六點六個；大學程度則三點五個。

何凡先生對自己國家語文的敬重之情教人感動；那等於英國人認定英文是英國最偉大的國寶（our greatest single national asset）。這是國民尊嚴的基石。據我個人粗淺的觀察，臺灣國民的普遍寫作能力並不太弱，臺灣書報雜誌的表達情意的基本能力一般都算達到「通暢」的水平，甚至文筆可觀的為數實在也不少。大陸上的有心人不斷呼籲漢語規範的問題，無奈各種政治運動困擾民心，粉碎傳統，打擊國民尊嚴；經濟一旦起飛，崇洋意識油然而生，菲薄母語的現象難免也應運而起了。香港的中文問題與殖民地歷史分不開；錯別字的情況固然值得注意，何凡先生所謂培植中國文化之樹的意識似也不容忽視。

一九九六年七月一日

載《英華沉浮錄》（香港：牛津大學出版社，二〇一二），頁二〇三——二〇五。

鍛句煉字是禮貌

董橋

英國名門貴族小姐 Jessica Mitford 思想進步，行為叛逆，一度信仰共產主義，離開英國嫁給美國猶太裔律師 Robert Treuhaft。一九四九年，美國加州奧克蘭市一名十八歲擦鞋黑人被警察誣告謀殺一名白人藥劑師。那批白種警察施毒計羅織被告罪狀，審訊期間陪審團是清一色的白種人，被告罪成判處死刑幾成定局。Treuhaft 自願替黑人上庭辯護，Mitford負責搜集證據證明案發之時黑人青年不在現場，結果勝訴，無罪釋放，夫婦倆揚名遐爾。這是黑白名片 *To Kill A Mockingbird* 的情節，很是動人。Jessica 後來成了名作家，*The American Way of Death* 瞬間暢銷。她接受記者訪問時說，她的原稿多經丈夫修飾，說他文法與造句都比她強。Treuhaft 則說這種差事不做也罷，改文章惹得他們吵了好幾次架；拿文章請人大力斧正，其實口是心非（People who say be unsparing in your criticism usually don't mean it.）。

寫作用心者大都字字如琢如磨，豈容他人隨便潤色。「善為文者，富於萬篇，貧於一字」，萬一真碰到高手救此一字，那是沒話說了，只得拜服。寫作確要自愛，率爾操觚之作拿出去見人終歸要後悔的。袁枚《小倉山房詩集》有〈遣興〉詩說寫詩推敲的景況：「愛好由來落筆難，一詩千改始心安；阿婆還是初笄女，頭未梳成不許看」。文壇老手也不可不鍛句煉字，恰似白髮阿婆不減少女心態，非修飾乾淨不肯見人。琢磨文字是對拜讀大作的人應有的禮貌；在吳明林所謂「新聞變作文，作文變默書」的社會裏，這種公德心更應該慢慢培養起來才是。Vladimir Nabokov慨呼言之：有勇無藝之庸才獨愛炫耀文章初稿，此舉不啻逼人傳觀濃痰(Only ambitious nonentities and hearty mediocrities exhibit their rough drafts. It's like passing round samples of one's sputum.)。

寫作的確是要從小處着手。中文的虛字、英文的介詞，都是關鍵。最近讀柳存仁先生的一篇文章，說到五十多年前北平清華大學出過一次入學考試的英文試題，只要考生填寫幾十條語句裏的介詞，結果英語不及格的人很多。柳先生這篇文章談的是一部九十年前香港出版的英漢辭典，是莫文暢編著的《達辭英漢字典》，光緒二十四年一八九八年出版。所謂「英漢」其實是「英粵」，柳先生舉出好多句子都很有趣，其中教人拍案叫絕者是英文的by hook or by crook，莫文暢譯為「扭足六壬，用盡八寶」！足見此公煉字之精。

一九九六年七月二十三日

載《英華沉浮錄》（香港：牛津大學出版社，二〇一二），頁二一八—二二〇。

鍾玲（一九四五年生），作家。美國威斯康辛大學麥迪生校園比較文學博士，曾任教港臺以及美國大學、香港浸會大學文學院院長、澳門大學書院院長。著有詩集《霧在登山》，散文集《大地春雨》和小說集《天眼紅塵》等。

人鬼同樂——馬來西亞的三保山

鍾玲

一九九二年我去吉隆坡演講，星洲日報負責接待我的文教主任蕭依釗問我，在馬來西亞想要看些什麼？我說想看中國人早期拓荒移民的古迹。她說，那就要安排你去馬六甲城，那兒有鄭和的遺迹。我說，有三保太監的遺迹，太好了，在馬六甲什麼地方？她告訴我，那個地方叫三保山。

於是我登上了馬六甲城的三保山，一座奇異的山。我們一行人在下午四點多來到山腳下。先參觀此山西南麓的寶山亭，亭中供了鄭和的雕像。據說這像也不是古物，鄭和的金身塑像在七十年代被偷走了。廟的周圍與臺灣許多位處市區的廟相似，人來人往，周圍都是小攤販，又擠又鬧。那口著名的三保井非常小，不但給鐵絲蓋緊緊罩住，還裝了很粗的現代抽水管，太煞風景了。我心中直喊冤枉，老遠跑來，就是看這些嗎？連這口井是不是鄭和的軍隊挖掘的，也是考據不出來的。我全然不知道，上三保山以後會有神奇的感受。

在林蔭中步上石階，山上送下來一陣陣涼風，這是我到馬東西亞五天來第一次享受爽神清涼的空氣。越往山上走越心驚，原來這是一座墳山，巨大無比的墳山，整座山密密麻麻都是墳塋，古墳逼臨山徑。許多墳老舊失修，磚石散落地面上，碑上的字迹也難辨。唉呀！我來探坊古迹，怎麼鑽到墳堆中來了？據統計山上共有墳一萬二千五百多座，是海外最大的華人墳場。有碑可考最早的墳，是明朝人黃維弘夫婦之墳，距今三百六十二年前葬的。據說鄭和五次來馬六甲，隨從之中有人過世，就埋在這座山上。那麼鄭和可能真的登過這座山，在五百六七十年前。

這座山是明朝遺民李君常向荷蘭人買過來的。他在鄭成功去臺灣以後，帶領一批抗清義士南下到馬六甲，在此建立家園。李君常在一六八三年買下這座山給世世代代的華人做公墓。他的頌德碑上就有這樣的句子：「捐金買地，澤及幽冥。」好個「澤及幽冥」！他不但帶領華人在海外安身立命，更為後世華人覓得永久安息之地，我看到山上也有近幾年才下葬的新墳，可見李公之澤竟及今日，真是位有遠見的人。他又在馬六甲城中建了一座廟，青雲亭，兼管墳山的事務，所以直到今天，這座大墳山還是青雲亭的廟產呢！

這座墳山倒真修整得不錯，登山道都砌了石階、還有扶梯。柏油鋪的環山跑道上，許多年輕人在慢跑。坡上到處是青青細草。完全不是荒山野墳的景象。後來我讀到三保山的資料，才知道山上的美化工程是華人社團自動自發經營完成的。例如說長三公里的環山跑道預算需要十二萬馬幣（約合臺幣一百二十萬），但只花了一萬多（十多萬臺幣）就完工了，因為那二百四十噸碎石是一家華人公司捐出來的，壓路機是另一家華人公司借用的，柏油也是捐出來的。又例如說，漫山的青青細草，則是各華人學校的校友會發動校友來種的。奇怪，一盤散沙的中國人，怎麼在馬六甲卻變得那麼團結呢？那麼富公益心呢？當然背後是有特殊的理由，因為受到外來壓力的緣故。

我們爬到一〇九英尺高的山頂上，我四望之下，大為訝異，因為三保山竟位於馬六甲城的中央！山的一邊是商業區，另一邊是住宅區，世界上哪裏有一個城市，在中央有一座大墳場呢？竟是大到佔地一〇四英畝的墳場。也難怪這座山成為必爭之地了。由十九世紀的四十年代開始，華人的墳山有六次差一點給外人搶去；華人祖先的墳，差一點給人刨去。想來這一百五十年間山上的祖先一直睡得不安穩。一八四八年統治馬東西亞的英國政府挖山，青雲亭的住持親自去阻止，他們才停工。第二次發生在一八六〇年代，英人以開馬路為由，徵用三保山，青雲亭的住持以「地脈動搖，勢必至墳隴有所損毀」為由反對。當然，中國人的祖墳關係到風水，怎麼能動？於是三保山又保住了。一九二〇年英人動腦筋動到山上的泥土來了，要用山上的土來填海，青雲亭理事聯合華人社團一直鬧到英國的樞密院，終於獲得勝訴。到了一九七〇年，市區已擴展到三保山周圍，馬六甲州政府要鏟平墳山，在華人社團力爭下過了關。第五次逼山發生於一九八三年，州政府要把這山發展為商業區，華人就打官司，州政府徵收不得，竟下殺手鐧，令青雲亭繳交二百多萬（臺幣兩千多萬）的地稅，這官司打了七年，終於庭外和解。但是沒想到在一九九一年七月州政府又發出一張八百多萬（臺幣八千多萬）的欠稅通知單，青雲亭再度入禀高等法院，要求州政府停止索稅……外面的打擊一波一波來，這三保山是龍脈，祖先住在上面默默地護持華人的未來，怎麼能讓人鏟山？難怪華人團結了。

一路上山，一路觀察，啊，山上不僅墳多，上上下下的活人也不少。再仔細瞧，由皮膚和臉上的輪廓看來，幾乎全都是華人。在遇見的上百個華人中，只見到兩三個馬來人。我問藹依釗我的觀察對不對？她說完全正確。華人有的在散步，有的在慢跑，有的坐在墳前談心，有的三兩結伴來，有的一家大小來。在金陽的斜暉之中，每一個人都一副心曠神怡的樣子。我們一行人之中，星洲日報馬六甲分社的記者，拐着受傷的腳上山，他微笑着；吉隆坡華人計程車公會的主席趙先生替我們開了一天的車，竟不現一絲疲態，笑眯眯的；我發現自己也是嘴角含笑。忽然，我悟出，這太不尋常了！想想看，如果這是一座公園，在其中人人心曠神怡，那一點也不出奇，但是這是古墓密密麻麻的墳山啊！你在世界上找得到第二座這樣的墳場嗎？黃昏薄暮時分，活人一定會毛骨悚然地張惶離去。黑夜來臨的時候，竟然敢在墳堆中川流不息，還一個個面帶微笑，我看只有中國人做得到，中國人是不太怕鬼的，祖先的鬼就更不怕了。也難怪山上見不到什麼馬來人或白種人了。

我在其他墓地從來沒有那麼開心過，這種和諧的氣氛真是太出奇了。後來我看到報道才知道，在一九九二年七月，馬六甲州政府已撤銷那百多萬元的地稅。十月一日，就是我登山的同一個月份，州政府把三保山列為國家歷史文物，由一九九三年起，每年只象徵性地收一百元地稅。終於一塊大石頭落地，那一萬二千多位住在山上的祖先們，一定感到安心，一百五十年來第一次完全安心，他們可以永遠安居在山上。我想像在落日的金暉之中，祖先們一個個坐在墳頭，面色安詳，微笑地望着這幾百個到山上來陪他們的子孫，包括我這個遠道由臺灣來訪的中華兒女。是因為這個原因，我才感受到那股和暢之氣嗎？這是一座和悅的山，人鬼同樂的山。

原載《中國時報》一九九三年二月六日
最後修改於二〇一八年十二月

杜杜（一九四八年生），原名何國道，上海出生，香港長大。執教鞭多年，散文見於香港各報刊，現居紐約。結集作品有《瓶子集》、《另類食的藝術》、《住家風景》和《飲食魔幻錄》等。

見雪

杜杜

飛機坐了十多小時，從香港到東京，再由東京轉往紐約，漸漸的顛倒晨昏，沒有了時間觀念，體內的休息調節器失靈，跟不上這突如其來的改變，人睡不着，雖然很疲倦。飛機上放映的電影是《投降》，莎利菲爾和米高堅主演，看十五分鐘已經看穿它的橋段用意，再不想看下去；吃東西也沒有什麼好吃，而且吃是填補精神空虛狀態的下策。於是起來走向機艙的尾部，略為舒筋活絡。那裏靠近緊急門閘處有一口小窗，彎身探前望出去，黑沉沉的背景上只浮現了自己的臉孔，於是拱着雙手擋着光再看，黑得厚實而不見底，深不可測。絕對的黑，沒有一絲光亮，沒有一點顏色，沒有任何形狀，沒有前後左右東南西北的方向移動。黑到這個境界，是光的絕對反面體，也就是另一種光。域陀雨果在死前喃喃自語：「我看見了一道黑色的光。」現在我也看見了，我的心就想：「這正是上帝唯一可見的顏面；這是上帝那不可思議的沉默。」

過不久有一對日本青年走了過來，拿着一張地圖在指指點點研究一番。然後天就漸漸亮了。再望出去，發現自己在雲海的上面。雲連連綿綿地一直伸展至最遠處，構成一輪巨大無比的圓形。在雲海的盡頭邊緣處，金燦燦的太陽光靜靜地滲了出來，將藍天化染成一片莊嚴。望着下面的雲，浮凸玲瓏地一堆連着一堆，像上千上萬的羊群，忽然都凝住在那裏了。我身旁的日本年輕人忽然說：「看，那是阿拉斯卡。」

我向下一望，雲不見了，晴空無邊，只見一片山脈，蓋滿了白色物體，幼細有如麵粉，其光采潔白又像軟剃鬚膏。陽光將凸出的尖峰亦染上一層金橙色，光影相襯，一股喜悅自心頭油然而生。我告訴自己：「那是靜止的雪。」

到了紐約希望看見下雪，希望看見雪在飄落時的靈動與寧靜，但人們告訴我雪季已過。誰想安頓下來的次日早晨九點鐘，大兒子叫我看窗外。細細的白點子不知從天上的哪處飄灑下來了。起初很疏落，跌在窗上竟再化成水，然後越下越密。雪點子小的像粉末，大的像鵝毛，徐徐的順着風勢灑下，其中較細的雪片不受風力影響，自顧自地在空中飄飄蕩蕩，活潑異常，過一陣才夷然落到地面。不多久，窗外的一棵大樹和整個庭院都蓋上了雪。連草地上兩個翻倒側躺的桶子，也兼顧無遺。我喜歡雪的一視同仁。綠的草，黑的樹，紅的桶，全部化白。我足足看了十五分鐘。雪下了半小時。下午太陽一出，又消融了。我打電話告訴住在郊區的妹妹，她說她那裏並沒有下雪。無端的下了半小時，在我來到的翌日早上，又叫我看到了。我心想：「這是上帝的一點溫柔。」

曾收入《瓶子集》（香港：素葉出版社，一九九五），頁一七九——一八一。

最後修改於二〇一八年十二月

油炸鬼妙在食空氣

杜杜

張愛玲在〈談吃與畫餅充飢〉一文裏開始便談到大餅與油條：「民以食為天，但看大餅油條的精緻，就知道『食』不光是填飽肚子就算了。燒餅是唐朝自西域傳入，但是南宋才有油條，因為當時對奸相秦檜的民憤，叫『油炸檜』，至今江南還有這名稱。我進的學校，宿舍裏走私販賣點心與花生米的老女傭叫油條『油炸檜』，我還以為是『油炸鬼』。大餅油條同吃，由於甜鹹與質地厚韌脆薄的對照，與光吃燒餅味道大不相同，這是中國人自己發明的。有人把油條塞在燒餅裏吃，但是油條壓扁了就又稍差，因為它裏面的空氣也是不可少的成份之一。」

我們就以這篇文字為起點，談談油條的典故、名稱和味道。

張愛玲說南宋時期人民憎恨奸相秦檜，才弄出了這味「油炸檜」小吃來解恨，這是公認了的說法。公元一一四二年，名將岳飛抗金兵成功在望，卻被奸臣秦檜以「莫須有」的罪名加以陷害。軍民皆義憤填膺。臨安城裏有一家專賣油炸食品的店主，用麵團捏成一男一女，背靠背貼在一起，放入油鍋中炸，說油炸秦檜夫婦，就此流傳開去云云。

不過這其實只是一種附會。油炸的麵食，是在南宋之前就有的了。《庶物異名疏》云：「林洪《清供》云，寒具捻頭也，以糯米粉和麵麻油煎成，以糖食，據此乃油膩黏膠之物，故客有食寒具不濯手而污桓玄之書畫者。」這裏所說的寒具、捻頭，就是油炸的麵食，《辭源》中的「寒具」條：冷食物名，即饊子。用糯米粉和麵油煎製成，可貯存。寒食節禁火，往往用來代餐，漢人名為寒具。其異名有粔籹（楚辭招魂）、餲（應劭通俗文）、膏環（三國魏周成雜事解詁）、粰梳（廣雅）、環餅（齊民要術九）、捻頭（宋林洪山家清供）等，因時因地而異。這些散見於古代文學的典雅名字，都是油條的遠親近戚，統稱為寒具。油條當然也要在離鑊之後稍冷才可以入口。

而寒具，也就是油餜子。《紅樓夢》第四十二回裏面有奶油炸的花卉形狀小麵果子，就是麵餜子。所謂油炸檜、油炸鬼裏的「檜」和「鬼」，皆從這「餜」字上變音轉移出來的罷了。

油條的另一名字是「麻花」。范寅著《越諺》卷中飲食門云：「麻花，即油煠檜，迄今代遠，恨磨業者省工無頭臉，名此。」《清稗類鈔》中有「油灼檜」：點心也，或以為肴之饌附腐品。長可一尺，捶麵使薄，以兩條絞之為一，如繩，以油灼之。其初則肖人形，上二手，下二足，其狀如×。蓋宋人惡秦檜之誤國，故象形以誅之也。

這也可以當作油條名稱的一個參考。麻花、寒具、油果子、油炸檜、油炸鬼等一大串名字，還數油炸鬼最有親切感。以下就稱油炸鬼吧。

張愛玲說油炸鬼「裏面的空氣也是不可少的成份之一」，此言不差。食物除了色香味之外，還有質感，大大影響了吃的樂趣。質感方面，隨便想起的形容就有軟、滑、鬆、化、爽、脆、韌、綿、硬、削。而吃油炸鬼的最主要樂趣，在於它的鬆、脆。而這鬆脆大部分依靠了它裏面的空氣。但油炸鬼的質感十分複雜，鬆脆中又帶一點韌，矛盾中有統一。當然不能太韌，太韌則成了嚼不動的「老油條」了。

關於油炸鬼裏面的空氣，大家可以看一看《小明周》的第二九五期的一篇童話，叫〈空氣也可以咀嚼〉。話說人間舉行烹飪比賽，由天神作評判。參加比賽的作品有牛角包、薄餅和油炸鬼，結果當然是油炸鬼勝出。天神說：「這油炸的麵條，裏面的空氣實在分佈得疏密適度。牛角包不及優勝，在於裏面的空氣委實是多了點，但好在牛油香。至於這薄餅，唔，就更空氣不足了，不妨加點作料上去一起吃，不致單調。」「空氣分佈得疏密適度」，是上佳油炸鬼必備之質素，油炸鬼使我們明白，空氣也可以咀嚼。

油炸鬼一般用來佐粥。咬一口油炸鬼，喝一口明火白粥，在冬天早上尤其是一件樂事。也有喜歡把油炸鬼折斷成小塊放入粥內，油炸鬼裏的空氣飽索粥水，吃起來又是另一番風味。炸兩，大家都吃過了，不用多說。雞蛋魚腸和焗禾蟲，裏面可以加點切碎油炸鬼，增加食味，豐富質感。

一般市面的油炸鬼會加入硼砂，有硼砂在人體累積會傷害中樞神經和消化系統。再者，油炸鬼的油往往反覆使用，也有害處，不可不知。如果有閒情自家動手造油炸鬼，秘訣在用明礬，能使食物組織膨鬆。

現在介紹油炸鬼的製法：

材料：高筋麵粉一斤，發酵粉七分，臭粉七分，鹽二點五錢，食粉七分，清水七兩，明礬三錢，生油二斤。

做法：將清水倒入盆中，加鹽、食粉、臭粉、明礬，溶化後加入麵粉、發酵粉，攪勻，揉成麵團。到了三光（盆光、手光、麵團光）之時便成。麵團在盆內置放一小時，蓋以半濕毛巾，以防風乾。待麵團膨鬆之後，放在桌上搓成長扁形，再置放二十分鐘，然後擀成寬三寸厚兩分的長形麵塊，每兩塊合成一件，用刀背在麵條上壓一道深溝。生油至一百八十度時，放入麵條，炸至麵條色澤金黃鬆脆便大功告成了。

曾收入《另類食的藝術》（香港：皇冠出版社（香港）有限公司，一九九九），頁八八—九一。

最後修改於二〇一八年十二月

檸檬茶與阿拉丁

杜杜

菩提本無樹，明鏡亦非臺，本來無一物，何處惹塵埃。

開玩笑。只有德高望重的長老，在終日面壁打坐之餘，才會有雅興誦念這風涼水冷的偈語；反正有小沙彌替他燒茶煮飯，至於木魚上的灰塵，恐怕也有專人替他拂拭的吧。當年六祖惠能充役火頭僧，在炭灰中翻了個斛斗走了出來，對塵土視而不見，實在乃是痛定思痛的覺悟。

至於我們凡人，根本就活在紅塵之中，無法擺脱。吾友阿達在很久以前就感嘆過：這許多的塵土，抹了又來，分明是個騙局。可不是，粉妝玉琢的星孩兒轉眼鶴髮雞皮，花開花又落，這個肚子吃飽了又會再餓；這樣地周而復始，構成了似是徒勞無功的循環。如果真的是個騙局，為何還要繼續下去？那是因為愛。這個無中生有的大千世界，也是來自愛。愛，就是沒有理由的理由——一切宗教哲學的探討，到此為止。

吾友阿達又曾半開玩笑地宣布過：如果哪天曾經把一壺水燒滾了，並且順利地灌入暖水瓶內，就簡直是完了一件功德。在阿達的顯微感受之下，日常的家務操作過程自有其不可思議的繁複艱巨。我每每沖檸檬茶，便想起了阿達的話。材料：大吉嶺茶包一個，二〇一度的開水兩杯、薄薄的現切檸檬三片、未經漂白的天然黃沙糖一湯匙。工具：描金淡彩玫瑰羅臣科瓷杯連茶托、孔雀尾巴銀匙一隻、水果刀一把、木砧板一塊。做法：檸檬切片備用。瓷杯內放進開水，把杯身燙熱了，再把水倒掉。將茶包的紙套去掉，放入杯內，再沖入開水，加蓋，焗泡一兩分鐘，加檸檬片和糖，用銀匙攪拌。各種材料要不時購置補充，喝茶之後各種工具要一一清洗揩抹，更是不在話下。

一杯檸檬茶就和這個宇宙有着千絲萬縷的關係：陽光雨水，人力物力，缺一不可。最後在各種因緣巧合之中誕生了這一杯檸檬茶，拿在手中重如石頭，貴如金子，簡直不能相信是真的。

很多年前和吾友衣莎貝共晉午餐，她也曾笑着說過：「你知道要把鯽魚蘿蔔絲湯弄到口，是多麼錯綜複雜的一回事？」這還是心情愉快的說話，其實是言若有憾地慶幸自己的口福難得；憂來無方的時候，想起了那杯檸檬茶的種種只覺心煩意亂，更莫說去親自動手做了。什麼勞雜子，我乾脆不喝你也就罷了。

「主人，有什麼吩咐？」阿拉丁神燈一擦，立即有戴耳環長胸毛的巨人隨着煙霧出現；你要什麼他給什麼，一切都在轉眼之間，不費吹灰之力。我相信阿拉丁神燈的故事，一定是勞苦大眾給工作壓得透不過氣來之後幻想出來的。仙棒一揮，美酒佳餚堆滿桌，咒語一念，霓裳羽衣現眼前。這般美滿如意的童話故事，該是現實中的灰姑娘被欺負得走投無路之時異想天開，是絕望中的產物。富貴閒人想不出這樣的巨人和教母，因為他們本來就有下人隨從代勞，打點日常生活的一切。飯來張口，茶來伸手的神仙境界乃是他們的家常便飯。他們很早便知道，憑着欺壓和種種政治手段，能製造出一批奴隸，而這批奴隸就能把神話轉化成現實。他們的命令就是咒語，只消嘴巴動一動，吃的穿的便立即出現眼前。

言談就是政治，說話就是魔術。君子動口不動手。讓不會說話的人去勞動好了。他們耕種養蠶，我們吃飯穿衣。他們挑泥搬磚，我們住高樓大廈。有人說過，寵壞了的孩童最容易成為暴君，那麼暴君也就是寵壞了的孩童。孩童的世界可不正是魔術世界：只要大哭蹬腳，心中想要的便會弄到手，正如暴君的號令一出，誰敢不依，否則人頭落地。

孩童的哭喊和暴君的欺壓作用相同。他們都是通過最快捷的途徑達到目的，而避過了勞動這一關。當然，一般的消費者，也可以上館子，坐下來餐牌一指，便有美食到口，這差不多也是魔術吧。不過無氈無扇，神仙難變。這個魔術的主要道具是什麼，更是不言而喻。

但是大多數的時候，只要時間和精神允許，我還是願意親自去調製一杯檸檬茶。這是微不足道的勞動，卻能使這杯茶的滋味更為踏實可親——好歹是我做的。而我也實在不介意在飯後清洗碗碟，和使人不快的油膩接觸，一點點去克服那好逸惡勞的本性。

是的肚子飽了會再餓，碗碟洗乾淨了又再狼藉。但不妨耐着性子一次又一次地去做，從最卑微的勞動之中和物質的世界作直接的接觸，擯棄了魔幻的童話世界，從而體驗這世界的真實。

曾收入《飲食魔幻錄》（香港：明報周刊，二〇〇五），頁一六二——一六五。最後修改於二〇一八年十二月

當狗遇上貓

何福仁

何福仁，香港出生，香港大學畢業。與朋友創辦《羅盤》詩刊、《大拇指周報》、《素葉文學》。著有詩集《如果落向牛頓腦袋的不是蘋果》（第四屆香港中文文學雙年獎詩組首獎）；散文集《上帝的角度》、《那一隻生了厚繭的手》（二〇〇六年第九屆香港書獎）等等。

阿麗思在奇境裏當然遇到許許多多奇事，貓會說話，耗子會說話，青蛙會說話，連阿麗思自己也會因為喝了什麼吃了什麼，變得忽大忽小。——如今世情複雜，奇事多見，反而是人說貓話，人說耗子話，見奇也不奇了。近來重讀卡爾洛這本書，再沒有少年那種奇趣的感覺，恐怕也沒有少年時那種好奇的心情，反而覺得平淡樸素。這些年來看得太多追求詭奇尖新的文藝創作，不奇而奇，反而變得稀罕難得。奇境裏有一頭貓，不單會說話，而且會笑。一位朋友曾給我一幀滿臉笑意的貓照，那頭貓瞇起眼睛，嘴巴上翹，從人的角度看，牠的確在笑，滿意、舒適地微笑。但可能那是牠的常態，牠本來就生成這個樣子。牠看來心情不壞，這個倒不用懷疑。一般的貓，滿意、舒適的時候喉頭會呼嚕（purring），而不會笑，像人那樣發笑。我從小家裏就有過各種不同的動物，有貓，有狗，有兔子，還有過金魚、雀鳥，在新界鄉間居住時甚至養過一大群鴨子，從黃毛小鴨養起，大了，都捨不得宰吃，終於逐一送了給別人。以後就不再養了。父母都喜歡小動物之故，我疑心我也只是他們的小動物之一。年輕時我喜歡狗，對貓不大留意；中年後逐漸認識貓，才開始喜歡貓。

老早就有人說狗像儒家，貓呢，像道家。反過來比喻，卻還不大聽過。記得小時一次幾位長輩探訪父親，大概見了又貓又狗，這兩頭異類，初見時彼此仇視，尤其那頭狗，醋勁頭不得了；後來卻化敵為友，好得不得了，彷彿狗學會了貓語，貓學會了狗語。長輩見了，於是議論一番。我一位愛捉狹抬槓的伯父，忽然搭腔，說：不是儒家，而是新儒家。然後向我的父親伸出舌頭。那是上個世紀五〇年代末，父親的朋友正在籌辦一所專上學院，名字好像叫經緯書院，父親也幫點忙，所以跟南來的一些儒家學者也有來往；後來我才知道四位著名的儒學大師不久前還在報上發表文告。現在想來，先父喜歡社交，這方面其實像狗；環境稍好，吃飯的時候，家裏總有些這樣那樣的朋友出現，甚至住上一些日子。我的伯父，在國內著名大學畢業，輩份看來比當時的幾位填詞寫詩的名家都要高，家人都留在內地，自己也不大做事，所以經常出入吾家，他反而像貓，獨立、犬儒（cynical），而且調皮，對父親的朋友愛理不理。他當然並無惡意，只是好玩。

伯父進門，家裏的大狗就撲向他，搖尾示好；他就說：滾開，新儒家！令父親哭笑不得。父親偶然做了文章，請他過目，評語總不好過，一次，他說：「放屁放屁，真豈有此理。」原來是有典故的，何典？就是《何典》。他對父親的犬兒偏憐，練習作文時滿紙胡言，他仍然會挑出好處；對犬兒的父親，卻毫不客氣。這未嘗不是一種補償，所以做父親的也總是作尷尬狀，不以為太過。另一次，他看了我的作文，告訴我有那麼一個老師，給學生的評語來來去去只有三個字，三個字可也分出等第來：「放屁狗」、「狗放屁」、「放狗屁」。要考考我，問我寧願挑哪一個。然後告訴我，這是梁啟超《飲冰室文集》的趣聞。我從此記住梁啓超的名字，作文，希望最惡劣也只是「放狗屁」。他告誡我：寫文章，別學父親他們，要做新文體，要看外國文學，你看，某某本來是新詩人，如今倒做起舊詩，為什麼呢，因為可以躲在陳詞套語裏，詩照做，而不用流露真情感，他就是怕流露真情感。他原來也有認真的時候，只不過新詩無論有意無意，同樣可以是陳詞套語而已。

讀阿麗思邂逅那隻會笑的貓，令我想起這些。那隻貓，阿麗思問，為什麼會笑？公爵夫人答：「因為牠是一頭柴郡貓（Cheshire cat），這就是原因了。」Cheshire cat，趙元任譯為「歙縣的貓」，把牠移居到吾國黃山下面一個美麗的地方。但柴郡貓何以會笑，彷彿是不說自明的東西，阿麗思不懂，趙元任還為公爵夫人加上一句罵人的話：「你這豬！」我也不懂，當然也很豬；請教一位英國朋友，他看來也成為另一頭豬，不過勉強解釋說，這大概是因為柴郡盛產乳酪，當時盡可能有一種塑成笑臉貓的樣子。無論如何，Cheshire cat乃成英人的常用詞，借來形容無緣無故地傻笑的人。Saki的短篇*Tobermory*寫的一隻貓不單能言，還會像英國人那樣擅言，把紳士、女士在背後搬弄彼此的是非、陰私逐一複述，令他們大感尷尬，那一頓下午茶當然不是味兒，一切就始自他們喝茶時提出一個乏味的話題：「人言易學嗎？」還是梭羅在《湖濱散記》裏描述一隻所謂「有翼的貓」時說得好：「為什麼詩人的貓不能像他的馬，也長出翅膀？」後來阿麗思在樹林裏又遇上這貓，這是全書最有趣的地方，下面是趙氏的妙譯：

那貓看見了阿麗思，還是對着她笑。阿麗思想牠樣子倒還和氣：可是牠有很長爪子，又有那麼些牙，所以她覺得應該對牠稍微恭敬一點。

她稱呼道，「欽縣貓兒。」她心上有點膽小，因為一點不曉得那貓喜歡這個不喜歡：可是那貓笑得嘴更開一點。阿麗思想道，「好啦，牠還是高興的。」她就說道，「請您告訴我，從這兒我應該往哪條路走？」

那貓道，「那是多半要看你要到哪裏去。」

阿麗思道，「我倒不拘上哪兒去……」

「那麼你就不拘走哪條路。」

阿麗思加注道，「只要我走到個什麼地方就好。」

那貓道，「那個自然，你只要走得夠久，一定就會走到什麼地方的。」

阿麗覺得這句話沒有可駁的地方，她就再問一句別的話。「這兒有些什麼樣人住啊？」

那貓拿右爪子指道，「在那個方向有一個帽匠住着，又舉起左爪子來指道，「在那個方向有一個三月兔住着。你喜歡去拜訪哪一個就拜訪哪一個；他們兩個都是瘋的。」

阿麗思道，「可是我不願意走到瘋子的地方去。」

那貓道，「那是沒有法子的；咱們都是瘋的。我也是瘋子，你也是瘋子。」

阿麗思道，「你怎麼知道我瘋呢？」

那貓道，「你一定是的，不然你人怎麼會在這兒呢？」

阿麗思覺得這個理由一點不充足；可是她還是接着問，「那麼你怎麼知道你自己瘋呢？」

那貓道，「我先問你。一個狗是不瘋的。你承認這個嗎？」

阿麗思道，「就算牠不瘋。」

那貓道，「好，那麼，你瞧，一個狗，他急了就打呼嚕，高興了就搖尾巴。我可是高興了就打呼嚕，急了就搖尾巴。既然狗是不瘋，那麼豈不是我瘋麼？」

阿麗思道，「你那個我叫唸佛，不叫打呼嚕！」

這麼一種怪邏輯，來自一頭貓，無疑強似來自一隻狗。但其實狗有「瘋犬症」（rabies），反而沒聽過貓有瘋疾——人前瘋，倒是有的，吾家的花花，平素不搗蛋的時候是很乖的，有了客人，加倍搗蛋，引人注意。心理學家告訴我們，貓另有一種更高妙的伎倆，在芭芭拉．漢娜（Barbara Hannah）的講座裏，她引用過這麼一個動物學家的例子：一頭雌貓看上了一頭雄貓，卻對雄貓不瞅不睬，當對方追求牠時，假裝很生氣，甚至跟對方打架。貓科動物會欲擒故縱；狗呢，看來不會，憨直有餘，喜怒形於色。看貓看狗，原來可以看到我們自己。歙縣貓神出鬼沒，真的要走，也別開生面：

> 這一回牠就慢慢地不見，從尾巴尖起，一點一點地沒有，一直到頭上的笑臉最後沒有。那個笑臉留了好一會兒才沒有。
>
> 阿麗思想道，「這個！有貓不笑，我倒是常看過的，可是有了笑沒有貓，這倒是我生平從來沒看見過的奇怪東西！」

許多年後，我把書裏的豬嬰孩、瘋茶會、皇后的槌球派對通通忘掉，可仍然記得那麼一隻貓，臉面徐徐沒有了，還留下裊裊不去的笑。

貓一直給人精明的形象，好的是智者，壞的是老千，甚至是會作法施蠱的女巫。總之從來不笨。只有幼貓由於太貪玩，幾乎被老鼠夫婦用麵粉捲成貓布丁，那是波特（Beatrice Potter）的童話小說。也許在《木偶奇遇記》裏的一頭貓是例外，丟盡了所有的貓臉：牠跟狐狸勾結，騙去木偶的金子；牠表現得很窩囊，老在拾人牙穢，像走江湖賣膏藥，狐狸師傅說：「伙計慢打鑼，」牠這個徒弟就接腔：「打鑼。」後來因果報應，兩個都途窮末路，再遇到木偶，狐狸請求：「別拋棄我們。」貓重複：「拋棄我們。」反而追殺木偶的一隻狗，遇溺時被木偶所救，到木偶有難則伸出援手。

哲羅姆（Jerome K. Jerome）的小說《三人同舟》（*Three Men in a Boat*）也有一段貓和狗相遇的趣事，這是一本風趣、幽默的書，書中有一頭鬥牛㹴（terrier），平日好勇鬥狠，殺雞捕鼠，一生的目的就是找尋厮殺的對手。牠在書中的份量，並不比其他三人少，所以應是《三人一狗同舟》。一天，牠在街上遇上一頭雄貓，興奮極了，咆哮一聲，儼如克倫威爾（Cromwell）遇到對頭，以二十哩的時速奔向獵物。這雄貓死定了；牠很健碩，失去半截尾巴、一端耳朵、大塊鼻子，正在街頭慢跑，一派閒適、自得，不知大禍臨頭。牠突然在街心停定，轉過頭來，對只有一碼之距的鬥牛㹴，問：「你找我嗎？」鬥牛㹴馬上收步，雄貓看來有一點什麼足令最大膽的狗也為之顫抖。貓狗對峙，下面是兩造想當然的對話：

貓：「有什麼我可以幫忙呢？」

狗：「不，不，謝謝。」

貓：「不要介意說呵，如果你真要找我幫些什麼。」

狗：「啊，一點也不用，不要麻煩。我怕搞錯了，我以為認識你，對不起，打攪了。」

貓：「一點也不，還相當高興呢，現在，你真的肯定不是找我嗎？」

狗：「一點也不，謝謝——一點也不，你真好，再見。」

貓：「再見。」

那隻雄貓於是起身繼續牠的慢跑，而鬥牛㹴呢，挾起尾巴回來，躲在三人後面。後來，每當有人向牠提起「貓」，鬥牛㹴就可憐兮兮，收起尾巴，彷彿說：別要我了。

這些，都是我少年時所聽所讀貓和狗的故事，一定還有不少，讓我想想看。

二〇〇三年十一月

載《上帝的角度》（香港：三聯書店香港有限公司，二〇〇九），頁一七九—一八六。

走進綠色

王璞

王璞（一九五〇年生），生於香港，長於內地。上海華東師大文學博士。先後作過報社編輯和大學教師。長篇小說《補充記憶》獲天地圖書第一屆長篇小說獎季軍，長編小說《么舅傳奇》獲天地圖書第二屆長篇小說獎冠軍、第六屆香港中文文學雙年獎小說獎。

我注意到，在那些娛樂週刊的明星專訪裏，都少不了有這樣的問題：「你最喜歡的顏色？」我又注意到，大多數明星的回答都是：紅色，粉紅色，紫色……等等暖調色彩，這是否暗示明星們潛意識中對大紅大紫的嚮往呢？我沒有研究，不過，我因此倒想到了一個題目：顏色在我們生命中的意義。

有人作過研究，嬰兒出生之後一個星期就可以辨別顏色了，這使得他喜悅，於是他笑了。不知有沒有人研究過，嬰見是否一開始就對一種顏色情有獨鍾？還是所有的顏色同時湧進他的眼睛，慢慢才分辨得出來紅橙黃綠青藍紫？我確切知道的是，很多猛獸只分辨得出紅色，史賓格勒在《西方的沒落》裏說過：「紅色是性特有的顏色，因此紅色是唯一能使野獸有反應的顏色。」

我自己特別喜歡的顏色是綠色，我是在逛服裝店時發現這一點的。不論我一眼就看中的衣服是什麼式樣，它的顏色一定是綠色。這往往是在無意中發生的，直到我把那件看上了的衣服拿在了手裏，才發現：怎麼又是綠色？我剛開始在大學教書的那一年，期末我讓學生給我的教學方法提意見，有位學生竟然提出這樣的問題：「能不能告訴我們：你為什麼老是穿綠色的衣服？」

當時我愣住了，因為我確實從未思考過這個問題。一個人對於一種顏色的偏好，是否就是他性格的一部分、是與生俱來的呢？因此偏執於某一種顏色，也說明性格上的某種偏執。那些性格較為柔和的人，一定是對生命的七原色都兼收並蓄的人吧？

比如說，我們在屠格涅夫的小說裏就看不出對某一特定顏色的偏愛。在毛姆的小說裏也是一樣。高爾基就不同了，他酷愛強烈的顏色，這就跟契訶夫喜歡灰淡的顏色一樣。我曾經十分喜歡康拉德的小說，特別是中篇小說〈颶風〉，可是我無論如何也不能把〈黑暗的心〉讀完，而且試了幾次之後，我就對這位作家變了心，不再喜歡他了。當時我說不清是為什麼。當我思索起顏色問題時，我才恍然大悟：康拉德也和高爾基一樣，是位偏執的作家，而且他偏執的顏色與我偏執的顏色，大相徑庭。請看〈黑暗的心〉裏以下這段議論：

上面有很多紅色……任何時候看都是好的，因為你曉得那裏已經開發得差不多了。一點、兩點藍色、一些綠色、一些橙色；東岸有一塊紫色，表示那些開拓者已經與高采烈地喝起啤酒來了。可是，我要去的不是這些地方。我要走進黃色裏去，中間那一塊死寂黃色。

黃色，還有紅色，那正是康拉德熱衷的主題：暴力、沉淪、罪惡、扭曲的青春、誇張的殉道、以他人作犧牲的贖罪、以美麗來填充的慾望，將這一切混揉在一起，便是刺目的金紅了。那都是我深惡痛絕的顏色，我寧可一輩子都是三流作家，也不會沾手那些主題，走進那樣的顏色。

古老的埃及傳說中有個說法，說是人出生時最先看見的顏色是什麼，那麼，不管他喜不喜歡這種顏色，他這一輩子都會沉浸在這種顏色裏了。我相信這種說法。

我相信，我出生時第一眼看到的顏色是灰白色，介於新與舊、明與暗、雨過但尚未天晴的那種顏色。那家位於港島的教會醫院因年代久遠，原本是白色的牆和天花板早已需要重新粉刷了。當我睜開眼睛，發現自己被這種含糊曖昧的顏色所環繞，頓時放聲大哭。就算沒過兩天就回到色彩比較明亮的家也無濟於事，我還是一睜開眼睛就哭。好像對於自己被投放到人世這件事很氣憤似的。

接下來的二十多年裏我成長於一個火紅的世界，那個時代很多首深入人心的歌都提到這一事實，比如：「我們的青春火一樣紅，星星和火炬指明路程。」「火紅的年華，火紅的時代，昂首闊步向前進。」「紅岩上，紅梅開，千里冰霜腳下踩。」等等。那時代流行的讀物也寫到這一點。很多讀物從題目看就一片火紅，比如《青春似火》、《野火春風鬥古城》、《烈火金剛》、《紅旗譜》、《紅日》、《東方紅》……有一套革命回憶錄叢書，名叫：《紅旗飄飄》，有幾十本之多，我差不多都弄來讀了。但即使如此，我也沒被這種顏色吞沒，環繞着我的那一圈灰白，實在太頑固了。

後來有一段日子，紅色佔據了我們生活的每一寸空間，一天早上，一覺醒來，我發現全城已經一片紅，到處都是紅旗紅布紅纓槍，紅色的橫幅、紅色的標語、連牆壁都刷紅了。此起彼伏的喊打喊殺聲，從這一片紅色中升起。就在這樣一片鋪天蓋地的紅色浪潮中，我逃向綠色。我和幾位在這片紅色面前嚇呆了的同學，在一個所有的顏色都模糊掉的清晨，悄悄登上一列火車。中午時分，我們下了車，往四周一看：好一片綠色！山啦，水啦，田地啦，都是綠色。只有天空是灰白色的，可是，就連灰白色的天空，在這綠那綠的點染下，也多了幾分生氣。我感到心頓時輕了飄了，那片紅海洋的喧囂像一個正在遠去的噩夢，我們快樂地走進這片綠色裏去。

可是，我們在綠色中又逃得了多久呢？沒過幾天，當我們正在一片菜地裏澆水，遠遠地看見隊長朝我們跑來了，他說，剛剛公社派人轉告了城裏來的電話，叫我們立刻回城，參加學校鬥批改。

綠色和紅色並沒有中和，反而使得那種強烈的色彩變得更加令人難以忍受。幸而，就是海洋也有退潮的時候，在這片紅色與那片紅色之間，還是會露出一角空間，那空間有時是天空，有時是土地，有時是一座房子……讓我得以在其中喘息。這麼說吧，我學會了在那灰白色的夾縫中掙扎求存。這是一種特別的本領，在任何時空中都用得着。

如果你仔細觀察我們這些從那個年代裏比較乾淨地走出來的人，就會發現我們都有一個共同點，那就是我們特別善於發現各種色彩中的灰白地段。不管人家怎麼折騰，我們都可以在那一片喧囂中找到可以讓自己站住的一小塊空間，等到各種強烈的色彩都消褪，我們還是站在那裏，只須拍一拍身上被沾的塵土，就一切依舊，保持住了一份自我，不過這倖存的一點自我也是有顏色的，它是灰色。紅橙黃綠青藍紫以外的、更為常見的一種顏色。

說到這裏，你該知道我為什麼特別喜歡綠色了吧？說到底，沒有人甘於平庸，我一直在做着那個當年沒有做完的美夢：披一身清晨的露水直走進綠色裏去，一直走一直走，讓這種生命的顏色滲透全身每一個細胞。

載陶然編，《香港散文選二〇〇〇—二〇〇一》（香港：三聯書店，二〇〇四），頁十一—十四。

最後修改於二〇一九年五月

銀行裏的師奶

王璞

有位內地新來香港的名人太太，年輕漂亮，光彩照人，某日卻聽見別人叫她師奶，當即把臉一沉：「我就那麼老嗎？」

顯然，她誤會了。在香港，「師奶」這個詞不能從字面上理解，在大多數的場合，它是對已婚女子的一種暱稱，介於「太太」和「老婆」之間，比前者多幾分人情味，比後者多幾分尊重。就如陳方安生、葉劉淑儀、梁李麗霞這類女子的姓名，是香港地方特色的表現之一。我在其中玩味出的，不僅是此地女子對於已婚狀態的自豪感，亦多多少少是此地東西方文化交融狀態的一種體現。在那些專登小道消息的「八卦」周刊上，陳方安生就被稱作了「陳師奶」，葉劉淑儀則是「葉師奶」，這表示帶點親切的好意。挖苦時的稱呼就不同了。陳師奶變成了「陳四萬」，葉師奶變成了「葉掃把」。

對於師奶這種稱呼特別感到親切自豪的，我想是出沒於銀行、證券行的那些家庭主婦了。外面有個賺錢的丈夫支撐着家庭經濟，舒舒服服在家做太太，每日做健康體操、指揮菲傭幹家務之餘，還能拿私房錢在股市搏殺幾個回合，既作賺點油鹽錢之想，也權當刺激的遊戲，真是優哉遊哉。

在我們那個屋村，大小銀行有十三間，其中規模稍大一點的，都闢有炒買外匯股票的專區，幾排座櫈，幾臺電視，幾個股票報價機，兩三個買賣窗口，每日進出於這些地方的，除了少數退休阿伯，就是師奶。

住我對門的陳太，星期一至星期五都到對面的上海商業銀行上班，朝九晚四，跟從股票交易所的開市時間。有幾次我到銀行辦事都碰見了她。我們雖做鄰居一年多，卻仍是點頭之交，因為作息時間不對，除了偶爾在電梯裏碰上，很少見到。倒是在銀行的相遇，讓我們開始有了交談的機會。她見我在那裏排隊，主動過來幫我：「有什麼我可以幫忙的事嗎？」她問。我想打聽人民幣匯兑的事，跟她一說，她立刻如數家珍，告訴我哪家銀行匯率比較高，哪家銀行可以辦電匯，收費各是多少……

「嘩！你比銀行小姐都厲害，什麼都知道。」我驚嘆。

「那當然，在這些銀行走了十多年。連桌椅板凳都熟了呀。」陳太不無自豪地道。

「炒股票？」

「是呀，玩玩而已。」

「發財發財！」

「哪裏，這年頭，保本就偷笑了。去年那場股災，我不見了幾十萬，現在正在一點點地收復失地，好辛苦。」

「聽說可以在家打電話買賣，那不是輕鬆一點。」

陳太笑了：「那不同的，這裏有氣氛。而且借機大家也正好聚一聚。我們一羣師奶，一起炒了這些年股，都成了朋友，每天早上一起做操、飲茶，然後就到這裏，跟你們上班一樣好有規律的。」

跟她在一起的呂太好像緊張一點，她坐在第一排，目不轉睛地看着電視屏幕，不時地還走到報價機那裏查詢一陣，陳太笑道：「她才來不到一年，新手都是這樣的，慣了就不同了。」

陳太六〇年代來自上海，丈夫開着間小公司，做生意，她自己一直沒工作，先是兒女還小，那時丈夫的生意沒打開局面，日子過得緊緊巴巴，出去工作的工資還不夠應付請個菲傭的開支。等到兒女長大成人，一個個飛了出去，她也過了找工作的黃金年歲了，再說：丈夫做生意也多多少少賺了一些錢，不僅不用她出外工作幫補家計，還足夠讓她請個菲傭舒舒服服當全職太太。

「一天到晚時間排得滿滿的呢。」陳太說，「四點鐘這裏收市，到菜市場超市走一圈，工人買菜不行的，不會搭配。晚飯女兒一家都來吃，要做得正式一點，我就得親自動手。」

晚上看電視，總是有那麼一兩個連續劇要追看。到了周末，就有牌友約了打麻將，一打就是八圈，有時候戰到下半夜才能收場。而星期天還有其他的節目，不是約了朋友飲茶，就是朋友約了逛街看戲，「亂七八糟的事一大堆，」陳太說，「有時候連電視也看不成，只好錄下來第二天看。」

好像是為了證實她的話，我們說話這麼一會兒，她的手機已經響了兩次，一時是菲傭請示家務，一時是朋友約活動。看她的架勢，我明白了怎麼有的人手機一個月五百分鐘還會打爆機。可陳太說：「我還算好的呢，像那位張太，入了教會做了幹事，忙得厲害，每天只能來這裏轉一轉，有時候茶都不飲了。」

陳太說她每天做操就在我們前面的那個平臺花園，「全部都是師奶，只有一個男人，是張太的先生，剛剛退休，新加入的。你也來嘛，做操有利於睡眠和消化，再說，大家在一起好開心。」

第二天早上我特意走到朝向平臺花園的窗口看了看，果然，足球場那麼大的一塊場地，浩浩蕩蕩排開了一片師奶大軍。有三十來歲的少婦，有白髮蒼蒼的阿婆，她們在錄音機的伴奏下跳健康舞，動作整齊漂亮。看着看着，我也禁不住跟着舞動手腳，是呀，我也是師奶。

原載《大公報・大公園》，二〇〇一年二月二十四日。
收入《香港女人》（上海：東方出版中心，二〇〇三），頁二四——二七。
最後修改於二〇一九年五月

辛其氏（一九五〇年生），原名簡慕嫻，香港出生。著有《每逢佳節》、《青色的月牙》、《紅格子酒舖》、《閒筆戲寫》及《漂移的崖岸》等書，曾獲香港中文文學雙年獎一九九五「小說組」及一九九九「散文組」優異獎。

上環三題

辛其氏

1

上環三角碼頭一帶，連着鹹魚欄、南北行——專事批發海味藥材的集散點，是一個饒有風味的民生商業社區。小時候在永樂西街生活過，多少有點感情，對上環這個充滿古老聲色味的地方，難免偏愛，雖然這老大哥正努力扮演年輕的角色。

住家後面是文咸西街，整條街是海味和藥材的批發莊口，小時還有十來家店面和內部格局仍帶濃厚的民初色彩。門口有一道圓木條造的柵門，廣東人喚作「趟攏」，頭頂一塊黑漆金字招牌，以紅布綵圍飾；踏得光滑的石門檻，一溜青石板地，大概年月深遠，中間的石板塊已稍微下陷，左右兩旁排列一堂酸枝桌椅，靠背和桌面用雲石鑲嵌，又在適當距離放置兩三個痰盂；高大的櫃檯佔了鋪內三分一面積，櫃檯邊沿圍鑲着擦得透黃透亮的黃銅條。坐在櫃檯後面的掌櫃和幫櫃，許多時架着黑框老花鏡，算盤打得「的得」響；偶然與幹小生意的老闆議論價錢，會拿起工筆花鳥瓷茶盅呷一兩口茶，或者撩起長衫下襬，帶引顧客看門前排列整齊的一麻袋一麻袋貨色，小伙計在後頭跟着，自然而然陪着一張笑臉。那個時候生意人大都老實，絕不會漫天索價，主客之間自有一種尊重與信任，就算不做交易，順路到相熟的掌櫃店中閒坐串串門子的也有。這條街絕不喧鬧，終年清清靜靜，作估不到做的買賣動輒是十幾萬元的上落。

2

文咸西街近德輔道西處，有一條小巷叫香馨里，街坊慣常喚它潮州巷，因為窄窄一條里弄，擠滿賣潮州小吃的攤檔。午飯和晚飯時候，汗衫短褲赤膊赤腳的三角碼頭挑夫，西裝革履打扮趨時的洋行職員，散學的學生，都往這條僅可容二人通過的窄巷裏鑽。雖説可容二人，但一邊放滿幹營生的生財工具，有些地方窄得僅夠一人側身而過，還不保險正在沸騰的湯水，水蒸氣會不會噴到臉上來；或者老闆娘掄起菜刀，正斬切一碟碟鹵味和燕鵝，鹵汁和肉碎說不定就在半空裏亂飛，儘管這樣侷促，來的人還是一樣多。我第一次吃蠔酪，就在這兒開的葷，至於吃飯前提着漱口盂，到潮州巷買魚蛋牛丸佐飯，半夜裏跟着贏了錢的哥哥「打冷」，更不在話下了。

香馨里的盡頭，卻豁然開展一塊闊落的空地，像個葫蘆肚，靠葫蘆肚的左面，穿越一條短巷，可通往交通頻繁的皇后大道西。皇后大道西從前有個高陞戲院，有成行成市標榜字號老成色足的金鋪，有售賣香燭紮作的文具紙莊，在西街附近還有市集和菜場。沿皇后大道西往西行，本來有許多古老店鋪，現因中環商業區已達飽和，有發展西區也成為商業中心的趨勢，大路上古舊的四層樓建築物，難逃拆卸的命運，舊式店鋪只有在橫街窄巷中才偶然見到。

3

提起往日的金鋪，總難抑制對母親的思念。我讀「中一」的時候，還是懵懂無知，關於瘦弱母親的一番心事，並不能完全了解。一天晚飯後，母親做完家務，央我陪她到街上走走，我答應了，她即從房中取出一個小布包，用手帕和洋紙包得十分整齊，歡喜地隨我出門。母親是個舊式女人，平常深居簡出，如果沒有非得親自一辦的事情，絕不會有這樣好興緻。兩母女閒逛到皇后大道西，一列金舖排開，她像在尋找一間相熟的，然後拖着我進舖子裏去。我是生平頭一次大模斯樣面對黃澄澄的金飾而不覺阮囊羞澀。母親細心問明重量與價錢，比較着一條條足金打造的手鏈徵詢我的意見，最後選了一條吊着個金鈴的，要掌櫃算價錢。她取出小布包，打開一層又一層，裏面原來是我與哥哥擺滿月酒時，親戚送的小金牌小指環，她通通賣給了金舖，補幾十塊錢換購手鏈給我，並且為十元八塊手工錢與掌櫃的討價還價。一年後母親去世，手鏈下落不明，其後輾轉離家，母親當年手贈之物，腦海中偶一浮現，舉手投足間，恍惚傳來小金鈴的清脆搖響。

載《每逢佳節》（香港：素葉出版社，一九八五），頁四七——五一。

最後修改於二〇一八年十一月

茶餐哲學

胡燕青

胡燕青（一九五四年生），基督徒寫作人，浸會大學語文中心前副教授，現已退休。畢業於香港大學文學院，修中、英文。作品以詩、散文、短篇小說及兒童文學為主，共五十餘種。

香港到處都是茶餐廳。可能在旺角，可能在大埔，可能在離島小市集，也可能在中環的大廈之間那些滴着冷氣機污水的小巷，無論你走到哪裏，也會看見這些親切的小食肆。它不是上萬平方英呎的大「茶」樓，也不是鋪着兩重桌布的正統西「餐」廳。它有茶也有餐，舉凡奶茶、檸蜜、豆冰無一不備，午餐、晚餐，中餐、西餐一應俱全。這是典型的香港人拍烏蠅（「拍烏蠅」不等同「打蒼蠅」。前者描述無聊與無奈，後者用勁得多了）、躲老婆、刨馬經、造謠、睹波、趕稿、發白日夢（「做夢」太做作、太文藝腔了，「發夢」是「發」給自己看的，如同發芽，生趣盎然）、改作文、講耶穌（這和「傳講耶穌」不同，請勿誤會。「講耶穌」的人講的哪裏是耶穌？）、暗中相睇、傳銷產品、咒罵老闆或「發噏風吹水」的地方，也是沒有任何餐桌禮儀、沒有衛生要求、沒有代客泊車、沒有制服侍應也不必付出任何花邊小費的地方——清清楚楚、義無反顧，眼不見為乾淨的樂園，麻雀小而五臟全的自足天地。

在茶餐廳內，真小人真得可愛，偽君子無處偽裝。沒有人會為茶餐廳裏的一頓飯悉心打扮，只有真正的老友（見面時先對罵你兩句才切入正題的那種），方會約你到茶餐廳去。一個人的時候，你也會到此找尋個人角落。那均勻的嘈吵，總能為你創造安舒的空間，使你的精神高度集中。連平日引來尖叫的巨型蟑螂也能感染到這種平安——女士看見只會稍微移開，男士更樂意與牠和平共處。好友吳思源說，那冒失的傢伙若真的落在衣服上，他最多會用指頭輕輕一彈，送牠回到卡位的縫隙去。事情要分輕重，茶餐廳裏沒有人會為一隻全無惡意的小昆蟲壞了自己的情趣。往日，有資歷的男人（佬）最重要的是「睇報紙」，報紙和眼鏡中間的距離就是宇宙，叫人感到安全自在，權力無邊，此時若有一杯熱鴛鴦在手，為他的私人舞臺添上點點飄動的煙霧，回家之時老婆再囉嗦也沒有什麼大不了。

說到鴛鴦，真是港人的偉大發明。國人所謂的中庸之道，就這樣從茶餐廳每一個厚邊的杯子延伸發放，其深入人心的程度，使人吃驚——奶茶寒削，咖啡燥熱，混在一起才好。最討厭酒店或高級餐館的所謂「奶茶」，茶不成茶、奶不像奶的，幼條子液體由一個作態的不鏽鋼壺倒進白色瓷杯中，比水鬼尿還要稀淡。茶餐廳的「茶」，聽説是用雞蛋殼熬出來的，色調深得看不透，但營養豐富，濃鬱的苦澀中自有一種「對得住人對得住自己」的深層肯定；香噴噴的微黃花奶也柔暖光滑，一看就知道那是處處留有餘地的成熟與圓融。奶茶中切入氣味略焦的咖啡，真是神來之筆。兩者一混和，香氣馬上變得複雜而神秘，教人疑幻疑真，像在過多的風霜裏澆入一點點灼人的天真。鴛鴦入口，那感覺獨一無二，除了香港人主理的店子，全世界的食肆都無法提供。

以前的茶餐廳沒有禁煙區，無論二手一手，人人都分得幾口；像慢慢滲入人群的失業率和通脹，這煙無處不在。但來吃東西的人好像已經把這種悲哀也算進生命的成本裏，咬牙不提了。平治後座走出來的負資產，出道倒楣到退休的窮光蛋，把大肚子放得鬆鬆的中年小康，校服襯衣跳到褲頭外的初中小子，全都願意在茶餐廳留下他們最好的時光。這些天，香港的日子有點暗淡。但這不打緊，此地一切，價錢絕對公道合理。下午茶，三點三，散佈港九新界每個角落的茶餐廳正此起彼伏，夜星那樣，一閃一閃地接力亮起來。

二〇〇五年八月十五日

載舒非編，《長椅的兩頭》（香港：中華書局，二〇一六），頁三——五。

搭檯

胡燕青

假日早上，酒樓開始應接不暇。人潮湧向杯碟鏗鏘的地下大廳。半小時東方蘋果，六塊八特平點心，兩個人水仙壽眉，就是可嘆的世界。一張檯四個位，每人分得等邊小三角一小片，如今兩角已經放了杯碟筷子和辣醬，另外兩角好像早已用過，沾了些汁液茶漬。不大乾淨的白色桌布，像剛剛給熨過的髒衣服，舊了，仍講究面子；茶壺翹着破嘴養着大滾水，不正是最好的熨斗？水已經開始變黃，無耳杯裏浮游着幾條瘦弱的茶枝，等待怕熱的嘴唇冒死啜入然後吐出。並坐的中年夫婦一句話沒說，娛樂版遮去了一張臉，超級足球隊抹去了另一張。冷氣吹得報紙上角輕輕發抖，女人打了一個噴嚏。半禿的男人挪出頭來看了一眼，又瞄瞄頂上的出風口，用手指揪住女人的衣袖，女人站起來。兩人熟練地換了位，卻沒換茶杯。點心到了，女人用筷子頭戳戳男人的手臂，男人如夢初醒，放下報紙，兩人就喝起茶來，茶已經不燙了。

侍應生帶着兩個陌生人來了，看來也是夫妻，同樣帶着報紙。男的三十出頭，少婦挺着大肚子走路。侍應生為女人拉開椅子，讓她坐下。「要什麼茶？」男的應道：「香片，滾水。」

侍應生聽了不做聲，默默把原來髒了的桌布捲起，往先到的夫婦那邊推。中年男人見桌布邊條子往自己滾過來，下意識把椅子往後挪。女人也忙把點心移向自己，好騰出空間。新桌布在另外一邊打開，也捲着一半。香片和水都來了。年輕男人飲香片，女的喝水。男的打開報紙。女的說：「等六天才等到你放假了，你看報紙。」男的不做聲把報紙收到膝蓋上，伸手去添茶。「原先的都沒喝過，斟來幹什麼？」男的手半路停住。茶壺吊在空氣裏，過了一會，半放半砸地落在桌子上，杯盤震動。中年女人巍然不動，此時正把燙口的瓜脯放進口裏，放得好好的，不偏不倚就在脣圈中央，放好馬上合起嘴巴，一點聲音都沒有地慢慢咀嚼，很享受的樣子。震動之後中年男人又拿起茶壺。清澈的壽眉從高處流下，安靜地落入杯子裏，水波盪漾，卻一滴都沒淌出來。

水光閃動處，稚氣未脫的孕婦看着新桌布，眼睛裏滾出一顆水珠。她的男人不知怎的竟然又在斟茶了，這一次，不自覺地竟要斟對面男人的杯裏去，幸好發覺得早，趕忙縮手。他的女人自顧自地說：「明明知道我不能喝香片。」男人聽見有點焦躁，忽然掀起茶壺蓋，叫人加水。侍應生應了卻沒來。氣氛有點僵。女人於是又拿出紙巾醒鼻子，鼻涕咕嚕咕嚕地叫。男人見她忙着，又趁機偷偷瞄瞄膝上的報紙。

中年女人氣定神閒地對丈夫說：「還要吃什麼？你來點吧。」中年男人回道：「飽啦。」「飽啦你？才吃了兩個小點。」「吃來吃去都一樣，膩着。」「一會兒別叫肚子餓。」男人說：「你看你，胖成這樣子還吃。」「你好瘦啊？肚子領路。腸粉？蝦米腸？」「腸粉？」年輕男人從對面的交談取得靈感，趕忙提出建議。女的看看桌子點點頭。「牛肉腸？」女的又點點頭。「你那邊冷嗎？」還是點頭。「哎喲！」「什麼？」「他踢我呢。一睡醒就踢。我不開心的時候卻總是睡。」「那麼說，你現在開心了嗎？」「不知道。」「還要吃什麼？」「隨便好了。我肚子餓。裏面的也餓。」男人顯得有點興奮，再度舉起手來呼喚侍應，放下來的時候順勢伸到女人的大腿上。女人的手輕輕地也放到他的手背上面來。兩隻手就這樣拉住了三分鐘。然後男人笨拙地用單臂舉起報紙來看。桌子邊沿遮住了風月版，足球明星後面正是日本三流女優的半裸照。男人偷偷看了幾眼，口裏卻說：「又一宗殉情跳樓。白癡。」女人白他一眼：「你才白癡，人家疼惜老婆，生死與共，像你？」「疼惜老婆就要死掉？死了還共得來？」「你就要跟我抬槓。」男人只得靜下來，仍看報。女的再說：「等六天才等到你放假了，你看報紙。」哎喲，回到原來的起點了。男人有點氣惱了，爭辯道：「我星期三下午才陪你去看醫生，根本沒有六天。」女人又道：「你就要跟我抬槓。」這次進展得快一點了，淚水又充滿女人的眼眶。

是前輩開口的時候了。「有線電視好奸，原說每月一九八，優惠完了變成二九八，竟然不通知。」女人說。男人放下英超聯版：「有什麼奸不奸的？說明是優惠，時間一定不長久；恢復本來面貌，理所當然。」女人聽而不聞，繼續說：「如果不是因為你這個超級球迷，我早就退了它，三百元夠在這兒飲好多次茶。」男人把足球版攤開，攤得更大了，伸過頭來輕佻地問：「為什麼女人都喜歡碧咸？」女人笑起來：「因為有頭髮。」男人自討沒趣，瞪她一眼，忽然瞥見對面的年輕夫婦也在忍笑。剛哭過的年輕女人眼睛還有點紅。中年男人尷尬地問：「走了吧？要不要去超級市場？」說着，就站了起來。他的女人仍坐着：「你急什麼？還未結賬，時間多着。」男人於是又坐下，彷彿從未離開過。有一刻，四人相對無言。忽然，年輕男人把一隻筷子碰到地毯上。又有事做了。他再度向遠處忙個不停的侍應生揚手，像在做伸展活動。

這時，鄰座一個未足歲的嬰孩大哭起來。四人一起把頭往那邊擰過去，分享一幅人間美景。如同很有默契的好朋友約定星期日在這裏喝茶一樣，他們在小得可憐的方桌上放下了新舊兩張檯布，擁擠着度過了一週裏最幸福的時光。

載陶然編，《片瓦渡海：〈香港文學〉散文選》（香港：香港文學出版社，二〇〇九），頁五三——五五。

中秋晚會

黃仁逵

黃仁逵（一九五五年生），「畫畫的人」，也寫散文、攝影、彈藍調、做電影美術指導、編劇。散文集《放風》曾獲第五屆香港中文文學雙年獎。

人潮像一團鹹蝦醬，慢慢流動，儘管四周鼓樂喧天，曾四妹女士卻慵懶欲睡，手上一角白蓮蓉月餅終於掉在毛毯上，義工小張眼利，把輪椅停住，俯身把月餅撿了，掏出紙手帕替老人把手指一一擦乾淨：「曾四妹女士這樣早便睏了嗎？還有好多遊戲攤位未逛啦，前面有猜燈謎的，去瞧瞧吧！」話未說完，已邁開步走。曾四妹女士記得以前逛工展會，也是這個擠法，折騰一晚，除了晃來晃去的屁股，什麼都見不着，不過老人院裏呆久了，血氣越來越弱，就讓後生們推着活動活動骨頭吧。小張有本事把人都擠到兩邊去，輪椅直推到一列「毛公仔」獎品

前停下，主持人摟着一個特大粉紅豹：「曾四妹女士，你答對了，粉紅豹就送你，什麼動物幼年時四條腿，長大了兩條腿，老了變三條腿？」馬上有人說：「太容易了！這是半賣半送啦！」曾四妹待人群靜了，說：「狗。」主持人仍是笑盈盈：「錯了，答案是『人』才對，不過答錯了也有安慰獎……」「我沒答錯！」老人揮舞着瘦小的拳頭，「人老了有三條腿嗎？為什麼我要用輪椅？」

載《放風》（香港：素葉文學，一九九八），頁八—九。

回家

黃仁逵

鴿子們輕巧地繞一圈，又撲撲地降落到水泥屋頂上，任憑友仔記怎樣大叫大跳：敲打破洗臉錫盆，再也不飛了。老人實在再沒精力再吼，把盆子摔了，像鴿子一樣，喉頭一陣抽搐，痰就在裏邊翻滾。太陽又沉了一點，晚風早來了，在溫熱的天臺水泥地面拂來拂去，幾根鴿羽毛追逐了一會又輕輕掉下來，「能走就別回來啦死仔包……」友仔記的頭終於垂在肋骨上，他實在累了。兩星期來，鄰近大廈住客們都留意到這奇異景象，對街一幢新近封閉待拆舊樓天臺仍住着個瘋老頭，每天午後就對着鴿子叫嚷：「別回來了別回來了！」到家家戶戶亮了電燈準備晚飯，老頭就不再嚷，天臺上黑黝黝沒半點光，也不知老頭是睡了還是走了。好奇的主婦們漸漸看膩了，再沒人提起這個，大家閒時只談新大廈落成後會有多高，單位面積有多大等等。友仔記當然沒有瘋，鴿子當然會回來的，這正是人們飼養鴿子的原因呀！可是作主人的被攆出去了。這房子也挺不了多久，怎樣說鴿子才明白？友仔記掩上樓梯門，「明天吧，明天再來試試看。」

載《放風》（香港：素葉文學，一九九八），頁十——十一。

田家

跑道上

黃仁逵

繞一個圈，飛機又回到了九龍城，這圈直徑有多大？相信仍需要點時間才能弄清楚。孩子像其他大驚小怪的遊客一樣，將鼻子貼在圓窗上，外邊一大群骨形電視天線貼着飛機肚子擦過，她一定在想，為什麼父親會鍾情於一個這樣難看的部落，正如我不明白，為什麼她最深刻的幼年香港印象，竟然是離島渡輪上的即食麵，「上面還有一隻凍的煎蛋。」她說。

既然煎蛋即食麵可以那麼滋味，她一樣可以找出這地方引人入勝的地方。某朋友早年常用六個字形容香港：「車多/路窄/人衰」，說時總是咬牙切齒，現在不說了，反正繞來繞去，總是在這城市碰到他，你怎能說這地方沒有吸引力？搞雕塑的C更莫名其妙，他說從香港來的女子都沒有「中國味」，我說你留在巴黎這些年原來尋的是「中國味」嗎？難怪到處都是唐人街，中國人都在中國以外尋找中國，真是何苦來。有個潘陽來的雜碎館店東一字一頓地說：「我是中國人！」誰說你不是？先把菜燒好再說！香港人也不是天生假洋鬼子，做「中國人」也不算是什麼德行（做好人才是），《孩子王》裏有句對白真好：「有理不在聲高」。得了得了，先搞點什麼看看吧。

載《放風》（香港：素葉文學，一九九八），頁一八七。

黎翠華（一九五六年生），香港出生，法國國立東方語言文化學院碩士，作家，也畫壁畫及插圖。已出版短篇小說集《靡室靡家》，散文集《紫荊箋》、《山水遙遠》、《在諾曼地的日子》及其他合集。曾獲臺灣《中央日報》短篇小說佳作獎和二〇〇三年市政局文學雙年獎散文組推薦獎等。

燈罩

黎翠華

正午的陽光是這樣明淨愉快，灰藍色的天空茫茫無盡，不會弄錯，是一種帶灰的藍。我走了一段很清靜的路，旁邊是小小的店舖，一間挨着一間的，有汽車修理店、雲石廠、琴行、代理公司。店內沒有多少顧客，街上也沒有多少行人，有些店關了門，不曉得它們究竟做什麼生意。斜射的陽光落在行人道上，把一個黃色蓋子的垃圾桶照得鮮明亮麗，暖烘烘的像剛出爐的麵包。

我在一間燈飾店前停下來，裏面有許許多多小巧美麗的燈罩，各種不同的顏色和形狀，隨意的排列，有些亮了，有些暗着，纍纍的燈罩看似蟄伏在水底的一群七彩貝類。有幾串水晶燈靈巧的自天花板垂吊下來，以蒲柳的姿態在風中輕輕旋轉，使陰暗的店舖裏閃着一種奇異的光彩。

昨天我們就在這裏停止爭吵。一路上，我們爭吵得很厲害。開始時天還未全黑，大家本來聊得好好的，談起幾個畫家。後來不知怎的變成堅持己見，越講越激動，急着把心裏的話像武器般拋擲而出。店舖全關了門，行人道沉沉的黑，沒有其他路人，爭吵的聲音驚醒了睡在街角的狗。我是如此的固執，連聲音都變了，難道說自己的話不是應該的嗎？為什麼他對相異的看法如此憤怒，好像我打了他幾拳？真是教人傷心。直至看見水晶的閃光，我們就停口了。這小小的燈飾店並沒有關閉電源，深宵裏璀璨輝煌得像一顆寶石，鑲在這長街黑暗的腰帶上。

此刻站在店前，我忽然覺得自己的固執是應該的，就像每個燈罩都有各自的形狀，各自的圖案和顏色。我默默的欣賞了一會兒，繼續往前走去，到了避風塘。裏面停泊着許多令人精神抖擻的遊艇，船身潔白，桅杆密密麻麻地向這秋日正午的晴空拔起。水波閃動着，像店裏串串水晶在擺蕩，整片風景是一種只屬於秋日和水的，溫柔的燦爛。我就這樣坐在海邊，獨個兒平靜地畫了一個下午，以另一個方式去繼續我的爭吵。

載《山水遙遙》（香港：基督教文藝出版社，二〇〇二），頁十三——十四。

最後修改於二〇一八年十二月

左岸的雨天

黎翠華

巴黎左岸，一陣微風，飄着咖啡香，滲了淡淡的古龍水氣息，裏面有隱形的詩句，透明的幽思冥想，不知是誰無心洩漏於空氣中。左岸也有雜貨店，但裏面擺的似乎不是現實意義中的柴米油鹽。水果蔬菜將呈現在畫家的筆下，是一個華麗的存在。櫥窗裏的大衣瀟灑地揚起袖子，教人想起傑克梅第豎起衣領橫過馬路的姿態。咖啡館是為了迎接沙特和未來的沙特，智慧的客人不是低頭閱讀就是專心書寫。街道在海明威的筆下早成了流動的盛筵。左岸是愛情，不一定準備上教堂生兒育女白頭到老。左岸的愛情是因為我們的人生需要愛情，在藍天下，在梧桐樹下，一個哲學家的眼神就足以產生奇蹟。在這裏，大家想不起房子貸款或鬆油漆的事，是氣氛不對，正如沉醉在歌劇院裏的人不會研究修理水龍頭。進入左岸，是為了可以暫時脫離現實或超越現實；這個隱藏各種憂患恐懼、生老病死、每天一模一樣地重複的現實。如果不能把這個現實扔開一陣子，幹嘛跑到左岸喝特貴的咖啡？乾脆留在家裏自己泡吧！

當然，左岸的人也是人，也得解決生活上的俗事，但他們都盡量用左岸的方式去解決。

在左岸成長的雷美娜，媽媽是一位畫家，不是面對畫布就是在沙龍裏清談。一九六八年的學生運動弄得到處一團糟，街上的垃圾堆積如山，臭氣沖天，她們的解決辦法就是跑到科西嘉島避了三個月，靜候左岸變回左岸。多年之後，雷美娜經歷過許多人生轉折之後，即是說她離開了左岸的氛圍被不同的環境薰染過之後，她仍是不惜任何代價，賣掉兩套公寓換來原居地附近的一個小單位，接續她的「從前」。左岸的人買東西當然不講價，因為他們認識「價值」，即使心痛，臉上得保持從容，以優雅的姿態生活。

她不大會燒菜，因為她的媽媽不會燒菜。她從小獨個兒到餐廳吃飯，媽媽給她錢，打發她到對面去。那家餐廳的老闆也有個小孩，於是兩個小孩一起吃，不是火腿片就是煎蛋。她長大了，仍是經常在外頭進餐。所謂做飯，就是到精品店買兩片煙燻鮭魚或半隻烤雞，青菜也是處理過的，撒點鹽油和醋就可以享用。左岸人不會為了省點小錢讓生活變得不愉快，這是她媽媽教的。換言之，他們要過一種有品質的生活。她從小到大都沒聽過家人把錢這個字掛在口邊，即使沒錢也不會提。雖然到了她這一代，再好教養的女子都得接受種種培訓，到社會做事（我在她家就碰見過剛從出版社退休的女伯爵），她仍是不會調校電視機，她不懂也無意去學。她一邊欣賞古典音樂一邊等技師來處理，不用五分鐘，電視調好了，什麼臺都可以收看，賬單是三十一歐元。她帶着微笑開支票，誠懇地多謝技師，讓她可以享受一個有電視的晚上。

她不是很富有，圖片編輯的收入只夠她日常花費。幸而，她除了繼承媽媽的左岸習氣還繼承了她的房產，才可以延續這種不算奢華但極之固執的生活方式。她喜歡約朋友在左岸喝下午茶，Arts Nouveau風格的老茶店，帶點憂鬱氣質的男侍應俊秀如詩人，巧緻的茶點擱在銀盤裏一顆顆像寶石。她似乎更看重具體事物所組成的屬於形而上的部分。這部分是無價的，所以也算不出值得還是不值得。

畫廊的開幕酒會或作家講座是她的至愛，她生下來就被培養去參與這些活動。她打扮得體，文雅自然地擎着雞尾酒，恰如其分地介紹自己或別人，帶出或終結某個話題。雖然她不一定有真知灼見或博覽群書，但她以略富熱情的語調談論自己喜歡的畫家或作家，就顯出眼光。這樣的一個黃昏對她來說就像泡在飄滿花瓣的浴池那麼愉快。然後，餘興未盡，她繼續與志同道合者去小酒館一邊吃一邊聊，或自己到餐廳吃。最糟糕的下場是回家在冰箱翻出幾片冷肉，順帶摔破了玻璃杯或推倒了油。這不屬於左岸的部分她盡量讓鐘點女傭去處理。

她買了一座極貴的爐子。一個非常複雜的，炒菜、燒烤和洗碗三合一的爐子。當然是新發明，所以她不大會用，一用就跳電，始終沒做過什麼菜，最後這座非常神氣的爐子就只能洗碗。買一個爐子用來洗碗，這是超現實派的用語，也適合她。遲些，或許她會再買一座爐子作雕塑。一般消費者碰到這種事情，肯定非常不滿地打電話去投訴、要求退款或更換。但可愛的她以一種傷感的語調向我描述這件事，如果沒聽清前面的主語是爐子，還以為她在哀悼秋天的落葉。

不會算計的她花了一大筆錢做了一座沒有什麼用的壁爐，為了感覺溫暖。買了很貴的布料來做窗簾，為了配顏色。因為要去海邊得買水手裝，從帽到鞋全身花費抵得上水手一個月工資。她認為穿着城市服裝在充滿野趣的風景裏漫步是極壞的品味，寧可不去。因為她沒有經濟規劃之類的觀念，偶然未到月底已弄得捉襟見肘。即使這樣，她喝咖啡仍堅持付小費，這種習慣她改不了。碰上心情或天氣不好的時候一揮手就上了計程車。到最後錢都花清光，晚餐就隨便吃點麵包乳酪來填肚子。

她給我看過一首超現實派的詩，她丈夫寫的。我只記得一句：在雨裏喝湯。因為這個感覺太奇怪了，所以我印象深刻。雖然不會計算的她時常被朋友教訓，可是她有不一樣的雨天，那是左岸的雨天，可以在雨中喝湯的。

載《左岸的雨天》（香港：匯智出版有限公司，二〇一三），頁七——十一。

最後修改於二〇一八年十二月

理髮鋪子

陶傑

陶傑（一九五八年生），原名曹捷，生於香港，在英國生活多年，曾任職英國廣播公司。一九九一年回港後在多份報章雜誌撰寫專欄和評論文章，並主持電臺、電視臺、網臺節目。著有《泰晤士河畔》、《乳房裏的異世》、《絕頂女人德育調教課》等。

在許多街巷，在從前清貧的日子，都有簡陋的理髮店，兩把生銹的舊理髮椅子，由兩個老頭替顧客刮臉、推鬢、剷面頰，有時在椅子旁的一塊牛皮上嗖嗖地磨剃刀。

等着剃頭的時候，一邊的小櫈子旁有一隻大木箱，裏面全是連環圖。連環圖講的全是中國傳統民間小説故事：濟公三戲華雲龍、薛剛反唐、七俠五義。畫插圖的畫師，名字叫潘飛鷹，古人的眼睛都畫得很狹小，服飾都畫得很浮麗。小人書的畫工比較粗糙，但卻把小讀者帶進了臨安和汴京，一個發了黃的刀光劍影的世界。

五鼠鬧東京，五個人物都各有性格。細節都記不得了，只知南俠展昭在皇帝前表演武藝，得到賞識，賜名御貓。他的結拜兄弟白玉堂不服，潛到開封府，先是寄柬留刀，挑戰展昭，然後又偷了宮廷裏的黃金。白玉堂號稱錦毛鼠，成心要看看是貓兒能捉着老鼠，還是老鼠咬着了貓……

一部唐宋的歷史，幾乎都收攏在小箱子的一堆殘舊的連環圖裏。書本都是不完整的，有時前頭缺了幾張，有的當中撕了幾頁。缺失了的情節令人悻然，剛看到入神處，理髮師傅叫一聲：細路，輪到你了。

但是，那樣的遺憾還是可以補足的。上了中學，路經灣仔的陳湘記書店，看見裏面擺賣着不知名的文人寫作的五鼠鬧東京的小說本。蠅頭小字旁邊印着標點——當年白玉堂偷了黃金之後下落如何，在小字的文本裏書接上回地有了眉目。

街頭的理髮舖子，是中國民間故事的小學。理髮師傅不管，父母不知道，等理髮的時候都在追隨着一木匣的俠客故事，一理好了一個陸軍裝，多銹的鏡子裏看着師傅解下了頸際的黃布，抖下一地的髮屑，大人也就回來接人了，想再回頭看完那一冊未了的心事，大人牽過手來：「都是些髒書，有什麼好看，該回家做功課了……」

那些連環圖都是些髒書嗎？或許是的。今天的理髮店都叫做髮廊，洗頭之後等理髮的時候，鏡前有一大堆《飲食男女》和《忽然一周》，多半都過期一個月。鄰座的師奶在翻看着許冠傑開演唱會減磅迎戰的新聞。冷氣開得很大，洗頭水的香氣很濃。

只是轉過頭來，再也找不到那隻喧鬧着霉黃的筆墨情節的木盒子，找不到在那陰暗角落的北宋年代。在那堆拙劣的連環圖中的舊中國，那裏面的俠士奸臣、昏君刺客也就在剃頭時那麼一盞茶的工夫，在你心中演了一回折子戲。今天青少年的一代，從來不知道一座理髮店裏曾經有那麼一座小小的戲臺。而當你懂得追尋那堆小人書的小角色，也就開始懂得悲哀地問：人的一生，又能理幾回髮呢。

原載《明報》專欄「黃金冒險號」。

據關夢南編，《香港散文選讀》（香港：風雅出版社，二〇〇七），頁八二——八三。

異鄉夢尋

陶傑

失足從潛意識的黑峰之巔一頭猛栽下來。才睜眼，發現自己盈盈跌落在一方寬軟的黑枕上，沒有受傷。一舉睫，噩夢像一群畏光的蝙蝠，潑喇喇地解體，隱隱潰竄向十尺之上灰沉沉的天花板以外，刹那間逃得精光，一隻也沒有留下來。只有銀光閃閃的手錶壓在枕下。仔細聽，聽得出，那片綿綿的夢土下，秒針的針臂猶自指揮着一場淅淅瀝瀝的毛毛雨，從雲上到海外，香港到英國，霧雨不歇，轉眼便下了一年多了。

欹枕，又默對寒窗的一框夜黑。藍青的蘇格蘭地偏北國，一入深秋，便難逃日短夜長的規律。晌午赫赫，光輝而暫短。才是遍地牛羊把芳草和秋陽細細地咀嚼咀嚼的舒閑光景，再抬頭，便見彩霞片片飛過，如幾翅熠羽的火鳳凰，嘴間啣着轠，依依拖過阿波羅的金馬車，把燦燦的日輪徐徐曳向西，向西方的地平。眨眼間，地紫天灰，墨潑六合，一街枯黃的路燈連綿銜接，和星辰一齊亮起，拉鏈一樣無聲地綴合了八方的黑暗。日頭涅槃之後，便是夜色圓寂之時。黑暗統治大地，是不長久的，黎明的曙光不久就到來——許多濫文藝腔總是這般呢喃。而若魔是夜，道是晝，那麼，蘇格蘭日短夜長的冬季，正合「道高一尺，魔高一丈」之理。晝夜循環，交替推動着大宇之輪，而那巨輪停止滾動時，大地將被獨裁的烈日君臨，還是由月亮和星宿去平分？

獨在異鄉為異客，清冷最是無眠時。獨居外國，思想最脆弱的是黎明前的四更時分。萬籟俱寂，那種沉默的寧靜有千年般的厚度，難怪早在二十年代，許多留學美國的中國留學生，抵受不住無邊鄉愁在孤寂中的來襲，像聞一多，只有在黑夜中擎起一枝民族意識的紅燭，或者在斗室裏佇候一聲國富民強的驚雷。

在香港長大，香港的黑夜充滿生命，二十四小時常開的超市店、卡拉OK、消夜食店，香港人以夜為晝，也以朝當夕。一座活力的城市，一座沸騰噴薄的色彩煉獄，人生什麼都不缺，唯獨寂靜。

沒有經過寂寂長夜的煎熬，一顆靈魂不會成熟。我的早熟，是在遙遠的異國的寂靜中醞釀成的。把思想珍藏成一縷酒，深藏在黑夜的最底一層地窖，讓它慢慢發酵成一種微醺欲醒的精純。有一天，再把這縷酒拿出來，拔開木塞，才發現那一千多個金陽的日子都釀成了涼風翦翦的秋興，在杜甫宿江邊閣的意境，在稼軒更上層樓的高處，聞到的也不就正是千年遙呼的那麼一縷玄香？人生最大的奢侈就是寂靜，到你有所頓悟，你已開始步入中年了。

載陶然編，《秋日邊景——〈香港文學〉散文選》（香港：香港文學出版社，二〇〇三），頁一一——二。

黃碧雲，一九六一年生於香港，香港中文大學新聞系畢業，香港大學社會學系犯罪學碩士。著有小說《溫柔與暴烈》、《烈女圖》、《烈佬傳》、《盧麒之死》，散文集《我們如此很好》和《後殖民誌》等。其作品屢獲港臺多個文學獎項，包括香港中文文學雙年獎與紅樓夢獎首獎。

我家僕阿雲

黃碧雲

我家僕阿雲，說精她不精，說呆她又不呆。牙有點刨，是出身貧苦之故，年少時候沒箍牙，到她自己賺到錢可以去光顧正規牙醫學院受訓畢業的牙醫時，她又以「年紀一大把半隻腳都已經伸入墳墓」為由，不願再花錢去箍牙，其實當年她三十歲還不到。她眼目倒是明亮照人的，如果她願意，可說是眼神懾人，可惜她整天近視又不戴眼鏡，眼目惺忪的。我說，阿雲，這不行，你食嘢唔做嘢做嘢打爛嘢，你去配副眼鏡，醒醒目目的做人。她說做人莫要精出面，事物何必看得真，亦不肯去配眼鏡。其實她也沒打爛過任何東西，家裏的杯杯碟碟，原來全是一套的，打破一隻，打破又一隻，現在全是單，像我一樣，無法湊合成套，但全都是我打破的。我脾氣壞，又急。阿雲她手腳慢，四十歲還不到，阿婆似的，咪咪摩摩，叫她爽着點，她就咪咪摩摩的上來，要做什麼做什麼，打掃吸塵，焗蛋糕煮意粉，抑或弄幾味蘇杭小菜糖醋黃魚什麼的，都做得穩當，慢三天而已，邊慢邊道：急什麼，急着還不是照去死。行得快死得快，行得慢，狗命長。她長髮一度，幾乎和我一樣長，但她不像我，弄這弄那，又焗油又防吱吱叉，又擦又吹。她洗完頭，一搖頭，髮乾了就用銀簪挽起，很古老的品味，用刨花油香着香。也不用任何化妝護膚品，冷天塗點凡士林，熱天就用冷水洗臉，看着我，又去做臉又怕暗瘡又黐黑頭，便搖頭歎息：唉唉唉的，她又不好說什麼。她懂什麼，她是家僕她什麼人都不用見，就見一個我，超級市場的職員，街市賣菜的，郵局職員等等，我有一條嘴角紋就給人指指點點說又老又醜，陳方安生一樣滿臉小皺紋又不見有人夠膽說她又老又醜，只讚她好漂亮，只恨我不夠成功，壓不住場，阿雲便抿嘴笑着說：又老又醜最自由，不然你就要很有錢很有權力，或者你是個男人。可憐你。我恨不得刮她一巴掌，說，好囉嗗你。阿雲她對我的朋友，我的同事，總是冷冷淡淡的，像一個僕人一樣招呼他們，不知是否我心虛，總覺得阿雲很漠然，她壓抑着那種看不起他們的眼神，我偏就看到了，我就很氣，連帶客人都感到了，就很不好意思很尷尬的坐坐立立，很快就告辭。他們走後我憋不住，發作了：喂，阿雲你好囉嗗，你唔好咁托大，而家你乜料做乜睇人唔起？她只微微笑，說，你問你自己。

都夜了，不如你早點睡。早抖。我不知道她說的什麼意思，忽然在鏡裏瞥見自己的臉孔，微揚，嘴角掛一絲漠然的微笑。我忽然呵的一聲：恍然大悟。怪不得那麼多人討厭我。原來我有一張，不自覺地非常驕傲的臉孔。可能是工作的壓力太大了。我說：阿雲，我很累，請你給我，放一缸熱水，然後我想喝一杯，熱奶茶。

我給我自己放了一缸熱水，喝一杯，熱奶茶。我用熱毛巾蓋着自己的臉孔，全身發痛，阿雲在氤氳的熱氣之中，帶點悲憫的低頭看着我，說：何苦來。

選自《明報周刊》一六三一期，二〇〇〇年二月十二日。

黃老太

鍾國強

鍾國強（一九六一年生），詩人，也寫散文、小説、評論。曾多次獲得青年文學獎、中文文學創作獎和中文文學雙年獎。著有詩集《生長的房子》、《雨餘中一座明亮的房子》和散文集《字如初見》等。

隔壁一家六口，只有黃老太跟我打招呼。

其實我也不知道稱她為黃老太是否正確。平日，我盡量避免稱呼她，怕叫錯了尷尬。早上出門，要是遇到她，只會客氣地叫一聲早晨，然後匆忙上班去了。

她對鄰居的態度卻跟我截然不同，每次看到人，總會大大方方地高聲稱呼人家。那種親切的態度，今天的屋邨好像越來越少見了；起碼，我住的那一層——不，應該説是那一棟——從來沒有看見過。

然而，黃老太的家人對她好像是另一回事。聽人說她做保險的兒子不是她親生的；到過英國學醫護回來的媳婦，每月只給她五千元家用，卻要包括一家六口連菲傭的每天餸菜錢，還有日常大大小小的開支，用多了絕不補貼，用少了便會埋怨菜餚怎麼盡是些便宜的東西。這些，都是我間接從別人口中聽回來的，是否屬實存疑，但我每次看到她，她都是孤伶伶一個人，步履越拖越沉緩，好像提起腿來都費勁似的。有次她看見我，好像不認識我似的，雙目茫然失神，直等我喚她，才把僵住的臉容緩緩綻開。

但從她口中卻是聽不出一點端倪來的。有時她也跟我多說一些話，但無非家常瑣事，例如說這屋邨的菜價偏貴，花三元兩塊乘公車到香港仔菜市場去買，便宜多了；又例如誇讚我的孩子聽話，逗人喜愛等等。

直到一個星期天，我才對她的情況多了解一點。那是一個跟平日一樣平淡的星期天，我獃在家裏無所事事，而隔壁也不見任何動靜，只偶爾聽到鐵閘開合的空洞回聲。到了下午，門外忽然人聲嘈雜，我從防盜眼望出去，只見兩個屋邨管理員不停安慰着黃老太，說不用怕，不用怕，消防員一會就到，然後又一再問她石油氣爐真是沒有熄火嗎。沒有啊，沒有啊，黃老太聲音有點顫抖，我只是出去倒垃圾，一會兒罷了，鐵閘是虛掩着的，回來便關了，啊，鑰匙插在裏頭，不知道，不知道哪裏來的一陣怪風——你們說會不會有事，啊，我怕有事啊……一個平日跟她頗為投契的鄰居趕忙安慰她，說不要慌，不要慌，你真的不用通知你兒子嗎，黃老太想了一想，搖了搖頭。

不久，消防員便來了。消防員對黃老太說，我們會撬開鐵閘，有沒有問題。黃老太茫然失所似的，說不出一句話來。消防員看了看鐵閘，回頭對她說，也不用撬，在鉸位那麼一推一甩便可以了，沒事。黃老太顯然不知道他們說什麼，神色依然擔憂不已。我在防盜眼看得倦了，便貼在門後邊聽。不知怎的，我倒不擔心火警，只是擔心黃老太所擔心的事——擔心什麼呢，卻一時說不上來。

不消片刻，便聽見鐵閘鏗然碰擊，木門嘎然推開，然後是雜沓的人聲與步響。

一切平靜下來後，我又從防盜眼中張望，只見鐵閘靠在走廊牆邊，沒有任何撬爛的痕跡。沒事了，沒事了，鄰居說，找人把鐵閘裝回去便成。管理員說今天是星期天，現在約師傅，明天一早便會來裝，鐵閘暫且放在外邊不打緊。黃老太沉吟不語，鄰居好像知道她的心事，說怕什麼呢，兒子媳婦回來只管告訴他們好了。黃老太說怕他們回來要罵。鄰居說那是你的兒子啊，母親沒事便是天大的事。黃老太說你不明白的，你不明白的，說急了，差點掉下淚來。鄰居於是搖頭回家，不一會，走出來跟黃老太說：我老公懂得裝鐵閘，一會來幫你。

不久，便聽見門外鐵閘搬動和錘子連續敲打的聲音。一切又平靜下來後，鄰居突然朗聲跟黃老太說：好了，好了，一切跟之前沒有分別，你兒子媳婦孫兒六點鐘回來，一定不會知道發生了什麼事。

第二天早上出門，我看了看隔壁的鐵閘，果然跟往日一點分別也沒有。

二〇〇五年九月九日

載陶然編，《片瓦渡海：〈香港文學〉散文選》（香港：香港文學出版社，二〇〇九），頁八九—九〇。

波仔記

王良和

王良和（一九六三年生），畢業於香港中文大學新亞學院中文系，後得浸會大學博士學位，現為香港教育大學文學及文化學系副教授。曾獲青年文學獎、香港中文文學雙年獎、香港藝術發展局文學獎等。著有詩集《尚未誕生》、《時間問題》，散文集《山水之間》等。

同班同學一年有兩次聚會——中秋節和農曆新年。通常，大夥兒從中文大學出發，乘火車到大埔吃晚飯。大埔臨時街市裏有許多大牌檔，我們只光顧波仔記。

喜歡波仔記，主要原因是繼承傳統。每年大學迎新營結束後，宣揚大學校訓、新亞精神之外，組長總會帶組員到波仔記吃晚飯，聯絡感情。之後大家經常想起這麼一間大牌檔，平常吃飯或者節日聚會，往往拉大隊去光顧，也有獨個兒去喝酒磨一個晚上的時候，卻是少數。學校飯堂的小菜，價錢比外面的酒樓餐廳已經略低；但波仔記更便宜，材料足，味道好。由組長帶領與波仔記結緣的慣例，代代相傳，波仔記於是成了「U仔」大牌檔。

在波仔記吃晚飯，印象最深刻的一次，是剛考上大學的那年除夕夜。上學期剛結束，同學仍不甚稔熟，除了一兩位上課時鋒芒大露，老師經常讚賞的高材生外，其他連姓名都記不清，在路上碰到不過點點頭，笑一笑。直到團年飯那夜，杯酒言歡之間，許多平日沉默寡言、自我封閉的同學，忽然一鳴驚人，舉手投足皆一反常態，真面目大露。飯後商量有什麼餘興節目，某斯文嫻靜的女同學問：「去哪裏威呀？」眾人莫不嘩然：「看不出啊，真人不露相！」於是，「去哪裏泡呀？」一類話，如啤酒泡滿瀉——大家如癡如醉，或者真的醉了。接着，二十餘人聲勢浩大，見了巴士就衝上去，也不知巴士要去什麼地方。終於在深水埗下了車，四處找糖水店。直到午夜闌珊，滿嘴甜言，在回宿舍的巴士上仍喋喋不休，笑鬧不停。

第二天，那些驚人的「格言」「雋語」在同學間傳為美談，同學由陌生而變得稔熟，感情投射作用，我們對波仔記的好感益增。因此，大埔臨時街市裏雖有其他大牌檔，中大人往往不作他選。每次到波仔記吃飯，入口處的成興記總會派出兩三個伙計攔截：「吃飯嗎？這裏有位，這裏有位，請坐，請坐。」我們直直的走了過去，迎面大牌檔的伙計又來兜攬，好不容易才走到盡頭的波仔記。

農曆年在波仔記吃團年飯，有一回碰見聯合中文系的同學。他們先到，佔了兩桌，小菜已吃了一半。我們照例點了椒鹽鮮魷、時菜牛肉、紅燒豆腐、京都骨、白切雞，更少不了啤酒汽水。熱騰騰的小菜端來時，六、七個聯合人走過來，兩手藏在背後，邊走邊搖着身子，一臉古怪笑意。果然，一式餓虎撲羊，六、七雙筷子悍然現身，錚錚出鞘：項莊舞劍，意在鮮魷；聲東擊西，箸下偷雞。我們挺身阻截，緊抓筷子使出「橫掃千軍」、「拂塵掃葉」，筷子與筷子碰得「格格」大笑。有人甚至像魯迅小說中的孔乙己，張開五指猛地罩住碟子，可最終還是損牛肉而折鮮魷，給他們擄劫過去，奸奸的邊走邊笑。我們不禁大「噓」一聲，轟然「坐」下。

不久，伙計端着菜走向他們。甲斜眼偷瞄，乙擠眉弄眼，眾人心中有數，不動聲色。菜一放下，一聲「搶呀」！壯懷激烈，金戈鐵馬，八千里路雲和月，新亞破聯合！搶肥雞，奪乳豕，直取京都！危急倉皇間，聯合人舉筷如舉木頭，陣腳大亂，弄得杯盤狼藉。其他食客被這樣的情景、氣氛感染，看得站了起來咧着嘴笑。

後來聯合派出一名女將挑戰比快喝酒。我們沒有足堪較量的巾幗，只好推個鬚眉上前迎戰。女孩子笑着說：「古公公，你代表新亞，我們的臉都繫在你的嘴巴啦，別輸了才好啊！」大家一起數「一、二、三」，比賽立即開始——手落杯起，不辨雄雌，兩人同時仰天骨碌骨碌吞酒，可以看得見咽喉中各有斷崖飛瀑，或雷奔入江，或銀河落九天，鬥得難分難解。衝波濺出，自嘴角滑下，尚未滴落衣襟，「嘭」的一聲，聲波把眾人震得暈陀陀而空杯赫然立於桌上；而這時——古公公的酒杯正在下墜的途中，悠悠的一聲「嘭」，終於墜地。

「噢！」我們驚呼。敗矣！

嚐過人生最大的恥辱，成敗不上心，古公公三分酒意，醉醺醺，臉紅紅，反串一趟，模仿某某夫人信箱改名古夫人。俏皮的女同學說笑要去信請教疑難，憑空揑造A君B小姐複雜之瓜葛。古夫人正色道：「本夫人今夜不得閒兒，一切來函暫不作答，你們慘綠男女檢點、檢點。」笑得眾人直捧腹。不知是不是有女同學在旁，幾個男孩子頗有逞強之意，啤酒兩瓶兩瓶的要，很快十瓶喝光了，看得她們慌起來，恐怕醉了生事，不許再喝。

印象中，在波仔記只醉過一次。一九八五年冬天，學期試剛結束，心情不見得輕鬆，反而有一點無端的傷感。同房K和Y知道我情緒起落不定，並不驚訝，說陪我到波仔記吃晚飯。那夜寒流襲港，沙田的氣溫只有攝氏七、八度，山頂的宿舍「知行樓」更冷了。我穿着雪褸，他們穿着毛衣，用頸巾蒙住嘴巴擋風，大家仍冷得微微哆嗦。山風撼樹一路吹打着行人，從山頂緩步下山到火車站，沿途落葉紛飛，寒星欲墜。誰會在這麼寒冷的冬夜，一股傻勁跑到波仔記呢？果然，到了那裏不見中大的學生，零星的幾張桌子圍着吃火鍋的顧客。

小菜還沒有來，我和K已經喝了三瓶啤酒。Y說空着肚子喝酒易醉，僅沾幾滴。小菜端來我們又喝了五瓶，連番比快喝酒，迷迷糊糊的說些不着邊際的話。忽然，K高聲呼喚一個女孩子的名字，鄰桌幾個女人奇怪地別臉望着我們。K那時候畫的畫總是灰暗陰沉的。

Y一開始就知道我們會醉，他不多喝，他預備要扶我們回宿舍。

Y從北京來港定居多年，說粵語有些用詞混淆了普通話讀音，我們有時會學他的腔調跟他說笑：「Y，你真好人！你真『循（純）品』！」、「Y，你最理性，最『正牆（常）』了！」Y的父親好像是做戰壕沙包生意的，我和K偶然驚嘆道：「Y，你爸爸做軍火生意！AK-47！」Y總是很溫和地笑。宿舍生活使我們認識Y，Y的生命經驗，和我們的生命經驗不知不覺間交互滲透。

Y說：「那一次，我們走進了沙漠，在沙漠迷了路。水盡了，再沒有水，再找不到出路，我們就會死在沙漠裏。」

我說：「沙漠？我沒有到過沙漠。真的這麼驚險嗎？後來怎樣？」

「後來我們把一匹馬殺了，喝馬血。頸大動脈割破了，血湧出來……」

K說：「好殘忍！你們這幫吸血鬼！我寧願死……」

「你在死亡的邊緣就不會這麼說了。那時尿也可以喝，什麼都可以喝。渴死了！」

Y後來把我們從蒙古的沙漠帶到東北的森林——獵熊。

「當地人有一種獵熊的方法，不用槍。他們在兩隻手的前臂各套上一個大竹筒，走到黑熊出沒的地方。黑熊從後跟着獵人，距離十分近時，獵人突然轉身，把兩手的竹筒平舉到肩頭的高度；熊本能地站起，兩手搭着獵人的竹筒，仰高頭哈哈哈的笑起來。這時候，獵人右手一縮，從竹筒中抽出來，藏於手中的刀子直插熊的咽喉。獵人得手後，馬上跳開，遠遠地看着黑熊在地上翻滾掙扎，直到死去。」

我和K笑得眼淚都迸出來了——Y扮黑熊搭着獵人前臂的竹筒顛顫着身子張大口哈哈哈哈地笑，真的有點像熊。K笑完，突然直立，伸出雙手，搭着空氣中的竹筒，張大口，伸出舌頭，哈哈哈哈顛顫着身子熊笑起來，笑着笑着笑彎了腰，面紅耳赤，高呼：「不信！不信！」

Y認真地笑着說：「真的！真的！不騙你們！」

Y知道我們會喝醉，他不多喝，他清醒地離開了東北的森林，帶着他的故事，扶着我們離開大埔臨時街市。經過電影院門外，K看見炒栗子，聽到鐵鏟刷刷刷刷翻動栗子、黑砂的聲音。他高聲說：「有炒栗子嗝……兀呃……不如食炒栗子吖。」

Y說：「好的，好的，吃炒栗子。」

Y付錢買炒栗子。

K說：「Y，你真好人，真『循品』！」

我們站在馬路邊，搖搖擺擺揮手截的士。

第二天早上醒來，只見房間亂七八糟，地上滿是栗子殼、鈔票、書籍、半價證、身份證，連坐地長風扇和壁報板都倒了下來。

Y說：「你們昨夜真的喝醉了。你（對着我說），披着毛氈當斗篷，拿着筆當咪高峰，唱《小李飛刀》。你（對着K說），一會兒躲到衣櫃說玩伏匿匿，一會兒打開窗說要跳樓，一會兒把壁報板拆下來，説『玩籮滑梯吖！玩籮滑梯吖！』你們下次不要喝那麼多啦。」

是的，以後再沒有機會這樣喝酒了。

升上三年級，常無端想起波仔記。差不多整整一年，有空便去攀八仙嶺，騎單車遊鹿頸，乘船過烏溪沙，坐巴士到大尾督。傍晚回程必到波仔記吃飯，有時是一大群人，有時和少蘭兩個，有時是獨個見——興致來時，穿着短褲、拖鞋，獨自跑到大尾督看日落，坐在長堤上吹海風。這樣的「身世」，到了波仔記遇見幾位師姐，難免招來異樣的目光。看她們的神情，一定以為我有什麼傷心事，孤伶伶的無依無伴。其實我心境平靜，如果褲袋有足夠的錢，我會奢侈的吃三碟小菜，喝一瓶啤酒，靜靜地磨一個晚上。這裏的十多張桌子，每一張我都在其間坐過，更曾在此摔破一個茶壺。坐地的長風扇，炎炎夏日送來一陣陣涼風，吹散鬱鬱的溽暑。年輕的廚師，守在火旺旺的爐前，鑊鏟起起落落，炒來一碟碟美味的小菜。瓜子臉的老闆娘，穿着淺色的裙子，溫婉地走前來問：「今天吃什麼？還是椒鹽鮮魷？」眼睛烏黑發亮的小女孩，才八、九歲，穿着校服幫媽媽端來一碗碗冒煙的白飯，每次都叫我們擔心她手中的飯碗會掉在地上。

畢業前的某個晚上，獨自在波仔記喝酒，忽聽得火車輪軌相磨之聲，在頭頂呼嘯而過。在中文大學唸書，也許太習慣火車的聲音了，習慣得四年來在波仔記吃飯，彷彿從未聽過火車急速旋轉的風火輪，與伸向天邊的路軌切切廝磨的激昂節奏。山長水遠，天低月近，一列長長的火車在我眼中的月臺開出，一格一格、密密麻麻的窗燈人影，漸漸變成朦朧的光點，彎進黑暗的山坳，再也看不見。

婚後，某年中秋節前，和少蘭抱着貓子、盈盈，到大尾督的長堤遊玩，黃昏來到大埔臨時街市，波仔記已經結業。我們坐在成興記的桌間，點了椒鹽鮮魷，西蘭花炒牛肉。貓子和盈盈喝着可口可樂，半懂不懂地聽爸爸媽媽説一列一列大牌檔的盡頭——你記不記得……？再後來，成興記也結業了，我們夢遊般走到這裏來，坐在天外天的桌間，椒鹽吊桶、秘製墨魚丸……那是許多年後的事了，我和一群喜歡文學創作的大學生，文聚後到此喝酒聊天，談文説藝，做着文學的夢。

言笑有時，飛揚有時，回過神來，生命已步入中年，髮白，髮落，頭頂一點亮光，日月之行，若出其中。同學星散，偶然在電視介紹藝術的節目中看到K，K當上了大學教授，剪了小平頭，架着黑框眼鏡，長着鬍子，身體黑實如昔，才華橫溢如昔。Y呢，再沒有Y的消息了。Y是我在中大三年的宿舍生活中，遇到的最真誠、最可愛、最令人懷念的宿友。畢業後我在港島南區的一所中學任教，樂在其中。後來加入了培訓教師的行列，成就其中，再後來呢，喜歡到博物館看文物，反思歷史與文化；喜歡旅遊，渴望認識更廣大的世界——手空空，無一物；路遙遙，無止境。一種精神力量，潛移默化影響着我。生命的軌跡緩緩轉變，不變的是背着香港中文大學新亞書院中文系的名牌，總是非常自豪。

波仔記結業後，一直沒有它的消息。直到一九九三年七月的一天早上，在教員室讀報，看到一幀面善的照片——波仔記端莊清秀的老闆娘。細讀新聞，才知道她叫「鍾彩娟」。她給丈夫的情婦殺害了，屍體被肢解，傳聞炸成咕嚕肉出售。駭人聽聞的炸屍案，使沉寂多年的「波仔記」的名字，忽然在全港的報紙上電閃雷鳴，鬼哭神號——它以這樣殘忍的方式喚起我的記憶，讓我記起它——欷歔不已。

二〇一三年九月三十日

載陶然編，《土瓜灣敘事書：〈香港文學〉散文選》第五輯（香港：香港文學出版社，二〇一七），頁二二八——二三四。

潘步釗（一九六四年生），廣東梅縣人，香港大學中文系哲學博士，曾任教育局中國語文教育委員會主席，出版文學著作近二十種，現職中學校長。創作以散文為主，曾獲中文文學散文獎，作品被收錄在《香港文學作品選集》及中學教科書。

潘步釗

好飲不能飲

我是一個沒趣的人，這大抵可從「飲酒」這回事看到。

平生不喜歡沾酒，從來沒有「記不起，從前杯酒」的古人詩意，也未嘗試過醉酒，總覺得那是無聊失禮的事，所以柳永「今宵酒醒何處，楊柳岸，曉風殘月」的瀟瀟暮雨，也無緣領會。在電視電影中看到失意的人總愛在酒吧獨飲消愁，感到莫名其妙，至於那些腳步踉蹌，常邊吐邊叫着「我沒醉」的男女角色，更加叫我失笑不已。所以我應該是一個沒趣的人，我只知道，生命裏的悲喜苦樂，要放回生命裏應對和渡過；至於吃喝了什麼，更是要對別人和自己負責，醉酒駕駛，於我眼中，完全是傷天害理的自私行為，深惡痛絕，停牌坐牢，也活該至極。

這樣毫不飄逸，理性當頭又諸多牽掛，自然是沒趣的人。沒趣的人，無論生於古今中外，都不容易交朋友。好酒與豪邁，從來愛被緊扣一起，詩人和天才，又好像必須只落在好飲者身上。不說阮籍劉伶的狂放任誕，或者跟歐洲天才藝術家群關係千絲萬縷的苦艾酒，即使是恬淡的陶淵明，也愛飲，筆下《飲酒二十首》人間味道十足：「余閒居寡歡，兼比夜已長，偶有名酒，無夕不飲，顧影獨盡，忽焉復醉。既醉之後，輒題數句自娛」，顧影獨盡，原來還是因為寂寞，詩人不須酒後已吐真言。明代徐渭說自己「小白連浮三十杯」後，才繪寫得出驚世的畫圖，這或許和三百年後的梵高相同，天才畫家背後，一樣敲叩着寂寞的琴鍵音階。

到了近當代，酒，還是一樣的文學藝術下去，洛夫的獨飲、村上春樹的威士忌、邱吉爾的香檳、戴天的花雕……「天若不愛酒，酒星不在天。地若不愛酒，地應無酒泉。天地既愛酒，愛酒不愧天」，上天下地，李白在唐代，本來已把一切飲酒的道理都說盡了，我們沒有轉圜置喙的餘地，只是他忽然又說「古來聖賢皆寂寞，惟有飲者留其名」，深中肯綮，不由我不有感有回應：前句同意極了，後句真實性卻無從稽考，只是意義也不大。就像董橋在散文〈一室皆春氣矣〉引格麗達卡寶"I want to be alone"，好是好的，不過我以為蛇足。人生天地，百年過隙，就是"Leave me alone"的過程，飲不飲、醉不醉、留不留名，寂寞還是免不了。

所以無論飲酒飲茶飲可樂，良朋共聚，有客相對，才是最重要。自居易雪夜飲酒，重視的是好朋友劉十九來不來，一杯有無或者並不重要；淳于髡在《史記．滑稽列傳》答齊威王問「能飲幾何而醉」，「一斗亦醉，一石亦醉」，對象環境氣氛，也只因為寂不寂寞的分別。朋友問我為什麼不喜歡喝酒，我的答案與三歲孩童無異：「因為很苦很辣！」只是後面附幾分成年人不經意賣弄的滄桑：「生命已經不很甜，何必再攞苦來辛？」沒趣的人，雖然少了幾分豪情飄逸，但我從不為酒所吸引，狂迷與靜照，如想從此處向我問津，兩般着手皆空空是也。

童年只愛喝可樂，長大後常飲普羅大眾的廉價咖啡。中國人說「君子愛茶，才人愛酒」，看來我兩者都不是。現在回想，童年時渴望長大，可能只因為可以自己決定何時踢足球，又經濟獨立得能夠購買罐裝可樂，握住通體鮮紅的鋁罐，一泓泓入口甜涼的黑液，與我青梅竹馬，本來純真樸摯，誰料長大後，人人爭說我這童年好友包藏禍心，是導人癡肥糖尿的元兇，必須遠離才可確保安全健康。到了成年愛上咖啡，這又彷彿變成一種孽戀，不知何時開始，雖然明顯感到危險和不安，偏又捨不得離開放棄，最後總會為自己編一些應該蒙混下去的說法，例如提神振奮、活絡器官。至於當中帶來的麻煩纏擾，甚至傷害，都是問責高官在記者會的鞠躬道歉，錯是錯了，知道也是知道了，就只希望在鼎沸人聲中，你和我都能忘記。

喜歡飲酒的朋友則似乎很不一樣，他們一定要激情，一定非要「朝成青絲暮成雪」不可。童年球伴中曾有因酗酒而最後喪命，留下嫩妻稚女，十分可憐，教我更不喜歡不理性的喝飲。

聽到別人說到夜店「劈酒」，覺得這劈字雖是傳神，也實在顯得飲者的孤絕激憤。這種一刀砍下，直瀉無遺的情感宣洩，總之就是一副「我的命是我自己的，你不要管我」的狼虎眉目，與現代人那種情感畢露，張喉呼痛的時代共性很配合，就像購物本來講究神遊心合，偏要轉譯成生死相搏般的「血拚」。飲酒的人為什麼要孤憤，我不明白——或者我是明白的，反正就是造像之為物，悲歡哀樂，七情六慾，各有懸晾和捲舒。只是，我始終相信，悠悠生命的遠行，再好的酒，再濃的酒興，不過是一家荒村客店，管怎樣的床被和月色，借宿一宵就是，何苦真箇勾留！

飲料之中，茶酒咖啡各有品種牌類，而且身份價格均不同，既可收藏，更能炒賣，不一定只有酒才有貴價。名酒如人，各有個性角色，可品可題，又像小孩子喜歡的「寵物精靈」，種類繁多，我雖一個也不感興趣，可是款款造型性格不同，予人想像討論發揮的亦不同。不過飲酒背後馱負文化意蘊，則相當惹人思考聯想，可能比喝酒本身更有趣。交杯對酌，「合巹酒」、「肝膽酒」，共飲也往往成為重要的象徵文化，由先進文明到落後部族，各有所守，相當有趣而滿是學問。中西方人飲酒文化不同，英國人愛威士忌、俄羅斯人喜歡伏特加，德國人擅於釀製啤酒。由黑格爾、尼采一路走來種種情緒與思潮，希臘酒神崇尚狂迷，與中國人常希望借酒消憂，俯仰六合大不相同。

酒之於中國人，色相道理萬千。粵劇《紫釵記》的黃衫客說：「藥雖能治病，惟酒可消憂」，又說「只知醉裏乾坤大，豈料人間苦痛恨重重」，文人心事，豈止是戲曲家言。曹孟德釃酒臨江，橫槊賦詩，先一句「對酒當歌，人生幾何」，後一句「何以解憂，惟有杜康」，就為酒之為物，在中國文化鑄下千古造型。中國人喜樂憂愁，都愛用酒來抒發表達，以酒喻人，更是源遠久長。三國時的徐邈喜歡喝酒，稱清酒為「聖人」，濁酒為「賢人」，所以李白寫給孟浩然的詩就有「醉月頻中聖，迷花不事君」之句。可是無論如何牽附，酒，穿腸過肚，拉合繫縛種種的寂寞和憂愁。古人或許太樂觀，酒入愁腸，如果真可以化作相思淚，相思就不容易令人老了……

我這無趣之人，戀上平民咖啡，健康已經負數值了一部分，如果再加上好酒，就未免揮霍過度，所以一向戒之慎之。東坡晚年寫過淒涼詩句「望道雖未濟，隱約見津涘。從今東坡室，不立杜康祀」，說是要唱和淵明「止酒」詩，卻盡見天才詩人日薄西山之嘆。淵明淡泊，東坡豁達，兩人終身飲而不耽，晚來都因身體毛病而戒酒，這對於講究飲食健康又飲食無度的現代人，足以引為鑑誡。說到東坡，他的飲酒哲學別具心靈，叫人折服。東坡一生不擅飲，但自稱「好飲」、「酣適之味乃過於客」，在〈書東皋子傳後〉的一段自白，浩浩落落，真可謂是千古知飲者言：

> 予飲酒終日，不過五合，天下之不能飲，無在予下者。然喜人飲酒，見客舉杯徐引，則

予胸中為之浩浩焉，落落焉，酣適之味，乃過於客。閒居未嘗一日無客，客至，未嘗不置酒。天下之好飲，亦無在予上者。

好飲不能飲，「天下無在予下」亦「天下無在予上」，飲酒的最高境界！

載《香港文學》二〇一八年三月號（總第三九九期），頁三一——三三。

黃淑嫻，作家，香港嶺南大學中文系副教授。出版散文集《理性的游藝：從卡夫卡談起》及與攝影師合作的散文攝影集《亂世破讀》，短篇小說集《中環人》。曾獲第二十五屆中學生好書龍虎榜十本好書。曾任劉以鬯紀錄片《一九一八》及也斯紀錄片《東西》之文學顧問及聯合監製。

英國的味道——重讀朱自清的《倫敦雜記》

黃淑嫻

重讀朱自清的《倫敦雜記》，真的想為他說兩句好話。我們在香港長大的這一代人，總會依稀記得小時候老師在沒有冷氣的課室中一本正經的講解〈背影〉、〈荷塘月色〉和〈槳聲燈影裏的秦淮河〉。就算你已忘記後兩篇，也總能記起〈背影〉吧！但老實說，我對這些名篇沒有太大的投入感。大概問題不在朱自清，只能責怪我們這樣的城市人看不到荷塘月色吧。然而，近日再拿起他的《倫敦雜記》，讀完後，好像與這位生疏的作者走近了一大步。事隔多年，終於沒有白費中學老師的用心了。

我在九〇年代到英國讀書，住了兩年半，距離朱自清在英國留學的時間，足足有六十年之差，但現在回看他的遊記仍有很大的感覺，令我回想起自己的英國旅程。朱自清在一九三一年到英國留學七個多月，同期漫遊了歐洲多國，回國後寫了《歐遊雜記》（一九三四）和《倫敦雜記》（一九四三）。可能只是短暫的停留，《歐遊雜記》是比較表面的。遊記從歷史和城市外觀入手，對地方文化沒有深入的體會，現在讀起來感到乏味。然而，《歐遊雜記》在歷史上是有意思的，相對於晚清康有為《歐洲十一國遊記》的「高視點」旅遊，朱自清為中國作者的歐洲遊加入平民的角度，從政治社會拉到文學與藝術上。

《倫敦雜記》比較耐讀，老老實實的朱自清把客觀的資料和個人的體會融入遊記中，令文章顯得更有層次感。大概因為倫敦有一些基本的東西沒有太大的改變，所以如果你現在要出發到倫敦旅遊，看一看《倫敦雜記》對你也有幫助。我很喜歡〈吃的〉一章，各位在英國住過的朋友，大概一看到文章的第一句都會產生共鳴：「提到歐洲的吃喝，誰總會想到巴黎，倫敦是算不上的。」朱自清對英國的「招牌菜」fish and chips有所批評，就連山藥蛋的做法也不及法國，但他對英國的餅食是十分肯定的。文中他詳細解釋「甜燒餅」（muffin）、「窩兒餅」（crumpet）、「煎餅」（pancake）和「茶饅頭」（tea scone）的食法與味道，單看譯名也有趣，讀下去簡直可以是一集精彩的飲食節目，試想像這樣一個美味的鏡頭：「窩兒餅……烤得熱辣辣的，讓油都浸進去，一口咬下來，要不沾到兩邊口角上。」現在飲食節目大熱，節目主持人大概可以參考一下朱自清對味覺的描寫。

好的旅遊書，總會介紹地方的歷史和文化，好讓你在旅行前對目的地有多點理解。但如果你覺得看歷史文字太過乾燥，我提議你看《倫敦雜記》中的〈房東太太〉，你會對英國女性歷史了解多一點。在遊記中寫人物是比較困難的，要考驗作者對文化的認識。朱自清寫的是她的包租婆，他們接觸的時間較多，能有較深入的理解。這位歇卜太太在朱自清筆下是一個跟不上時代的人物，她活在三〇年代，但仍然守着維多利亞時代的價值觀。朱自清對她有同情，但最後還是不能否認地說：「這世界已經不是她的了。」簡直有點張愛玲式的蒼涼，令人再三回味。

我離開英國已經很久了，我記得第一次走進大學的食堂，看到一些小小的、圓圓的蔬菜，覺得很有趣，在香港從未見過。一吃下去便感到後悔，什麼味道也沒有，只是把菜煮得爛熟而已，這一口菜便成為了我英國生活的序曲。我以為自己回到香港後永遠也不會再吃這菜，但在前幾年，當我發現在超級市場的一個角落，靜靜的放着一些名叫Brussels sprout的東西時，我興奮的把一大包買下來，在家慢慢的品嚐，這味道已成為了我英國的回憶了。

載《理性的游藝：從卡夫卡談起》（香港：文化工房，二〇一五），頁四九——五一。

改變你生命的一雙鞋

黃淑嫻

劉以鬯的長篇小説《他有一把鋒利的小刀》講述少年亞洪為了擁有一對時尚的平頭鞋而錯手殺人，背景是七〇年代初的香港，當時尖頭鞋不再是時尚的款式了。這篇在《明報晚報》連載的小説應該有現實的考據，否則當時的讀者很難認同這個殺人的動機吧。最後，亞洪雖然能夠穿上他夢想的平頭鞋走回家，但他的生命亦從此進入了黑暗期。小説並不旨在教訓年輕人不要貪圖物質，而是呈現他們在成長時期內心的掙扎。劉以鬯以一雙鞋開始，寫到年輕人的心理，非常有趣，這令我想起希治閣的電影《火車怪客》（一九五一）的片首，鏡頭映着兩雙不同款式的皮鞋（一對平實而壓抑，一對花巧而奔放）在城市中行走，最後兩雙鞋在火車廂巧遇，他們的相遇，互相啟動了內心潛藏的殺機，改變了大家的命運。

英國的設計博物館（Design Museum）出版了一系列頗有趣的小書，包括《五十件改變世界的裙子》、《五十個改變世界的袋子》、《五十個改變一九五〇年代的時尚打扮》等等。我很喜歡這套書，它扼要地介紹了時尚潮流與社會文化的關係，不是名牌的索引。在這系列中，最吸引我的是《五十對改變世界的鞋》，因為我認為能創造一雙舒服而漂亮的鞋子是非常困難的，每一分每一吋都是精心的手藝。書從三〇年代開始，一直講到二〇〇八年，列出重要的鞋款與社會文化的關係。

書中提到近幾年再度流行的「鬆糕鞋」（platform shoe），在三〇年代「鬆糕鞋」很流行，當時被後世譽為二十世紀最富天才的意大利造鞋匠Ferragamo，他把傳統以實用性為主的高屐改變為時尚的穿法。最有趣的是，當時國際聯盟（League of Nations）正對意大利實施經濟制裁，物資短缺，Ferragamo想到以酒瓶塞建立一個輕巧但穩固的鞋底，然後再以美麗的皮革包裹着。他在一九三七年為自己的創意取得時裝界首次的專利權。現在的Ferragamo已經成為了跨國名牌，不需多作宣傳，但他早期的實驗確實令人佩服。

另一個我有興趣的鞋款是香港人喜歡的「人字拖」，我並不知道「人字拖」何時傳來香港，但書中寫到這種用膠製的拖鞋（flip-flop）早在五〇年代已經在紐西蘭出現，六〇年代巴西的品牌Havaianas大量製造生產。「人字拖」在香港可謂歷久不衰，是跨越時代的鞋款，可以在家裏穿，又可以在路上走。我的一位大學同事，是社會學的婦解分子，她就經常穿「人字拖」上課，真是非常有個性。

每個人一生中總會有一雙或幾雙重要的鞋，代表了人生的不同階段。前年我在學校突然發覺男男女女的學生都喜歡穿上Birkenstock，一雙比較含蓄及時尚的拖鞋，對於大學生來說，這可能是脱下球鞋，走上潮流的開始。但有些穿鞋的文化我總是不明白，例如為何在餐廳賣酒的「啤酒女郎」總是穿白色的長靴？哪怕是在大熱天。還有就是近年熱賣的貴價雨靴，以前香港的小學生都會在下雨天穿雨靴的，不知道近年是否仍是這樣，但穿雨靴的文化已經走進ＯＬ的世界，一對貴價的雨靴成為了下雨天的必需品。我從正面的角度想，或者穿上美麗的雨靴會讓我們在雨天上班時更積極。上個月我聽到一位朋友發表論文，她批評美國電視劇*Sex and the City*推銷商品，尤其是以Manolo Blahnik品牌的鞋子來強調典型的女性消費形象，我想商品與女性身份之間的關係是微妙的，一方面我們確實參與了消費市場，但有時候換回來的不一定是市場為我們預設的身份。我們不可能脱離物質的世界，但是我們可以成為一個精明的、有批判能力的消費者。

載《理性的游藝：從卡夫卡談起》（香港：文化工房，二〇一五），頁五六—五八。

最後修改於二〇一九年一月

老爸老媽

毛尖

毛尖（一九七〇年生），浙江寧波人，香港科技大學人文學部博士，現為華東師範大學教授。著有《有一隻老虎在浴室》、《我們不懂電影》、《夜短夢長》、《一寸灰》等。

叫着叫着，爸爸媽媽真的成了老爸老媽。一輩子，他們沒有手拉手在外面走過，現在年紀大了，終於老爸過馬路的時候會拉起老媽的手。不過等到了馬路那邊，他馬上又會放開手，好像剛才只是做好事。

老爸老媽有一個上世紀六十年代的典型婚姻。媽媽去爸爸的中學實習，應該是互相覺得對路，不過還是得有個介紹人，然後就結婚，然後各自忙工作。在爸爸終於從中學校長的崗位上退下來前，我沒有在家裏見他完整地呆過一整天。媽媽也是一直忙進修，尤其因為聲帶原因離開學校轉入無線電行業，她就一直在讀夜校忙學科轉型。我們都是外婆帶大的，好在我們的同學朋友也都是外婆帶大的，在我的整個童年時代，也從來沒有見過哪一家的父母會在星期天，父母孩子一起出門去逛公園。那時候一個星期只休息一天，國家為了電力調配，媽媽所在的無線電行業是周三休息，爸爸和我們是周日休息，當時，全國人民估計都是發自肺腑的認為，夫妻錯開休息日是一件非常經濟合算的事情，即便在家務上也可以發揮更大的效益。而平時呢，爸爸總是在我們差不多上床的時候才回家，一家人團聚的時間本就非常少，這樣，好不容易有個休息天，媽媽要做衣服補衣服，爸爸要接待他的同事和學生，即使在嘴上，他們也從來沒有向我們允諾過旅遊這種事情。

和所有那個年代的人一樣，爸爸媽媽所做的唯一私人的事情，就是生下了我和姐姐。我們都住在外婆家，小姨和姨夫也都住外婆家，小姨負責買，媽媽負責燒，外婆負責我們，男人都不用負擔任何責任。爸爸天經地義就回家吃個飯睡個覺，還贏得外婆的尊敬，「男人在家呆着還叫男人啊！」在一個大家庭，女婿其實是和丈母娘相處的。而等到外婆家的大院子面臨拆遷，爸爸媽媽才突然焦頭爛額地意識到，以後，大家得各自獨立生活，更令他們感到手足無措的是，他們以後不僅得小家庭生活，還得二十四小時彼此面對。他們都到退休年齡了。

終於，他們有了時間相處，或者說，結婚三十年後，他們告別外婆家的公共生活，開始真正意義上的小家庭生活。

很自然，他們不斷吵架。離家多年的我和姐姐就經常接到媽媽的投訴電話。讓他去買菜，買回來十個番茄、兩斤草頭。兩斤草頭你們見過嗎？整整三馬夾袋。算了，菜從此不讓他買了。買餅乾總會的吧？也不知道哪個花頭花腦的女營業員忽悠的他，買回來包裝好看得嚇死人的兩包餅乾，加起來還沒有半斤，卻比兩斤餅乾還要貴。老媽在電話那頭嘆氣，最後就歸結到老爸的出身上去，地主兒子，沒辦法！

沒辦法的。爸爸重形式，媽媽重內容，一輩子沒有調和過的美學原則到了晚年，變本加厲地回到他們的生活中來。離開外婆的大宅院搬入新小區後，媽媽和爸爸各自安排了自己的生活方式，爸爸的房間是國畫和名花和新家具，媽媽的房間是縫紉機和電視機和舊家具。媽媽把底樓的院子變成野趣橫生的菜地，爸爸把客廳變成一塵不染的書房。媽媽出門不照鏡子，爸爸見客必要梳洗，用媽媽的話説，不塗點雪花膏好像不是人臉了。他們總是一前一後地出門，每次都是媽媽不耐煩等爸爸，搞得小區裏的保安在很久以後才知道他們是一對夫妻。不過，他們這樣各自行動多年後，倒是被爸爸概括出了一種「一前一後出門法」，而且在親戚中推廣，中心意思是，一前一後出門，被小偷發現家裏沒人的機率大大降低了。

老媽知道這是老爸的花頭，不過，她吃這套花頭。這麼多年，老媽總是讓老爸吃好的穿好的，早飯還要給老爸清蒸一條小黃魚。家裏的電燈壞了，老媽換；電視機壞了，老媽修；水管堵塞了，老媽通；老媽是永遠在操勞的那一個，而老爸就為老媽做一件事，每天早上，從老媽看不懂的英文瓶子裏，拿出一片藥，「喏，吃一片。」老媽吃下這片鈣，擎天柱一樣地出門去勞動，遇到天氣不好，她還不吃這片鈣。在老媽樸實的唯物主義心裏，鈣是需要太陽的，所以，她只在有太陽的日子裏補鈣。她吃了鈣片去太陽下種菜灌溉，覺得自己也和青菜西紅柿一樣生機勃勃。

媽媽在菜園裏忙的時候，爸爸看書。爸爸有時也抱怨媽媽在地裏忙乎的時間太長，但媽媽覺得，兩個人都呆在房間裏做什麼呢？我和姐姐鼓勵他們去外地外國看看，但他們從來沒有動過心，我有時候想，也許他們還在彼此適應。下雨天媽媽沒法去菜園子幹活的時候，爸爸就會出去散很長時間的步，他說下雨天空氣好，他這麼說的時候，有一種老年人的羞澀，然後，他匆匆出門，更顯得像是逃避什麼似的。

老爸老媽，在集體生活中長大，退休前的家庭生活也是公共生活一樣，當歷史插手突然把他們推進一百平方米的屋子，當他們只擁有彼此的生活時，他們才真正短兵相接。老媽也曾經努力過讓老爸學習做點事，兩年前，老媽眼睛要動手術，她一點沒擔心自己，只擔心住院期間爸爸怎麼辦。她讓老爸學習燒菜，她在前面示範，老爸就在後面拿本菜譜看，老媽菜剛下鍋，他就一勺鹽進去了，然後老媽光火，不歡而散後，老媽就在手術第二天，戴着個墨鏡回到廚房做飯燒菜。我和姐姐說我媽命苦，小姨卻覺得，要不是我爹，我媽沒這麼快好。那是一代人的相處方式嗎？不過老爸拍的老媽戴墨鏡烹製紅燒肉，雖然魔幻現實主義了一點，確是很有氣勢。

今年是他們結婚五十年，我和姐在飯桌上剛提議要不要辦一個金婚，就遭到了他們的共同反對，好像他們的婚姻上不了檯面似的。五十年來，爸爸從來沒有買過一朵花給媽媽，有一段時間，他在北京學習，他給家裏寫信，收信人也是外公外婆，他從北京回來，也沒有特別的禮物給媽媽。爸爸說你媽只喜歡油鹽醬醋，買什麼都難討她喜歡。她也幾乎不買新衣服，爸爸不要穿的長褲，她會改改自己穿，家裏兩個衣櫥，爸爸的衣服倒是佔了一大半。每年梅雨過後，我們有個習俗叫「晾霉」，也就是挑個豔陽天，把所有的衣服被子全部曬一遍。小時候我們很喜歡晾霉，因為會晾出很多嬰兒時期的小帽子小鞋子，家博會似的，爸媽年輕時候的衣服也會晾出來，爸爸的衣服就明顯要比媽媽的多。媽媽只有一件碎花連衣裙特別寶貝點，這件衣服不是她結婚時候穿的，也不是爸爸買給她的。我和姐姐在青春期的旖旎想像中，一直把這件衣服想像成一件特殊的禮物，來自媽媽結婚前的某個戀人什麼的。很多年以後幫他們整理老照片，才發現，這件衣服是媽媽在爸爸學校實習時候穿的，他們六個實習老師在寧波四中門口的照片，笑容都看不太清楚了，但小碎花裙擺在飛揚，媽媽那時候一定非常非常快樂。

是為了這一點快樂嗎，媽媽伺候了爸爸一輩子，爸爸也心安理得地接受了一輩子的伺候。常常，晚飯的時候，爸爸被匆匆而來的同事叫走了。常常，本來說好一家人去看電影的，外婆說，不等你爸了，給鄰居阿六去看吧。常常，家裏有人生病需要個男人的時候，都是小姨夫請假。常常，我們也看不過去的時候，會跟媽說，沒想過離婚嗎？老媽沒想過。跟小津電影中要出嫁的姑娘一樣，她把小碎花連衣裙收起來放進箱子的時候，她就把自己交給了另一道口令，這個口令沒有她撒嬌或任性的餘地，這個口令讓她廁身於一味付出的傳統中，她實在生氣的時候，還是會把晚飯給爸爸做好，因為骨子裏她跟外婆一樣，覺得一個男人是應該把自己獻給工作的。

這是我的老爸老媽。他們現在都快八十了，因為爸爸做了虛頭巴腦的事情買了華而不實的東西，還會吵架，吵完媽媽去菜園子消氣，爸爸繼續等媽媽回來燒晚飯。這輩子，爸爸只學會了工作，沒學會當丈夫。不過，當我翻翻現在的文藝作品，影視劇裏盡是些深情款款的男人時，我覺得我父親這樣有嚴重缺陷的男人，比那些為女人抓耳撓腮嘔心瀝血的小男人強多了。而老媽，用女權主義的視角來看，簡直是太需要被教育了，但是，在這個被無邊的愛情和愛情修辭污染了的世界裏，我覺得老媽的人生乾淨明亮得多。

首發於《藝術手冊》雜誌二〇一五年九月。

就此別過

毛尖

二〇一八年十月三十日下午，金庸離世。當天晚上，重看郭襄告別楊過和小龍女章節，重看《天龍八部》中，蕭峰段譽虛竹三人，在天下英雄面前義結金蘭共赴生死章節，看到半夜，返回去再看一遍《神雕俠侶》結尾，一夜無眠。

從來沒有成為金庸小說主人公的郭襄很有風骨，甚至可以說，郭襄這個角色拯救了整部《神雕俠侶》，楊過和小龍女的故事，在郭襄面前，幾乎降維。《神雕》最後——

郭襄回頭過來，見張君寶頭上傷口兀自汩汩流血，於是從懷中取出手帕，替他包紮。張君寶好生感激，欲待出言道謝，卻見郭襄眼中淚光瑩瑩，心下大是奇怪，不知她為什麼傷心，道謝的言辭竟此便説不出口。

卻聽得楊過朗聲説道：「今番良晤，豪興不淺，他日江湖相逢，再當杯酒言歡。咱們就此別過。」説着袍袖一拂，攜着小龍女之手，與神雕並肩下山。

其時明月在天，清風吹葉，樹巔烏鴉啊啊而鳴，郭襄再也忍耐不住，淚珠奪眶而出。

十六歲郭襄，風陵渡口遇楊過，從此心裏沒有過別人。楊過給她三枚金針可以救她危厄，她三枚都用在了楊過身上。第一枚請他摘下面具讓她看看真面貌：第二求楊過在她十六歲生日時候去看她：第三次楊過試圖殉情小龍女她請他不要尋短見。楊過遵守然諾，「力之所及，無不從命」，郭襄生日，他為她打掃亂世戰場送出三戰功，天下英雄面前，夜空煙花放出「恭祝郭二姑娘多福多壽」，剎那用光她一生歡愉，當代文學史裏最浪漫的生日成為最荒涼的起點，從此她天涯漂泊無終點，雖然最後成為一代峨眉宗師，給嫡傳弟子取的名字還是「風陵」。

十六歲的我們看着十六歲的郭襄，沒有經歷過愛情的少年其實不能完全體會楊過小龍女攜手離開後的秋風秋月秋鴉，不過，在那個年紀讀到這樣的片段，卻莫名其妙讓我們理解了一個物理定律，所謂能量守恒，我們無師自通地明白，在故事中提前幸福了的人，最後都會被命運懲罰。襄陽城煙花有多燦爛，郭襄的一生就有多寂寥，但是，多麼好的郭襄啊，就算一生沒法幸福，還是要祝福神雕俠找到小龍女。這樣的姑娘，今天沒有了，但是在八十年代，我們相信郭襄，我們不僅相信她，而且相信自己也會這麼做。

基本上，金庸一邊在我們身上植入浪漫主義一邊開出青少年修養課，而回頭想想，我們這一代可以算是新中國最精神分裂又最有包容力的一代。《神雕俠侶》中，壞了小龍女清白的人叫尹志平，班上姓尹的男生一整年都抬不起頭，下了課，姓楊的男生們就壓着姓尹的，一邊亂喊「淫賊」，而楊過風流，引得程英陸無雙公孫綠萼和郭襄寂滅一生，卻沒人會像今天的很多精明人一樣罵他渣男。楊過離開，程英安慰無雙，「三妹，你瞧這些白雲聚了又散，散了又聚，人生離合，亦復如斯」，這段話，也被用來安慰我們自己。英雄就可以為所欲為，英雄就可以離開我們，告別六七十年代無懈可擊的人頭馬後，金庸的大俠填補進來，用似乎更加人性的方式把我們弄得經脈亂轉。

我們自己的青春期遇到新中國的青春期，那確乎是一個神采飛揚又兵荒馬亂的時辰。我們跋扈又顛沛，有時候帝王般出發一人拿一把掃帚準備跟隔壁弄堂的小幫派火拼，結果被人家的神仙姐姐兩句話就拿下，然後商量一起上少林寺尋掃地僧，籌備了一個星期，也就我表弟從外婆那裏偷了點全國糧票，不過走不成也不算打擊，反正心在江湖人在江湖，我們用各種方式和金庸發生關係，我抄過白皮書版的《射雕英雄傳》，我表弟抄過缺頁的《笑傲江湖》，而為了配得上內容的豪闊，我們剪了白床單用漿糊和封面貼在一起，深深覺得最高等級的《葵花寶典》也不過如此。

人類歷史長河裏，沒有一個作家像金庸那樣，天南地北在我們的肉身上蓋下印記，我們這一代的近視，集體可以怪到金庸頭上，我們在課桌下看被窩裏看披星戴月看嘔心瀝血看，我們不是用眼睛看，我們用身體填入蕭峰阿朱令狐沖任盈盈郭靖黃蓉，所以影像史上最難滿足的觀眾就是金庸迷，因為我們曾經把自己的臉龐給他們，我們曾經把戀人的眼神給他們。

終於讀書熱來了，一夜之間看金庸莫名地顯得版本有點低。我們把《鹿鼎記》推入書架深處，買來很多一輩子沒有打開過的海德格爾尼采和弗洛伊德，學習高冷技術，亂動感情的少年時代突然被收納起來，我們學習不煽情不失控不哭不鬧不出走，但事實上，我們只不過好奇尼采瘋狂的人生着迷海德格爾的情人，這是一個狼奔豕突各種碎片來不及整理的時代，但所有的碎片都在我們的磁盤裏。如此走到二十世紀九十年代。

說不清是裝逼還是已經過盡千帆，我們遇到小津安二郎的時候，確實在他的不動聲色前繳械，《東京物語》後半程，相伴一輩子的老伴去世，笠智眾走到戶外，一天地的白日太陽，一世界的生生不息，老頭站在一塊可以俯瞰大海和市區的平地上，用家常的語調說了句，「多麼美麗的早晨啊」，然後一個空鏡，豔陽。河流。船隻。燈籠。他媽的我們立馬被小津打得腎虛，如此進入中年。

如此，我們進入自以為版本升級了的中年，中產階級冷淡美學把我們訓練得人模狗樣。好像相思已經成灰，好像已經鐵心石腸。然後，他們說，這一次，金庸，你，真的死了。

你死了。

久未檢視的生活排山倒海回到眼前，此起彼伏的金庸迷在網上應聲而起，這是八十年代的最後一次集結號，我們把你灌溉在我們身上的淚水還給你。千里茫茫若夢，雙眸粲粲如星。塞上牛羊空許約，燭畔鬢雲有舊盟。他強任他強，清風拂山崗。他橫任他橫，明月照大江。情不知所起，一往而深。大家在網上接龍金庸，我們拾起少年時代沒有被彎曲過的動詞，沒有被折扣過的形容詞，我們拿掉這些年的面具，最後一次，我們暴雨般把自己甩出去，我們向你奔騰而去，每個詞都不願落後，我們曾經慌張退場的抒情能力在這一刻，突圍而出掙脱自己的墓誌銘。在這一刻，我們重新回到童年身體，世界白雲蒼狗，但是我們的初歌還能繼續彈唱，甚至可以更放肆地彈唱。去你的聲色不動，去你的溫潤如玉，這一刻，我們重新成為八十年代之子。

江山笑煙雨遙，讓世界嘲諷我們只剩一襟晚照的豪情吧，説到底，不是金庸寫得有多好，是我們在最好的年紀撞上他，就算我們郭襄一樣集體出了家，四十年後練的也是黑沼靈狐，一招關乎楊過的武功。這是我們這一代和金庸的相遇，因為對方的存在，「一棵樹已經生長得超出他自己」。本質上，我們是新中國最後一代民間抒情強人，我們借着少年時代的這口氣，穿山越嶺，三十年後還有眼淚奪眶而出，這個，可能是這個乾燥時代的最後的風陵渡。

就此別過。

首發於澎湃網「上海書評」，二〇一八年十一月五日。

香港大叔

陳惠英

陳惠英，曾任職電視臺及報館，現任嶺南大學中文系副教授。著有《感性、自我、心象——中國現代抒情小說研究》、《香港時間》、《抒情的愉悅》、《字·遊：寫作的觀察與想像》、《遊城》等。

不知是何緣故，近日對大叔一類的人物分外留神。每一天，大叔總在我們身邊。他們佈滿幾乎每個角落，不是嗎？要通過一條窄路，兩位大叔在談話，其中一個頭上纏着一塊毛巾，白色的，大概是祝君早安有一道細藍邊的白毛巾，另一位手臂上紋了一大片不知是什麼的藍，他們不必看一眼，身體稍為移一下，要通過的人便順暢地走過去了，是不是大叔的空間感特別好，而且不必顧及不必要的禮例如打個照面之類？是這個原因嗎？每天總碰見形形色色的大叔，是以不得不想起不如寫一下大叔？

或者是由於近日路過一慣常經過的店舖，總見店門關上而想起店內大叔的緣故？這店舖關上有多少日子了？幾星期？幾個月？由冬入夏，應以月計算了。不常光顧的店舖，卻因為坐在店內當眼位置的大叔，每次經過，自然看上一兩眼。他的汗衫與長褲，天天如是，他坐的位置也固定不變。經過時看一眼，像看日曆，已成習慣。大叔坐得直直的，專注看着店外走過的人，路人走進店內，大叔馬上笑着站起，客人要找什麼，大叔比店員的動作快上一步，他知道店內每一種貨物的位置，要是講出一個價錢，謹慎到不得了：總總總共是……如果收到的是面額較大的鈔票，大叔會就着店外的陽光看得清清楚楚，據說，大叔認識不同面額鈔票的「手感」。寫大叔，是這個原因嗎？

大叔說過他的創業史。在什麼情景下說的，大概是一個很平常的黃昏——還是早上？大叔總會在早上或黃昏出去急步走，那天，路上碰見大叔，初是寒暄，隨後大叔便講起從前在電燈公司做學徒的日子：好早起身㗎，嚟到呢度，好山好水，一見到就知是好地方，阿媽教落，要睇山頭樹木靚唔靚，好綠，就靚。那天，一站大半小時，大叔談興極好，現在想起來，實在記不清楚內容，反而他坐在店內的身影卻異常清晰。大叔一直講什麼年份開舖，好細㗎，老婆執貨，我開車。之後又講過什麼？大叔忽然就停下來，說老妻同他捱得好辛苦，想不到今日可以好好過日子，老婆卻無福消受，周身病痛——我好對唔住佢。

就是這一句，我看到大叔臉上有兩行淚水流下，本來半凝神半發夢的我馬上有點不知所措，大叔竟然在不相熟的人面前說起對老妻的愧疚，流淚了！往後看見大叔，總把他流淚的樣子連上。

大叔隨處可見，稍不留神，便給他們佔盡風頭：像先前說過頭上包着祝君早安毛巾的大叔，像一臂藍紋身的大叔；還有像一腕有好幾串超大顆圓珠手鍊身穿彩短褲的大叔；更別說腰掛小型錄音機並附擴音器隨街播放吟誦佛陀經文的大叔。

因為是大叔，四周似乎給他們額外的包容。他們大概曾經半生以至大半生在不同的工作位置上消磨，不知幾時便成了現在的大叔模樣，甚至其中的演變過程連他們自己也搞不清楚，或在街頭看見小伙子的髮型，心想，有一天可以，我也來一個……或只是簡單的接收親友的一應潮物，便有了混搭的新樣。大叔的風頭既是他們自己營造的，也是其他人給讓出來的，因為他們是大叔，說話有點分量（包括聲量），於是往往佔盡空間，再上一級，便是阿伯，然而，處在大叔階段，也許是頗愜意的，以自己的方式說話，評人論事不一定是主調，與眾同樂事關緊要。幾個大叔聚頭，總有講不完的調侃說話，像世上沒有解決不來的事情。遠遠看去，真有浮生若夢之感。

大叔流淚，卻是另一種率性，這大叔久未出現，店門關上好一段時間，每次經過，總會把腳步放慢，不由又記起當日他說起老妻與他年輕時共同拚搏致壞了身體的情景。流淚大叔大概不會出現了。他的率性卻是此城風景，是自為空間的風景。

載《香港文學》二〇一八年九月號（總第四〇五期），頁三六。

區

陳惠英

雨天的郊外可以是一個人也沒有的，住在郊外的友人每天倒流到市區工作，說是不想太土氣。

小小一個地方，還可以這樣分？

真的可以這樣分的。

以前同一位菜農傾談，他住的村子逢晚上十時就閂閘，不許出入，平日是晚上七、八點睡覺，夜半三點鐘起身割菜，割完就同老婆去村口茶檔飲咖啡奶茶。

年中甚少去市區——

主要理由是：出到去，自己黑古肋掘。成個鄉下人咁，唔自在。

小小一個地方，真的有鄉土不鄉土的分別。

我們吃的本地菜，就靠他們摸黑起來蹲身割下，再送到路邊等車收集運送。

天冷也是這樣。遇上大風雨就更要辛苦些、憂心些。

這種生活，其結果是：子女都要出去讀書、搵工。

小小一個地方，也有離鄉別井那回事。

下一代再有下一代，就又常常高高興興地回「鄉」探親，帶來市區的蛋糕曲奇餅，吃飯時就少不了新鮮割下來的菜。

上一代穿金戴銀，髮繫紅頭繩，半口金牙；下一代可以是佐佐阿曼尼；小不點則穿行其中，自由自在。

載《字·遊·寫作的觀察與想像》（香港：中華書局，二〇〇八），頁六五——六六。

鄧小樺（一九七八年生），作家、文化評論人。著有詩集、散文集數種。曾受邀參加美國愛荷華大學國際作家寫作坊。現為文學雜誌《無形》、網媒「虛詞」總編輯。香港文學館總策展人。電視節目「文學放得開」主持。

作為代課教師

鄧小樺

作為一個代課教師，最重要的是知道界限何在。原教的老師有教程，必須跟隨；她留下功課，你必須執行發給學生的動作，然後讓學生在課上做，殺掉課上的時間——沒有人預期代課教師做「執行」以外的事。學生們習慣了原有的老師，而陌生的你站在他們面前，他們一般只會呆呆地望着你，或胡亂起哄試試你的底線。學校有校規，它不會希望你或者學生逾越。剩下來的，還有你自己的性格與原則。這些界限會成為無形的牆壁，時常在你身邊矗立，然後浮動如大陸板塊。作為代課教師，你必須穿越這些牆壁，盡量不產生磨擦和碰撞。所以，代課教師最貼切的象徵物，座該是貓。

而我始終認為，貓應該是在牆頭的邊緣行走的；並且，牠們跳躍。

完成了A中學的代課之後，我開始反復做同一個夢。在夢裏，沉默的少年男女穿着一式一樣的校服，在鐵灰色的天空下集隊。我負責看管其中一班。可是我衣不蔽體，下身赤裸，我盡力扯着上衣的下擺以求遮掩。我感到羞愧，和他們一樣沉默着，而所有的人，都好像沒有發現我的異樣——可我知道他們差一點點就發現了，於是我很緊張，身體僵硬。學生集隊是為了在進入課室前保持嚴謹的紀律，但漫長的集隊之後，學生們並沒有回到課室。大群的學生緩慢地移動，保持整齊隊形，低着頭走到街上，經過馬路，穿過行人隧道。我跟着學生移動，因為緩慢而更加緊張惶急。到壓力承受不住的時候，我就醒在床上。

我到A中學代年假前四天的課。這種幾天的代課負擔最小，既可純粹執行，也可以自由發揮。A中學的副校長聯絡我時，提到他們學校有「社會」一科：「是校本課程，教材由我們自己的老師編寫，內容是關於社會時事的。」想到能對着中學生談論社會時事從而抗衡主流意識形態，我便滿心期待，尤其發現中三的課程剛好教到「大專教育」這一節時，更是磨拳擦掌。我以「在大學教書」為我的理想職業，以至無論什麼年齡的學生，我都忍不住把他們當作大學生般看待。

我常常想起大學時的陽光。在宿舍裏，恰到好處的下午陽光從窗口流進來，瀉在我書架的書之上，那些書我大半在中學時聞所未聞，更想像不到自己會喜歡看，至今也有大部分尚未讀完。陽光裏有清晰可見但無法捉摸的微塵，滾動着落到我的書上面，我想像那些書裏的知識便像這些微塵一樣清晰而飄忽。我已有心理準備，有些書我一輩子也未必能完全讀懂；但我覺得有這些陌生的書在身邊是美好的。我的大學學習過程就類似這樣一個美好的下午，未必真的做過什麼，但對大部分事物都懷抱善意和期待；即使越見孤僻，也承認自己必須做一些事，回饋社會大眾——即使知道所謂的「大眾」不過是主體的想像。我甚至願意遊説我們的中學生，儘管（如果）不幸面對獨裁冷硬的校規，沉悶刻板的課本，無法溝通的老師，也不要放棄對大學的期待，因為在那裏，他們有可能感受到某些可能性。並不是所有可能性都能夠或必須實現，但感受到可能性存在，就足以改變一些事。

如果我對A中學顯得苛刻，我不排除自己過於美麗的想像要為之負上責任。我打開中三社會科的教科書，發現「大專教育」部分最主要的功課，是一張香港地圖，上面標示着八間大學的地理位置。一個中三學生，要在適當的空格裏填上正確的大學名稱。這明明是小學社會科的作業模式。而社會科考試的另一主要模式就是填充，形式如下：

學校是______的地方。

教育是指______。

社會科是要默書的。而平時的學生若欠交功課，老師便會罰他們抄默書範圍的句子三次。我打開堆滿案頭的學生默書簿，就看見

學校是擴闊人際圈子的地方。

學校是擴闊人際圈子的地方。

學校是擴闊人際圈子的地方。

教育是指學習新的事物。

教育是指學習新的事物。

教育是指學習新的事物。

打開另一本，也是這樣。再一本，也一樣。我無法不感受到其中的諷刺意味——反諷的其中一小技巧是以過度重複來產生滑稽感，而抄寫三次就讓那個「新」字像用了十年的鎳幣一般被嚴重磨蝕。我想像一個學生，在罰抄的情況下與這些句子作過度而不情願的接觸，他／

她會怎樣看這些句子呢？

孤獨冷靜如大江健三郎，在《為什麼孩子要上學》裏也說：我們到學校去，是為了學習讓自己和社會有所連結的最有效語言。「學校是擴闊人際圈子的地方」和「教育是指學習新的事物」，嚴格來說都不算是錯的答案。問題是，「填充」這種預設標準答案方式，與這種涉及反省的問題，其衝突程度接近先秦儒家與後女性主義者。而教師也被置入一個弔詭的兩難中，因為的他/她無法肯定，在答題的橫線上出現的，是錯誤答案（例如「學校是浪費時間的地方」或「教育是指被人虐待」）還是正確答案比較糟糕？我至今仍然傾向是後者比較糟糕，因為前者仍有迹象證明，學生把這條問題當成問題來認真看待，回答的過程中發生了思考——後者對這兩點更無保證。

這時耳邊突然傳來一位女老師的話聲：「我沒見過這樣囂張的學生！你知不知道她跟我說什麼？她說『現在是二十一世紀了，可以自·由·戀·愛·了！』沒見過這樣囂張的學生！」我突然憤怒起來，屏着呼吸走出了教員室。

在A中學的四天裏，我極其頻繁地躲到禮堂去給朋友打電話，好像流落他鄉的小孩。我不肯定其他老師是否認為我這樣很過分，有沒有向上級投訴。因為是上課時間，陰暗的禮堂裏一個人都設有，我端一張椅子坐在舞臺上，向認同我且抱有同情但好像身在另一國度的朋友訴說。A中學禮堂的木地板與我中學的一樣，躺上去會一片冰涼像要飄起來，我清楚知道那感觸，因為我以前常常躺在中學禮堂的地板上又笑又叫。但我現在不能夠。

A中學的教師手冊裏，提供了教老師如何馴服學生的招教，包括某教育博士寫的「埋身肉搏十三招」，第一招就是「先管後教」：

慈母多敗兒！對於某些人來說，「嚴父」反而受尊敬。學生經過多年教養才交到老師手裏，可能有些已經習慣欺善怕惡，「先慈後嚴」的作風會使他們感到無所適從而產生反抗。

這似乎是馴獸師的思維。這種思維將世上所有的學生假設為野獸——一旦放鬆就會隨時反撲，而且多年教養只讓他們學會欺善怕惡。那麼其實我們並不需要學校吧，因為無論怎麼教，一匹狼都不會懂得使用文字和運算——就算懂得，世上也不需要這麼多馬戲團。那本教師手冊錯字連篇，每一頁的每一段都有一個以上的錯字。上面還寫着，在學生面前批評學校政策是被禁止的，違者可能會遭受解僱。

當然我想他們不會解僱一個代四天課的代課教師。我便直接向中三的學生說：這部分的作業很白痴，我把答案抄給你們吧。省下來的時間，我就用來解釋，如何分辨有用的作業與無用的作業，為什麼我認為他們應該繼續念書。中三勤班據說是最頑劣的一班。我終於忍不住，用半節課來直接評論中學教育的監獄本質。

「為什麼Miss你這麼討厭『先管後教』？」

「因為『先管後教』要求學生不加思考、無條件的馴服。設有『教』的解釋，『管』就是將教師的權威建立於空洞的權力位置之上，學生服從權力位置，而不是服從他所認同的人或他認為合理的東西。這是將人變成蒙昧盲從，從根本上有違教育的本質。」

「嘩Miss你講嘢好深。咩叫做權力位置？」「蒙昧點解？邊個蒙邊個昧？」「Miss你最憎邊個Miss？」

逐漸，中三勤班有些學生伏下睡覺，有些和其他同學聊天，但大部分還是看着我，聽我說話。如果我長期教下去，他們對我會否仍如此有耐性？我不是不懷疑的。他們的神情像是說，這是我們想聽並會記住的——但會不會他們只是覺得我像一隻卡通玩偶般有趣，我說過什麼則毫不重要？作為代課教師，我無法保證我所說的話像植物一樣生出根來。

流行的解夢書說，赤身裸體或衣衫不整的夢，代表罪疚感。讓我放心不下的是，作為代課教師，我對學生的忠告，會不會反而害了他們。現在，在我們的學校和社會之中，「反叛」都是一個越趨負面的詞語；唯有在前衛的西方思潮和藝術世界，「反叛」才會得到同情的理解。因為是代課教師，我沒能把他們帶到一個西方思潮和前衛藝術的世界裏——我只能告訴他們有這樣一個世界。我擔心中三勤班那幾個表現反叛而一直聽我說話的學生，會不會因為摸索「反叛」而多吃了額外的苦頭，最後一切無疾而終。如果是那樣子，那麼作為代課教師的我，就只是外星人一般，在地上留下神秘圖案，就再也沒有回到地球。地球自生自滅，毫無改變。——可是長期擔任固定教職，我還會不會像貓一樣在牆頭跳躍？

當然「罪疚感」還有一個解釋——因為我揭穿了自己身處其間並獲取利益的大機構（現代學校當然是一間機構）之權力機制，又穩穩帶着酬勞迅速遠去。

有時，我會夢見自己回中學念書。

在夢裏我仍然如現實一般已大學畢業，但申請回中學念中二，學校居然批准。中二那年我念精英班，可是成績最差，最不得老師歡心，而且做了大量笨事，想起都要臉紅。我臉上已經有二十五歲後應有的細紋，但穿起校服裙還似模似樣。對於大學畢業的我而言，中二的功課明明淺易得不可忍受，但我靜靜地做着，一點怨懟也沒有。

老師們回復了青春。他們都知我已大學畢業，所以都不過來教我，也不像以前為操行的事常來煩我。我也對老師們失去了崇拜或厭惡之情，安靜得像模範生，見人只是點頭，一個字都不說。當然，我清楚知道，現在的同班同學比我小十年，沒人適合與我談話，是故我如此安靜。我的精英班同學沒有與我一起回到夢裏來。

我站在走廊上，看見校園回復我念書時的樣子，被砍掉的樹仍在，封掉的小路又被打通，新鬆的牆壁褪回舊色，一座樸素淡色的校園。我在夢裏也清楚地意識到，因為這是我的夢，它們才會重生。但我對它們也不像舊日般感情豐富，只是冷靜地看着它們，回去課室做功課。彷彿我到這個夢裏來，只是為了在2E課室做那些以前被我逃掉的功課。

這個夢不是不快樂的。因此分外危險。如果，我汲汲於抗衡這樣那樣，心底某部分只希望成為模範生，安靜地做毫無趣味的功課，那麼，我所要抗衡的事物的其中之一，就是我自己。

載陶然編，《香港當代作家作品合集選．散文卷》（上冊）（新加坡青年書局、香港明報月刊出版社〔聯合出版〕，二〇一二），頁一〇三——一〇。

麥樹堅（一九七九年生），現為大學講師。著有散文集《對話無多》、《目白》、《絢光細瀧》；新詩集《石沉舊海》；小說集《未了》、《烏亮如夜》；合著小說《年代小說·記住香港》。曾獲二〇一二年中文文學創作獎小說組冠軍與第十四屆中文文學雙年獎散文組雙年獎等。

麥樹堅

橙

父親越來越沉迷買橙。

他生活極有規律，每朝必定七時半起床，到樓下公園做早操，然後趕往超市買橙。是橙，不是香蕉、蘋果或梨，他這樣解釋：店員準時八點從雪櫃取出新橙，那時候才能捷足先登挑得靚橙。他所謂的靚橙，有時買六個，有時十個，也試過買二十個，視乎超市提供怎樣的優惠，或者他是否對靚橙愛不釋手。

我們看着茶几水果盤上的橙堆積如山，不敢有半句微言，只計算每天吃一個要吃到什麼時候。本來父親只會星期六買橙，後來星期日也去買，一度囤積了三十幾個橙在家，結果我借花敬佛拿十個去拜訪岳母。

我們試過婉轉表示，橙不必買太多，有時我們想吃草莓、葡萄或櫻桃。但父親的回覆教人莫名其妙：買橙，一定要守候超市開門，只要捲閘一動，就得搶先彎身入內，搶一個購物籃，將新拆箱猶冷的橙搶放籃裏。說時父親示範怎樣將購物籃掛在臂彎最專業，且強調搶橙全憑瞬間直覺，把看得上眼的掃進籃裏，然後踱往一旁精挑細選。他忽略自己用了多少次「搶」字，反而強調競爭對手有多強，這就是他不光顧街市水果檔的原因。

父親的洋洋自得似乎反映他已戰勝了連鎖超市、戰勝了經濟學。每當凱旋歸來，他對着戰利品躊躇滿志，我都擔心他患上強迫症。後來上網查考此病的特徵，對照之後才鬆一口氣，但依然懷疑這是癖好或情意結。他天天提醒我們吃橙、毋須慳吝，他不介意等超市開門當老匹夫上「戰場」。我們暗忖，世界衛生組織建議成年人每日攝取維生素C不多於四十五毫克，吃一個橙已經足夠有餘。他還興致勃勃的教訓我，該搾點橙汁給女兒喝，這些好橙的汁是精華。偶爾我抵不住嘮叨，搾幾茶匙橙汁給女兒嚐，他看着就興奮難當，投注一匹名為「靚橙」的賽馬，白白斷送了一場位置Q。但輸一場馬不成挫折（他本就不熱衷賽馬），父親隨手撿一個橙，又在餐桌那邊呼嚕呼嚕的吃起來——因為珍惜每滴果汁，吃起來便又吵又急，但從吃相，我們肯定他很享受那個橙。

我們三代同住，居所空間日益緊絀，必需品、日用品都要控制在最小數量。妻子沒有立鏡、梳妝檯，我沒有書架、工作桌，女兒沒有網床、學步車……父親也沒有空間栽花、養魚。吃晚飯時，總有人要佯裝想看電視、捧着飯碗到沙發那邊吃；又或宣稱不餓，待會才坐下來吃。我們心存感激只心照不宣，互讓互諒的一起生活，接受對方某些無傷大雅的喜好或習慣，譬如在狹小的浴室擺放一支個人專用護髮素，擁有兩個玩具箱，收藏一架半年才踏一次的摺疊單車——相比之下，喜歡買橙完全不成問題。

再加上，這些年父親雖自稱退居幕後，由我當一家之主，但他的威勢絲毫不減，凜然是實權在手的太上皇。只要他認定吃橙有益，或買橙買得過癮，誰都不能勸退。不，母親曾抱怨父親買任何食物都買錯、買貴、買多，父親一一怯怯承認，唯獨買橙是引以為傲、決不退讓。他在上海長大，老來沉醉於薺菜、毛豆、鹹豆漿、黃魚和年糕之味，我們十分明白；但鍾愛毫不相干的橙，便撲朔迷離了。他買的橙外表完美無瑕，乃天然藝術品，同時符合選橙定律，可是剖開一咬，多是淡而無味（酸反而更好），更甚者多渣少汁。父親辯稱現在的水土不比從前，又有基因改造，這些橙已經是最好的了。我點頭應諾，盡量每天吃一個橙。

無論如何，父親繼續買橙，我們自行決定奉陪的頻率——不過吃得太慢、太少，他會催迫你。逐漸我們聞橙色變，外出用餐瞥見菜牌上有香橙骨，毫不猶豫點椒鹽骨或鎮江骨。

幸好，轉機不久就出現。超市改變營商策略，減少賣老牌美國橙，又增售檔次較低的亞洲橙。父親無法隨心所欲搶購他心儀的橙了，每次只能勉強買來幾個，更曾鎩羽而歸。他妥協過，改買長期特價的袋裝鮮橙，但誰都知道那種包裝是障眼法，結果他邊吃邊罵，鄙視橙皮上的山賊疤痕。我擔心父親會因少了一項為家人勞心傷神的事務而失落，日後做完早操只得回來呆坐。

我們以為瘋狂買橙（以及瘋狂吃橙）的事已告一段落，繼而擔心他會因而鬱鬱寡歡，忽爾父親老遠從東莞搬回一箱贛南臍橙！一箱橙有幾十個（以斤計算，不以數量計算），不備手拉車，就這麼挽着、提着、抬着過境，他真是寶刀未老。是故他沾沾自喜，大力推銷這箱橙如何優質。我們點頭附和，讚贛南臍橙天下第一，賽過以美國陽光養育的外國橙，說時偷眼一瞄，發現箱內最上面幾個橙算得上渾圓有光澤，但下面的都不健全。未幾耳際已掀起鋪報紙、切橙和啃橙的聲音，父親嚥下半個臍橙後，說中國的不比美國差，其貌不揚但有驚喜。來，吃吧，吃吧，吃完我再去買，他朗笑着說。

臍橙大都甜如蜜，因此我們更擔心它的品質，不知道果農用什麼泥來種，不知道施過什麼肥。放在水龍頭下沖洗半分鐘，我們才敢切橙。

「好吃嗎？」

「好……不錯，甜。」

「好吃我改天再去買一箱回來吧，香港買不到的。」

水果盤上的橙山消失了，旁邊卻放着一個印着簡體字的紙箱，佔去兩呎多空間，礙事。

女兒未滿周歲已跌跌撞撞的步行，又懂得以手指物表示愛好。父親經常說孫女舉起雙手就是要他抱，其實女兒喜歡爺爺抱住她隨意拿東西當玩具。逗貓用有毛球的塑膠棒、墊煲用的藤墊，甚至橡皮圈、快餐店的外賣餐具……父親都由得她拿來揮舞。除非我不在場，否則必會正言厲色，一手奪去女兒握得緊緊的玩意——即使父親抱着她，我們面面相覷。在女兒心中，我是個蠻不講理、濫用權力、按自己喜好行事的父親，我卻相信自己的原則。

客廳的窗戶全部向西南，午後陽光大肆湧入，但冬天的西斜特別可愛，將客廳曬成平靜舒適的池塘，學步的女兒如小鴨，雀躍地游走每個明亮的角落。她發現那箱臍橙後樂不可支，嘟囔一句後將爺爺的得意貢獻當橙色小球，逐個抓起擲到地上，測試它們的彈力。雖然家裏鋪木地板，她個子又小，但薄皮的臍橙還是經不起試煉，「咚」一聲掉到地上，聽得出已經砸壞了。臍橙落地距離極短，我和父親欲救無從。以為父親會因此顰眉蹙額、臉有慍色，豈料斜眼一張，他面不改容，不，是笑意豐盈，任由孫女抓起第三個、第四個……繼續當小球摔向地面。有些橙剛巧砸中父親的腳背，順勢滾到牆角去與塵埃喁喁細語半天。

滿地臍橙，過半都砸傷了。隨手拾起一個，摸得出有一處特別綿軟、失去彈性，滲出些微刺鼻卻不討厭的味道。

每晚父親都去散步，這習慣與七點半早操互相輝映。他也習慣散步回來才吃水果，之後沐浴就寢。連續幾晚，他以為自己很低調，但依然被我發現他一口氣啃下兩個臍橙。他如常以囫圇的聲音催我吃橙，但沒有誇讚那些橙如何甘甜可口了。我知道，他悄悄搶先吃掉孫女擲爛的橙：那些橙不健全、多疤多痣、甜得詭異，且果肉敗壞，驚喜完全消退。他找不到任何盛讚的理由——而唯獨這些橙才還原為真正的橙，原始、樸拙的橙。

待女兒曉得叫「爺爺」，可含糊講幾個單字、會跑、知道樓下公園的位置時，關於橙的事應該可以流暢地不了了之。

載《絢光細瀧》（香港：匯智出版有限公司，二〇一六），頁一一〇——一一八。

臺灣篇

楊牧（一九四〇—二〇二〇），臺灣花蓮人，東海大學畢業，美國愛荷華大學碩士，柏克萊加州大學博士。筆耕六十年，始終創作不輟，詩、散文、評論、翻譯皆卓然成家，並分別於美國、臺灣、香港等地大學任教。散文作品包括：《奇萊前書》、《奇萊後書》、《掠影急流》、《亭午之鷹》等。

十一月的白芒花

楊牧

我問關還鄉，一路上看白色的芒草開花。

在火車上這樣張望，心裏正有一種歲月悠悠的沉鬱，壓在那裏，不由分說。從前也有過這種感覺，這種類似的情緒吧，又彷彿未必。我默默獨坐在那裏，一向就是這樣默默，然而是惘然的，看車窗外白芒花閃過，不斷閃過，不知道這其中是否有什麼道理。起先僅僅如此，花在與我視線平行的小丘上，英英雪雪，迅速來去，或者在遠處山坡，如成羣無數的綿羊，車聲不斷起落，羊羣和平低頭。我的確注意到這一路上的白芒花，都垂垂蕤蕤，是因為小雨淋過的關係嗎？是因為小雨時下時停的關係，在這靠海的山地裏，火車以催眠的節奏向南奔馳，我坐着，眼睛必然是無神的，兩肩微微瘦痛，心裏不一定想着什麼。沉鬱。十一月。

又是十一月。十一月的花，這豈不正是此生不斷，反覆來襲的，熟悉，令人動心的白芒花嗎？像夢魘，但它是美麗的夢魘，美麗而哀愁。起初它一定是美麗而哀愁的，當我們醉心美麗而不太知道什麼是哀愁的時候。終於有一天那一切都逐漸淡漠，甚至整個褪去，也不是美麗，也不是哀愁。只不過因為它，和一些類似的意象，竟不斷為我反覆着一些類似的情緒來襲，我就只能以為它是夢魘了。這時我斜斜靠着座椅，看它一簇一簇在潮溼的山坡飛逝，忽遠忽近，低着頭。似乎並沒有風，但不知道有沒有雨。這時我還斜靠座椅，發覺它逝去的速度卻緩下來了。不是花逝去的速度緩下，是火車預備進站。於是，火車越來越慢，進入有白色柵欄的小站，停下。柵欄外也長滿開花的白芒。這時，我看到柵欄這邊有一個小池塘，水面漣影瀰漫，是因為到處下着小雨，滴滴落在這無風的山地，打落開花的白芒。這時我竟能默默注視它，一朵，兩朵，三朵，數不完了。我本來不特別想什麼。於是我閉上眼睛，想到母親。

母親已經病了很久，而且越來越不好。這麼多年了，我已經習慣於午夜就寢以前想她，坐在燈前，對着書籍或文稿，忽然就想到病了的母親。對着那些平時作息不可或無的書稿之類的東西，忽然看不見那些東西了，眼前只剩一片迷茫，好像是空虛，母親的面容和聲音向我呈現，寧靜超然，沒有特別什麼樣的表情，那麼沉着，安詳。坐在燈前，有時我還能感受到她手掌的溫度，就像小時候發燒躺在榻榻米上昏睡，只要有點知覺，就希望母親來，靠近被褥坐下，伸手來我額頭探體溫。起初她的掌心是涼的，大概非常焦慮，等我慢慢退燒，她的掌心就變成溫暖的，撫在我醒轉的眉目之間，很舒服，很安全。這些年來，每當我午夜想念，在燈前，若是感受到母親的手探觸了我的額頭，臉頰，或者肩和背和手臂，那手心總是溫暖的。母親病了，我更不應該生病。

在這樣一個細雨的午後，相當遠的山地火車站裏，靠着斜斜的座椅，不免，我詫異地問自己：「為什麼呢？」火車又慢慢開動了，駛離那小站。我想我是明白的，為什麼呢？曾經在很遙遠遙遠的歲月裏，模糊泛黃的年代，應該就是那麼久以前的吧，在秀姑巒溪轉彎長流過的愚騃的大地，向東是大山，向西是大山，我猶記得熱天裏和母親在灰土小路裏蹀躞趕路。知了聲在樹林裏聚響，路旁遠近都是兀自將開放的挺直的白芒花，我們偶爾停步休息，在一棵高大闊葉的喬木下，對着山坡下的樹林喘氣。母親為我擦汗，拿毛巾在我面前搖着搧風，給我水喝，給我餅乾和涼糖，然後她自己擦汗。這一切山坡下的白芒花伸長了脖子在看，山坡上的白芒花也遠遠俯視，點頭嘆息。知了持續在四處鼓噪。山嶺拔高，而藍天比山高，小朵白雲浮過，但陽光猛烈，曬在參差雜亂的各種樹木上。「為什麼呢？」我記憶完整。有一天近午，我們沿路走到一開闊的彎道，左邊是林投樹和一些矮竹，姑婆葉叢，右邊陡坡直落，視野迢遠，可以看見一條淤淺的河流，旁邊沙磧上堆滿山洪暴發時自高山沖來的石頭，更遠似乎還有茅草小屋和農作的田園，在錯落的檳榔和麵包樹間。那時忽然從東邊山脈缺口，傳來飛機引擎劃破縱谷的聲音，母親帶我滾下右邊的山坡，躲進雜樹叢生的凹地。我們聽到飛機隨意掃射的聲音，夾在推進器沉悶的巨響裏，竟然感覺它漸漸飛近我們上空了。母親把我用力向下推，滾進凹地底下，抱住我將我整個人壓在下面。我毫不猶豫地伏在那裏。我明白，我當然是很明白的，她想用她的身體作屏障，這樣掩護我；即使飛機掃射，也只能打到她，打不到壓在下面的兒子。原來她是這樣想的，我知道了。飛機從我們頭頂上喧譁越過，向開闊的河流區域航去，繞一大圈，聲音小了，遠了，一定是回海上去了。母親把我抱起來，幫我擦汗，把衣服彈乾淨，讓我坐好，然後她清理她自己，一邊小聲安慰我。她的面容和聲音寧靜超然。我注意到山頂俯身來看的，又是一些欣悅的白芒花，而坡底更有許多白芒花，也都在前後搖動，興高采烈地看我們。好風緩緩吹過，知了乍停而續，又停了。我聽見四處鳥聲，細碎嚶嚀，短暫卻似永恆，知了復起，把亭午的太陽光吵得更烈了。

現在我閉上眼睛休息，但始終是不平靜的，在心裏，惦記太多，翻動鼓盪的思維，使我不能真正休息。火車的節奏在變化，過完收割後的水田，蔥蘢的菜園，魚池，正在過鐵橋。是這樣的一種旅程，一種倦怠的旅程，因為憂慮，不安，焦躁。這時已無所謂哀愁，已超越了哀愁，也似乎沒有什麼美麗，沒有什麼一定要使你為它醉心的美麗。火車在鑽山洞，聲音忽然加強。本來睜不大的眼睛這時更瞇成線了。

又是十一月。

我都記得，記得詳細。

去年的十一月也這樣嗎？好像不是這樣的。

但我確實記得去年十一月的白芒花，在同一條火車道左右，如此盛開，小山遠近，丘陵高下，在更遠更遠的平埔野地裏，廣泛散開，彷彿是不斷繁殖着的，我記憶裏的白芒花，愛的見證，信念，和毅力——一種無窮盡的象徵，永不止息的啓示。然而去年十一月的白芒花更明更亮，更燦爛，這些我也都知道，知道花挺直地搖着晃着，毫不羞澀，也沒有任何愧悔。甚至當火車從山洞裏轟一聲鑽出來的時候，向左邊看，就在防風林外，一片潔白的沙灘上，白芒花也開着，朝碧藍的大洋，永不休息的浪，它開着，在風裏。我知道它更明更亮更燦爛，曾經就是如此，猶似新雪，在我曾經的旅程。

而那些是回不來了。那些以及更久更久以前的白芒花，在山谷，河牀，在丘陵上，漫山遍野，清潔而且沒有顧忌，如此活潑，自由，好奇。那些是回不來了的，縱使我招呼它，央求它，閉起眼睛想像往昔何嘗不如同今朝這麼確切明白？我知道這並不是真的。那些已經逝去，縱使我都記得，記得詳細。甚至去年十一月的白芒花也枯槁，萎落，而今年間關返鄉路上看到的，裛落細雨裏，不斷為我重複着一些類似的情緒來襲。

定稿於一九九一年

載《亭午之鷹》（臺北：洪範書店，一九九六），頁一六三——一六八。

張曉風（一九四一年生），筆名曉風、桑科、可叵。曾獲中山文藝散文獎、國家文藝獎、吳三連文學獎等。曾任教於東吳大學、國立陽明大學及香港浸會大學（客座教授），並任第八屆立法委員。著有散文集《地毯的那一端》、《再生緣》、《從你美麗的流域》、《玉想》、《花樹下，我還可以再站一會兒》、《曉風戲劇集》等。

只因為年輕啊

張曉風

一、愛——恨

小說課上，正講着小說，我停下來發問：「愛的反面是什麼？」

「恨！」

大約因為對答案很有把握，他們回答得很快而且大聲，神情明亮愉悅，此刻如果教室外面走過一個不懂中國話的老外，隨他猜一百次也猜不出他們唱歌般快樂的聲音竟在說一個「恨」字。

我環顧教室，心裏浩嘆，只因為年輕啊，只因為太年輕啊，我放下書，說：

「這樣說吧，譬如說你現在正在談戀愛，然後呢？就分手了，過了五十年，你七十歲了，有一天，黃昏散步，冤家路窄，你們又碰到一起了，這時候，對方定定地看着你，說：

『×××，我恨你！』如果情節是這樣的，那麼，你應該慶幸，居然被別人痛恨了半個世紀。恨，也是一種很容易疲倦的情感，要有人恨你五十年也不簡單，怕就怕在當時你走過去說：『×××，還認得我嗎？』

對方愣愣地呆望着你說：

『啊，有點面熟，你貴姓？』」

全班學生都笑起來，大概想像中那場面太滑稽太尷尬吧？

「所以說，愛的反面不是恨，是漠然。」

笑罷的學生能聽得進結論嗎？——只因太年輕啊，愛和恨是那麼容易說得清楚的一個字嗎？

二、受創

來採訪的學生在客廳沙發上坐成一排，其中一個發問道：

「讀你的作品，發現你的情感很細緻，並且總是在關懷，但是關懷就容易受傷，對不對？

那怎麼辦呢？」

我看了她一眼，多年輕的額！多年輕的頰啊，有些問題，如果要問，就該去問歲月，問我，我能回答什麼呢？但她的明眸凝望着我，我忽然笑了起來，幾乎有點促狹的口氣：

「受傷，這種事是有的——但是你要保持一個完完整整不受傷的自己做什麼用呢？你非要把你自己保衛得好好的不可嗎？」

她驚訝地望着我，一時也答不上話。

人生世上，一顆心從擦傷、灼傷、凍傷、撞傷、壓傷、扭傷、挫傷，乃至到內傷，哪能一點傷害都不受呢？如果關懷和愛就必須包括受傷，那麼就不要完整，只要撕裂，基督不同於世人的，豈不正在那雙釘痕宛在的受傷手掌嗎？

小女孩啊，只因年輕，只因一身光燦晶潤的肌膚太完整，你就捨不得碰撞就害怕受創嗎？

三、高倍數顯微鏡

他是一個生物系的老教授，外國人。在臺灣，有些高山植物以他的名字命名，而我認識他的時候他已經退休了。

「小時候，父親是醫生，他看病，我就站在他旁邊，他說：『孩子，你過來，這是哪一塊骨頭？』我就立刻說出名字來……」

我喜歡聽老年人說自己幼小時候的事，人到老年還不能忘的記憶，大約有點像太湖底下撈起的石頭，是洗淨塵泥後的硬瘦剔透，上面附着一生歲月所沖積洗刷出的浪痕。

這人大概注定要當生物學家的。

「少年時候，喜歡看顯微鏡，因為那裏面有一片神奇隱密的世界，但是看到最細微的地方就看不清楚了，心裏不免想，趕快做出高倍數的新式顯微鏡吧，讓我看得更清楚，讓我對細枝末節了解得更透澈，這樣，我就會對生命的原質明白得更多，我的疑難就會消失……」

「後來呢？」

「後來，果然顯微鏡越做越好，我們能看清楚的東西，越來越多，可是……」

「可是什麼？」

「可是我並沒有成為我自己所預期的『更明白生命真相的人』，糟糕的是比以前更不明白了。以前的顯微倍數不夠，有些東西根本沒發現，所以不知道那裏隱藏了另一段祕密，但現在，我看得越細，知道得越多，就越不明白了，原來在奧祕的後面還連着另一串奧祕……」

我看着他清癯消蝕的頰和清灼明亮的眼睛，知道他是終於「認了」。半世紀以前，那意氣風發的少年以為只要一架高倍數的顯微鏡，生命的祕密便迎刃而解，什麼使他敢生出那番狂想呢？只因為年輕吧？只因為太年輕吧？而退休後，在校園的行道樹下看花開花謝的他終於低眉而笑，以近乎撒賴的口氣說：

「沒有辦法啊，高倍數的顯微鏡也沒有辦法啊，在你想盡辦法以為可以看到更多東西的時候，生命總還留下一段奧祕，是你想不通猜不透的……」

四、浪擲

開學的時候，我要他們把自己形容一下，因為我是他們的導師，想多知道他們一點。大一的孩子從某一點上看來，也只像高四罷了，他們倒是很合作，一個一個把自己盡其所能地描述了一番。

等他們說完了，我忽然覺得驚訝不可置信，他們中間照我來看分成兩類，有一類說「我從前愛玩，不太用功，從現在起，我想要好好讀點書」，另一類說「我從前就只知道讀書，從現在起我要好好參加些社團，或者去郊遊」。

奇怪的是，兩者都有輕微的追悔和遺憾。

我於是想起一段三十多年前的舊事，那時流行一首電影插曲（大約是叫〈漁光曲〉吧），阿姨舅舅都熱心播唱，我雖小，聽到「月兒彎彎照九州」覺得是可以同意的，卻對其中另一句大為疑惑。

「舅舅，為什麼要唱『小妹妹青春水裏流（或「丟」？不記得了）』呢？」

「因為她是漁家女嘛，漁家女打魚不能去上學，當然就浪費青春啦！」

我當時只知道自己心裏立刻不服氣起來，但因年紀太小，不會説理由，不知怎麼吵，只好不説話，但心中那股不服倒也可怕，可以埋藏三十多年。

等讀中學聽到「春色惱人」，又不死心地去問，春天這麼好，為什麼反而好到令人生惱，別人也答不上來，那討厭的甚至眨眨狎邪的眼光，暗示春天給人的惱和「性」有關。但事情一定不是這樣的，一定另有一個道理，那道理我隱約知道，卻説不出來。

更大以後，讀浮士德，那些埋藏許久的問句都匯攏過來，我隱隱知道那裏有一番解釋了。年老的浮士德，坐對滿屋子自己做了一生的學問，在典籍冊頁的陰影中他乍乍瞥見窗外的四月，歌聲傳來，是慶祝復活節的喧譁隊伍。那一霎間，他懊悔了，他覺得自己的一生都浪擲了，他以為只要再讓他年輕一次，一切都會改觀。中國元雜劇裏老旦上場照例都要説一句「花有重開日，人無再少年」（説得淡然而確定，也不知看戲的人驚不驚動），而浮士德卻以靈魂押注，換來第二度的少年，以及因少年才「可能擁有的種種可能」。可憐的浮士德，學究天人，卻不知道生命是一樁太好的東西，好到你無論選擇什麼方式度過，都像是一種浪費。

生命有如一枚神話世界裏的珍珠，出於砂礫，歸於砂礫，晶光瑩潤的只是中間這一段短短的幻象啊！然而，使我們顛之倒之甘之苦之的不正是這短短的一段嗎？珍珠和生命還有另一個類同之處，那就是你傾家蕩產去買一粒珍珠是可以的，但反過來你要拿珍珠換衣換食卻是荒謬的，就連鑲成珠墜掛在美人胸前也是無奈的，無非使兩者合作一場「慢動作的人老珠黃」罷了。珍珠只是它圓燦含彩的自己，你只能束手無策地看着它，你只能歡喜或喟然——因為你及時趕上了它出於砂礫且必然還原為砂礫之間的這一段燦然。

而浮士德不知道——或者執意不知道，他要的是另一次「可能」，像一個不知是由於技術不好或是運氣不好的賭徒，總以為只要再讓他玩一盤，他準能翻本。三十多年前想跟舅舅辯的一句話我現在終於懂得該怎麼說了，打魚的女子如果算是浪擲青春的話，挑柴的女子豈不也是嗎？讀書的名義雖好聽，而令人眼目為之昏眊，脊骨為之佝僂，還不該算是青春的虛擲嗎？此外，一場刻骨的愛情就不算煙雲過眼嗎？一番功名利祿就不算滾滾塵埃嗎？不是啊，青春太好，好到你無論怎麼過都覺浪擲，回頭一看，都要生悔。

「春色惱人」那句話現在也懂了，世上的事最不怕的應該就是「兵來有將可擋，水來以土能掩」，只要有對策就不怕對方出招。怕就怕在一個人正小小心心地和現實生活鬥陣，打成平手之際，忽然陣外冒出一個叫宇宙大化的對手，他斜裏殺出一記叫「春天」的絕招，身為人類的我們真是措手不及。對着排天倒海而來的桃紅柳綠，對着蝕骨的花香，奪魂的陽光，生命的豪奢絕艷怎能不令我們張皇無措，當此之際，真是不做什麼既要懊悔——做了什麼也要懊悔。春色之叫人氣惱跺腳，就是氣在我們無招以對啊！

回頭來想我導師班上的學生，聰明穎悟，卻不免一半為自己的用功後悔，一半為自己的愛玩後悔——只因年輕啊，只因太年輕啊，以為只要換一個方式，一切就扭轉過來而無憾了。孩子們，不是啊，真的不是這樣的！生命太完美，青春太完美，甚至連一場匆匆的春天都太完美，完美到像喜慶節日裏一個孩子手上的氣球，飛了會哭，破了會哭，就連一日日空癟下去也是要令人哀哭的啊！

所以，年輕的孩子，連這麼簡單的道理你難道也看不出來嗎？生命是一個大債主，我們怎麼混都是他的積欠戶。既然如此，乾脆寬下心來，來個「債多不愁」吧！既然青春是一場「無論做什麼都覺是浪擲」的憾意，何不反過來想想，那麼，也幾乎等於「無論誠懇的做了什麼都不必言悔」，因為你或讀書或玩，或作戰，或打魚，恰恰好就是另一個人嘆氣說他遺憾沒做成的。

——然而，是這樣的嗎？不是這樣的嗎？在生命的面前我可以大發職業病做一個把別人都看作孩子的教師嗎？抑或我仍然只是一個太年輕的蒙童，一個不信不服欲有所辯而又語焉不詳的蒙童呢？

發表於一九八五年六月

載《從你美麗的流域》（臺北：爾雅出版社，一九八八），頁五七——七二。

亮軒（一九四二年生），本名馬國光，作家、文學評論家。曾任國立藝專廣電科主任、中廣公司節目主持人、世新大學口語傳播系副教授。著有《壞孩子》、《亮軒書場》、《青田街七巷六號》、《亮軒開講散文篇》等。

哪個是老師？

亮軒

系裏面打電話來，要我盡快到學校去一趟。現在已經放暑假了，許多老師都出了國，有的才放假第二天便登機「回國」，他們大概提前作了期末考，家在國外，趕着回去團聚。我只是在家避暑，想要好好的讀讀非關課業的書，想不到依然不得安寧，問說要開什麼會啊？系辦說只請我一個人去一趟，難免狐疑。

進入系主任辦公室，主任只說，有一個學生我當了他，能不能改成及格？只要六十分就好。

教了好幾十年的書，這樣的要求還是頭一次遇到，系主任說了學生的名字，我一下子就想起來了，這個學生常常缺課，大家都知道我是有三次不來就死當的，他超過了許多，當然是當掉。我知道來不來上課跟當不當得掉不一定有必然的關係，然而學校存在於一個制度之下，凡是制度都有標準，上班的要上班，上學的要上學，做工的要做工。都不來上課，也可能聰明睿智，那就不必在這個制度之下苟且了，有的是大好前程可以去開創。這是我公開的說法。私下的想法是我不點名計較的話，就不太有計分的標準。單單依試卷打分數，而題目又是申論為多，難有一定的尺度。有一年在其他的系裏兼了一門課，那個系的學生實在不用功，當得多了一些，結果是他們的系主任親自打電話問我標準何在？我只好全班的成績統統每人加一定的分數，讓大家都可以過關，申論題要說有什麼一定的標準很難解釋。要加分都要加，不能說只把當掉的那些加加了事，所以那一次他們好多人得到了滿分，只好如此，要不就要有一百二十分的了。這是我維持一點可憐的公平的手段，以後人家當然也不會再找我兼課了。也還有其他的考察項目，如筆記、如小考，如隨堂口試。但是也同樣困難重重，學生請假沒來，就有權利要求為他們單獨測驗，也是不勝其煩。好在多年來自己費些事，也無大問題。但是系辦要求把已經送到教務處去的成績重打，從來沒遇到過。

原因不是因為這個學生有什麼特殊的背景，而是他知道他這一門過不了關之後，到教務處苦苦哀告，說是他會讓他爸爸打死。我沒見過他爸爸，也不知他爸爸有沒有打死人的前科，心裏有一點不是滋味兒，但馬上就想要給及格給了就是，雖然不一定因此才救了他的小命。

你們讀書好不好關我何事？從教務處到系辦都要支持他，我幹嘛為難？馬上在一張便條紙上承認打錯了分數，給了個六十，就回家了。我細想這個學生，花樣不少，有一次他快到下課才來，顯然是怕給當了，隨手帶了一片機車上的擋雨板，說是在路上跟人家撞上了，耽擱了時間，要大家看看證物。我看他身上沒有一點傷，只說沒事就好，全班卻哄堂大笑，還有這一招的！這個學生缺課的理由很多，每一次都很有創意，這是最精采的。

大概過了幾個星期吧？我忽然急急忙忙的打電話給系辦，要求把那一門課的學期成績再拿回來給我重打。我發現有一個嚴重的忽略，是這才想到的，既然他都可以及格，那所有的當掉的學生也都應該讓他們過關，而且，全班都要加分！遺憾的是，來不及了。制度嘛，來不及了。那麼，我也就馬馬虎虎算了，這一件事便擱了下來。繼續讀我的課外書，不亦樂乎。我算不得什麼有原則的教師，心裏很明白。

也要檢討自己，怎麼會把自己搞成這樣？記得過去曾經得到教務處的一個非正式通知，大意是說，建議出題盡量出是非選擇簡答之類，以外沒多說，這個通知不僅是給我的，大家都有。但一看就知道，申論題很難把打分的標準說得釘釘板板，因而學生就有了抗議的空間，各級辦公室也不勝其擾。但是我想高等教育不考申論怎麼行？一向不怎麼遵守。高等教育甚至應該普遍開卷考試，我認為。律師與法官可以帶六法全書出庭，學者可以把參考書放在手邊作研究，為何學生考試不得開卷？多年後遇到一位在大學兼課的仁兄，他也主張開卷發揮，但是考試時間長達八個小時，足以證明不怎麼行得通，但是我個人是有史以來就開卷考試，很不同意背誦可以等同理解。試卷連同筆記一起交上來，以便查對。這樣子也不一定就完全公平了，盡心而已，不想讓平常用功的學生吃虧，「好人不吃虧」，這一點很重要。一直到離開學校為止，開卷考試這一項，執行到底，是否有用，無法確定。

新學期開學了，照例點點名，卻發現有一位男生不見了，不是點名他沒來，而是從點名單上消失了。這是怎麼回事？系辦助教跟我說，他被當掉的課程太多，有的是三修，也就是重修了三次，不能再修了，因此喪失了就學的資格。不用說，當掉的其中有我教的一門。進一步了解，方知要是我手中的一門沒當掉他，他是可以保留就學資格的。

因此有點自責，怎麼那麼大意，在依教務處要求重打那個學生分數的時候，怎麼沒想到其他人也應該同樣比照？沒有會打死他們的爸爸也應該讓他們過關。現在，要完全的公平是不可能的了，比如說歷屆讓我當了的學生，怎麼可能恢復他們應有的權益？然而同一班同一屆而有不同標準是說不過去的。補救已完全沒有辦法，心裏很悶，甚至於想，也許在性格上的堅持，是自找麻煩，這種堅持有必要嗎？記得有一次為研究所報考的學生閱卷，在集中的閱卷室，我一個小時看不了幾份，一連要看好幾天。卻見到一位原來從未出現的教授，翻卷子比數鈔票都要快，十分鐘不到，厚厚的一疊試卷就打完分數了，真是嘆為觀止。一份多少閱卷費他還不是照拿？我為那些來考的學生抱屈，你們那麼想要更上一層樓，但是辛苦的成績是給人這麼打下來分數的。可是誰也拿他沒辦法，我也不會去告密，真告會成為大笑話。

開始關心這個不知去向的學生，跟系辦打聽，知道他已經找了一個工作，好像是在大賣場打工。看來他身強力壯，大賣場給他的應該是要用力氣的工作，他有了工作，我心裏好受一點。卻依然忍不住會常常在其他同學那邊問起他，我想要是可能，我願意給他一點補償。但是我一無金脈，二無人脈，他真的要我幫忙，我可能一籌莫展。當一個教師，沒有什麼可堅持的本錢。

慢慢的知道他更清楚的背景。原來這個男孩子年紀要比一般的學生大一點，卻免服兵役，不是他的健康有問題，而是他有一個非常麻煩的家庭。父親早已去世，應該是個退伍軍人，母親有智障，也生了兩個孩子，他有一位姊姊，也是智障，而且，他家遠在彰化，家裏兩個智障都要靠鄰人照應，他是家裏唯一身心健康的正常人，也進入了大學，不幸的是家裏常常出狀況，一下子哪一個走失了，一下子差一點失火了，便是鄰居照應，也不可能面面俱到，他常常要趕着回家處理問題，缺課，無法如期的交作業，考試也不會理想，都肇因於此。他總是緊緊的抿住嘴，後來想想，那應該是一種習慣讓自己忍耐的神情。想不起他跟我說過話了沒有。

很後悔沒有及早去了解學生。當然，要是給自己非當他不可的理由，很容易找到，但都被痛苦的自責擊潰。對他，我什麼都幫不上，但要給一個及格的分數是辦得到的。也許他因為有了這一個特殊的家庭，反而特別的逞強，不肯向我道出他的不得已。而作為一個老師的我，給人的印象是很嚴厲，對自己對學生都是如此。我用功的備課，你們就給我好好的上課，天公地道。誰知天下事總有我們想不到的地方，那個分數打什麼鳥緊？想當年，顧維鈞在哥倫比亞大學讀博士，北洋政府忽然要他回去當外交總長，年輕的他總認為學業未完成有點說不過去，哥大馬上發了張博士文憑給他，他也就成了重要的歷史人物。便是我自己的父親馬廷英博士，一篇論文得到了德國柏林大學跟日本東北帝大兩個大學的博士學位，當時德國他連去都沒去過，只能說，柏林大學太愛這篇論文了，也參一腳，有何不可？這位同學有這樣的一個家庭，他卻默默的擔負了照應兩個智障親人的責任，又要極力的應付學校的課業，無非是想，以後可以因為有了大學學士的資格，找工作容易一些，媽媽跟姊姊都可以過好一點的日子。

我要了他的電話，試着聯絡他，我什麼補救的辦法都沒有，那就鄭重的說一聲對不起吧。他非常驚訝老師居然會打這個電話給他，直說沒有關係沒有關係，他本來就有點不想念了。我想他不想念就是因為我這個老師，心中愧疚更甚。但是許多話也說不出更說不清了。

當年曾遇到一位兼任老教授，昔年是一位大將軍，在學期末了，他給了全班每一位同學一百分，教務處問他為何如此？他回應得非常經典：「個個都可愛，統統一百分！」是啊，八十多歲高齡的老將軍，經驗過許多沙場上的硝煙彈雨，看到這些年輕的孩子，個個都可愛，為何不可都給一百分？分數有什麼了不起？請國父來考三民主義，他未必能及格。我們曾經學過的東西，又有多少到今天還有用？連科目名稱、教授姓名等等也都忘得乾淨。

那天系裏要我回去做一場演説，剛剛講完，有個男子抱着個小娃娃到跟前跟我打招呼，居然是他，我反倒有點緊張。他已經結婚生子了，他要兒子來看看這位他的老師，顯然的，他沒有恨我，還有些肯定我。聽到了我回校演講的消息，就特地來見我。過了好幾年，看來他還是老樣子，緊緊抿着的嘴唇，似乎有點怕陽光的雙眼，好像總看到了一些我們看不見的東西。還抱着孩子的手臂強壯有力，那樣沉着的氣質依然。我一時也沒什麼話好跟他講，只客套了兩句，人生就是如此，最深的愧疚，最高的敬意，都只能藏在心裏，是表達不出的。他只管讓小娃娃叫我老師，我心裏想，誰是老師啊？別扯了。

原載《聯合報》副刊「春風化雨系列四」，二〇一七年九月二十七日。

據王盛弘編，《九歌一〇六年散文選》（臺北：九歌出版社，二〇一八），頁一二六—一三一。

三毛（一九四三—一九九一），本名陳懋平，華文世界最暢銷的作家之一。曾就讀於臺北中國文化學院哲學系、西班牙馬德里大學文哲學院、德國歌德語文學院。作品包括：《撒哈拉的故事》、《雨季不再來》、《稻草人手記》、《鬧學記》等。

懸壺濟世

三毛

我是一個生病不喜歡看醫生的人。這並不表示我很少生病，反過來說，實在是一天到晚鬧小毛病，所以懶得去看病啦。活了半輩子，我的寶貝就是一大紙盒的藥，無論到哪裏我都帶着，用久了也自有一點治小病的心得。

自從我去年旅行大沙漠時，用兩片阿斯匹靈藥片止住了一個老年撒哈拉威女人的頭痛之後，那幾天在帳篷裏住着時總有人拖了小孩或老人來討藥。當時我所敢分給他們的藥不外是紅藥水、消炎膏和止痛藥之類，但是對那些完全遠離文明的遊牧民族來說，這些藥的確產生了很大的效果。回到小鎮阿雍來之前，我將手邊所有的食物和藥都留下來，給了住帳篷的窮苦撒哈拉威人。

住在小鎮上不久，我的非洲鄰居因為頭痛來要止痛藥，我想這個鎮上有一家政府辦的醫院，所以不預備給她藥，請她去看醫生。想不到此地婦女全是我的同好，生病決不看醫生，她們的理由跟我倒不相同，因為醫生是男的，所以這些終日藏在面紗下的婦女情願病死也不能給男醫生看的。我出於無奈，勉強分給了鄰居婦人兩片止痛藥。從那時候開始，不知是誰的宣傳，四周婦女總是來找我看小毛病。更令她們高興的是，給藥之外還會偶爾送她們一些西方的衣服，這樣一來找我的人更多了。我的想法是，既然她們死也不看醫生，那麼不致命的小毛病我給幫忙一下，減輕她們的痛苦，也同時消除了我沙漠生活的寂寥，不是一舉兩得嗎？同時我發覺，被我分過藥的婦女和小孩，百分之八十是藥到病除。於是漸漸的我膽子也大了，有時居然還會出診。荷西看見我治病人如同玩洋娃娃，常常替我捏把冷汗，他認為我是在亂搞，不知亂搞的背後也存着很大的愛心。

鄰居姑卡十歲，她快要出嫁了，在出嫁前半個月，她的大腿內長了一個紅色的癤子，初看時只有一個銅板那麼大，沒有膿，摸上去很硬，表皮因為腫的緣故都鼓得發亮了，淋巴腺也腫出兩個核子來。第二天再去看她，她腿上的癤子已經腫得如核桃一般大了，這個女孩子痛得躺在地上的破蓆上呻吟。「不行，得看醫生啦！」我對她母親說。「這個地方不能給醫生看，她又快要出嫁了。」她母親很堅決的回答我。我只有連續給她用消炎藥膏，同時給她服消炎的特效藥。

這樣拖了三四天，一點也沒有好，我又問她父親：「給醫生看看好嗎？」回答也是：「不行，不行。」我一想，家中還有一點黃豆，沒辦法了，請非洲人試試中國藥方吧。於是我回家去磨豆子。荷西看見我在廚房，便探頭進來問：「是做吃的嗎？」

我回答他：「做中藥，給姑卡去塗。」

他呆呆的看了一下，又問：「怎麼用豆子呢？」

「中國藥書上看來的老法子。」

他聽我說後很不贊成的樣子說：「這些女人不看醫生，居然相信妳，妳自己不要走火入魔了。」

我將黃豆搗成的漿糊倒在小碗內，一面說：「我是非洲巫醫」，一面往姑卡家走去。那一日我將黃豆糊擦在姑卡紅腫的地方，上面蓋上紗布，第二日去看癤子變軟了，我再換黃豆塗上，第三日有黃色的膿在皮膚下露出來，第四日下午流出大量的膿水，然後出了一點血。我替她塗上藥水，沒幾日完全好了。荷西下班時我很得意的告訴他：「醫好了。」

「是黃豆醫的嗎？」

「是。」

「你們中國人真是神秘。」他不解的搖搖頭。

又有一天，我的鄰居哈蒂耶陀來找我，她對我說：「我的表妹從大沙漠裏來，住在我家，快要死了，妳來看看？」

我一聽快要死了，猶豫了一下。「生什麼病？」我問哈蒂。

「不知道，她很弱，頭暈，眼睛慢慢看不見，很瘦，正在死去。」

我聽她用的形容句十分生動，正覺有趣，這時荷西在房內聽見我們的對話，很急的大叫：「三毛，妳少管閒事。」

我只好輕輕告訴哈蒂耶陀：「過一下我來，等我先生上班去了我才能出來。」

將門才關上，荷西就罵我：「這個女人萬一真的死了，還以為是妳醫死的，不去看醫生，病死也是活該！」

「他們沒有知識，很可憐——」我雖然強辯，但荷西說的話實在有點道理，只是我好奇心重，並且膽子又大，所以不肯聽他的話。荷西前腳跨出去上班，我後腳也跟着溜出來。到了哈蒂家，看見一個骨瘦如柴的年輕女孩躺在地上，眼睛深得像兩個黑洞洞。摸摸她，沒有發燒，舌頭、指甲、眼睛內也都很健康的顏色，再問她什麼地方不舒服，她說不清，要哈蒂用阿拉伯文翻譯：「她眼睛慢慢看不清，耳朵裏一直在響，沒有氣力站起來。」

我靈機一動問哈蒂：「妳表妹住在大沙漠帳篷裏？」她點點頭。「吃得不太好？」我又問。

哈蒂說：「根本等於沒有東西吃嘛！」

「等一下。」我說着跑回家去，倒了十五粒最高單位的多種維他命給她。「哈蒂，殺隻羊妳捨得麼？」她趕緊點點頭。

「先給妳表妹吃這維他命，一天兩三次，另外妳煮羊湯給她喝。」這樣沒過十天，那個被哈蒂形容成正在死去的表妹，居然自己走來我處，坐了半天才回去，精神也好了。荷西回來看見她，笑起來了：「怎麼，快死的人又治好了？什麼病？」我笑嘻嘻的回答他：「沒有病，極度營養不良嘛！」

「妳怎麼判斷出來的？」荷西問我。

「想出來的。」我發覺他居然有點讚許我的意思。

我們住的地方是小鎮阿雍的外圍，很少有歐洲人住，荷西和我樂於認識本地人，所以我們所交的朋友大半是撒哈拉威。我平日無事，在家裏開了一個免費的女子學校，教此地的婦女數數目字和認錢幣，程度好一點的便學算術（如一加一等於二之類）。我一共有七個到十五個女學生，她們的來去流動性很大，也可說這個學校是很自由的。有一天上課，學生不專心，跑到我書架上去抽書，恰好抽出《一個嬰兒的誕生》那本書來，書是西班牙文寫的，裏面有圖表，有畫片，有彩色的照片，從婦女如何受孕到嬰兒的出生，都有非常明瞭的解說。我的學生們看見這本書立刻產生好奇心，於是我們放開算術，講解這本書花了兩星期。她們一面看圖片一面小聲尖叫，好似完全不明白一個生命是如何形成的，雖然我的學生中有好幾個都是三四個孩子的母親了。「真是天下怪事，沒有生產過的老師，教已經生產過的媽媽們孩子是如何來的。」荷西說着笑個不住。

「以前她們只會生，現在知道是怎麼回事了，這是知難行易的道理。」起碼這些婦女能多得些常識，雖然這些常識並不能使她們的生活更幸福和健康些。

有一天我的一個學生法蒂瑪問我：「三毛，我生產的時候請妳來好嗎？」我聽了張口結舌的望着她，我幾乎天天見到法蒂瑪，居然不知道她懷孕了。「妳，幾個月了？」我問她。

她不會數數目，自然也不知道幾個月了。我終於說服了她，請她將纏身纏頭的大塊布料拿下來，只露出裏面的長裙子。「妳以前生產是誰幫忙的？」我知道她有一個三歲的小男孩。

「我母親。」她回答我。

「這次再請妳母親來好了，我不能幫忙妳。」

她頭低下去：「我母親不能來了，她死了。」

我聽她那麼說只好不響了。「去醫院生好嗎？不怕的。」我又問她。

「不行，醫生是男的。」她馬上一口拒絕了我。

我看看她的肚子，大概八個月了，我很猶豫的對她說：「法蒂瑪，我不是醫生，我也沒有生產過，不能替妳接生。」

她馬上要哭了似的對我說：「求求妳，妳那本書上寫得那麼清楚，妳幫我忙，求求妳——」

我被她一求心就軟了，想想還是不行，只好硬下心來對她說：「不行，妳不要亂求我，妳的命會送在我手上。」

「不會啦，我很健康的，我自己會生，妳幫幫忙就行了。」

「再說吧！」我並沒有答應她。

一個多月過去了，我早就忘記了這件事。那天黃昏，一個不認識的小女孩來打門，我一開門，她只會說：「法蒂瑪，法蒂瑪。」其他西班牙文不會。我一面鎖門出來，一面對小女孩說：「去叫她丈夫回來，聽懂嗎？」她點點頭飛也似的跑了。去到法蒂瑪家一看，她痛得在地上流汗，旁邊她三歲的小男孩在哭，法蒂瑪躺的蓆子上流下一攤水來。我將孩子一把抱起來，跑到另外一家鄰居處一送，另外再拖了一個中年婦女跟我去法蒂瑪家。此地的非洲人很不合作，他們之間也沒有太多愛心，那個中年女人一看見法蒂瑪那個樣子，很生氣的用阿拉伯文罵我（後來我才知道，此地看人生產是不吉利的），然後就掉頭而去。我只有對法蒂瑪說：「別怕，我回去拿東西，馬上就來。」

我飛跑回家，一下子衝到書架上去拿書，打開生產那一章飛快的看了一遍，心裏又在想：「剪刀、棉花、酒精，還要什麼？還要什麼？」這時我才看見荷西已經回來了，正不解的呆望着我。

「哎呀，有點緊張，看情形做不下來。」我小聲的對荷西說，一面輕輕的在發抖。

「做什麼?做什麼?」荷西不由得也感染了我的緊張。

「去接生啊！羊水都流出來了。」我一手抱着那本書，另外一隻手抱了一大捲棉花，四處找剪刀。

「妳瘋了，不許去。」荷西過來搶我的書。

「妳沒有生產過，妳去送她的命。」他大聲吼我。

我這時清醒了些，強詞奪理的說：「我有書，我看過生產的紀錄片——」

「不許去。」荷西跑上來用力捉住我，我兩手都拿了東西，只好將手肘用力打在他的肋骨上，一面掙扎一面叫着：「你這個沒有同情心的冷血動物，放開我啊！」

「不放，妳不許去。」他固執的抓住我。

我們正在扭來扭去的打架時，突然看見法蒂瑪的丈夫滿臉惶惑的站在窗口向裏面望，荷西放開了我，對他說：「三毛不能去接生，她會害了法蒂瑪。我現在去找車，你太太得去醫院生產。」

法蒂瑪終於在政府醫院裏順利生下了一個小男孩，因是本地人，西國政府免費的。她出院回來後非常驕傲，她是附近第一個去醫院生產的女人，醫生是男的也不再提起了。

一天清晨，我去屋頂上曬衣服，突然發覺房東築在我們天臺上的羊欄裏多了一對小羊，我興奮極了，大聲叫荷西：「快上來看啊！生了兩個可愛的小羊。」他跑上來看了看說：「這種小羊烤來吃最合適。」我嚇了一跳，很氣的問他：「你說什麼鬼話。」一面將小羊趕快推到母羊身邊去。這時我方發覺母羊生產過後，身體內拖出來一大塊像心臟似的東西，大概是衣胞吧？看上去噁心極了。過了三天，這一大串髒東西還掛在體外沒有落下來。「殺掉吃吧！」房東說。

「你殺了母羊，小羊吃什麼活下來？」我連忙找理由來救羊。

「這樣拖着衣胞也是要死的。」房東說。

「我來給治治看，你先不要殺。」我這句話衝口而出，自己並不知道如何去治母羊。在家裏想了一下，有了，我去拿了一瓶葡萄酒，上天臺捉住了母羊，硬給灌下去，希望別醉死就有一半把握治好。這是偶爾聽一個農夫講的方法，我一下給記起來了。

第二日房東對我說：「治好了，肚裏髒東西全下來了，已經好啦！請問妳用什麼治的？真是多謝多謝！」我笑笑，輕輕的對他說：「灌了一大瓶紅酒。」他馬上又說：「多謝多謝！」再一想回教徒不能喝酒，他的羊當然也不能喝，於是一臉無可奈何的樣子走掉了。

我這個巫醫在誰身上都有效果，只有荷西，非常怕我，平日決不給我機會治他，我卻千方百計要他對我有信心。有一日他胃痛，我給他一包藥粉——「喜龍—U」，叫他用水吞下去。「是什麼？」他問。我說：「你試試看再說，對我很靈的。」他勉強被我灌下一包，事後不放心，又去看看包藥的小塑膠口袋，上面中文他不懂，但是恰好有個英文字寫着——維他命U

——他哭喪着臉對我說：「難道維他命還有U種的嗎？怎麼可以治胃痛呢？」我實在也不知道，抓起藥紙來一看，果然有，我笑了好久。他的胃痛卻真好了。

其實做獸醫是十分有趣的，但是因為荷西為了上次法蒂瑪生產的事，被我嚇得心驚肉跳之後，我客串獸醫之事便不再告訴他。漸漸的他以為我已經不喜歡玩醫生的遊戲了。

上星期我們有三天假，天氣又不冷不熱，於是我們計畫租輛吉普車開到大沙漠中去露營。當我們正在門口將水箱、帳篷、食物搬上車時，來了一個很黑的女鄰居，她頭紗並沒有拉上，很大方的向我們走過來。在我還沒有說話之前，她非常明朗的對荷西說：「你太太真了不起，我的牙齒被她補過以後，很久都不痛了。」

我一聽趕緊將話題轉開，一面大聲說：「咦，麵包呢？怎麼找不到啊！」一面獨自咯咯笑起來。果然，荷西啼笑皆非的望着我：「請問閣下幾時改行做牙醫了？」

我看沒有什麼好假裝了，仰仰頭想了一下，告訴他：「上個月開始的。」

「補了幾個人的牙？」他也笑起來了。

「兩個女人，一個小孩，都不肯去醫院，沒辦法，所以……事實上補好他們都不痛了，足可以咬東西。」我說的都是實在的。

「用什麼材料補的？」

「這個不能告訴你。」我趕緊回答他。

「妳不說我不去露營。」居然如此無賴的要脅我。好吧！我先跑開一步，離荷西遠一點，再小聲說：「不脫落，不透水，膠性強，氣味芳香，色彩美麗，請你說這是什麼好東西？」

「什麼？」他馬上又問，完全不肯用腦筋嘛！

「指——甲——油。」我大叫起來。「哇，指甲油補人牙齒！」他被嚇得全部頭髮唰一下完全豎起來，像漫畫裏的人物一樣好看極了，我看他嚇得如此，一面笑一面跑到安全地帶，等他想起來要追時，這個巫醫已經逃之夭夭了。

結集於一九七六年五月

載《撒哈拉歲月》（臺北：皇冠文化出版有限公司，二〇一一），頁五五——六三。

風裏的哈達

席慕蓉

席慕蓉（一九四三年生）祖籍蒙古，生於四川，在香港、臺灣及比利時受教育。畢業於布魯塞爾皇家美術學院，專攻油畫。現為內蒙古大學等校的名譽教授，內蒙古博物院特聘研究員，鄂溫克族及鄂倫春族的榮譽公民。

1

我此刻將這土天降下的華物「哈達」呈獻給您，希望永保福澤綿長。

2

這次回家，對我來說，是生命裏面的一件大事。在幾十年的渴望之後，終於可以踏足在祖先遺留下來的土地上，是珍貴的第一次。

所以，我在事前非常謹慎地定了計畫，為了避免任何不必要的干擾，我蓄意把時間安排得極短，只有十幾天。也蓄意把要去的地方減到最少——只去探望父親的草原和母親的河。一切其他的活動，我都準備放到下一次再去考慮。對這一生裏極為重要的時刻，我不敢多有貪求。

因此，給尼瑪的信上，我也再三強調，希望不要讓太多人知道這件事，我只想一個人安安靜靜地回家。

可是，在剛到北京的那個晚上，尼瑪就告訴我，家鄉的人仍然要歡迎我，他說：「老家的人不願意照你的意思，這麼多年以來，你是第一個回來的親人。他們說，老祖先傳下來的規矩，從那麼遠的地方回來的孩子，有許多歡迎和祈福的儀式是一定要舉行的。」

有些什麼開始緩緩地敲擊着我的心。我望向尼瑪，望向他誠摯的面容和眼神，慢慢開始有點明白，祖先遺留下來的，不僅僅只是土地而已，還有由根深柢固的風俗習慣所形成的，我們稱它做「文化」的那種規矩。

我一直以為我是蒙古人，可是，在親身面對着這些規矩的時候，如果拒絕了，我就不可能成為蒙古人了。

絕對不能讓事情變成這樣！絕對不能！

這麼多年以來，可以因為戰亂，可以因為流浪，可以因為種種外力的因素，讓我做不成一個完完整整的蒙古人。但是，卻絕不能在此刻，在我終於來到家門前的時候，讓自己心裏的固執和偏見毀了這半生的盼望。

我一定得明白，一定得接受，如果，如果我想要成為真正的蒙古人，就得要照着祖先傳下來的規矩「回家」。

3

在蒙古傳統的禮俗中，到國與國之間的疆界，也就是蒙古最遠的邊界上來迎接客人，是最尊貴的大禮。

為了表示對我的歸來非常喜悅和重視，我的親人決定先派代表在蒙古與河北交界處來接我。聽說他們要開很久的車才能抵達邊界，在踏一步即是異鄉的地方等待着。

我們這邊在清晨四點就起牀，五點多抵達北京西直門火車站，擠上六點多從海拉爾開到北京的草原列車，經過了四個鐘頭左右的車程，在張家口下車。

這次回家，有三個朋友與我同行。一位是尼瑪，一位是沙格德爾，兩人都是在北京做事的蒙古同鄉。另外一位是王行恭，是在臺北工作的東北男子，知道我的計畫之後，臨時決定與我一起回來。他是我多年的好友，年齡只比我小幾歲，所以，我們兩個人的境遇都差不多，都是在身份證上有着一個遙遠的籍貫，卻任誰也沒見過自己的家鄉。

一出了站，阿寶鋼旗長和蘇先生已經在等我們了。阿旗長是父親的好友，所以他一直強調，他不是以官方身份前來，而是受朋友之託來接這個第一次回家的蒙古女兒。

第一次回家的女兒，想去看她父親當年從北京回家時，常要經過的大境門。

大境門上面有一塊很出名的匾額，題着四個漂亮的字：「大好河山」。

前兩年，林東生——我的好友把這張幻燈片放給我看的時候，我一直以為，從這個方向出去，就是蒙古，心裏很感動。真的，一出塞外，可不就是我們的大好河山？

要等到自己走到了大境門的門樓之前，才發現，原來寫着字的這一面是對着蒙古的，也就是說，要有人從塞外回來的時候，才會面對着這幾個字，要從這個方向走進去，才感嘆於中原的大好河山！

漢人蓋的城牆上題的漢字匾額，當然應該是漢人的心聲。

我轉到城樓的另外一邊，從這裏出城往前行才是塞外，我抬頭往門牆上仔細端詳，沒有一個字。

忽然想起了長春真人丘處機的那幾句話。快八百年前，十三世紀初，他應成吉思汗之聘，從華北經蒙古前去阿富汗，也好像走的是這個方向。（只是不知道有沒有大境門？）

第一眼望到蒙古草原的時候，他說：

——北度野狐嶺，登高南望，俯視太行諸山，晴嵐可愛．北顧但寒煙衰草，中原之風，自此隔絕矣！

4

深藏在我們心中，有一種很奇怪的「集體的潛意識」，影響了每一個族羣的價值判斷。心理學家說它是「由遺傳的力量所形成的心靈傾向」。也就是說，去愛自己的鄉土，原來並不是可以經由理智或者意志來控制的行為。

一上了路，來接我們的兩輛吉普車就加足馬力往前直奔，後來才知道這兩個年輕人是地方上出了名的快車手。公路兩旁植滿好幾行的行道樹，已經成林，遠遠的山脊殘留着古長城的遺跡，每隔一段路程，就會是一處平頂的高坡，必須要換成慢速檔攀爬上去，再接着前面的公路。尼瑪告訴我，這裏的人稱這種高坡叫「壩」，他說，再多上幾次壩，就是蒙古高原了。

等到終於抵達了蒙古的疆界的時候，我的心情可是和八百年前那位長春真人的心情完全不一樣，越往北走，越覺得前方美景無限！

有風迎面吹來，帶着強烈的呼喚。

5

看到他們了！

應該是他們吧？就在公路旁邊，在那幾塊大大小小零亂矗立着的路程指示牌下面。

太陽很大，風也很大，那幾個人站在路旁，都用手擋住陽光，往我們這邊看過來。

這裏就是邊界了嗎？還算是漢人居住的區域，寬廣的公路，稀疏的電線桿，沒有什麼綠的顏色，公路旁低矮的土牆圍着的是農人的房舍，土牆和土地都是一種灰黃黯淡的淺色調。那幾個站在路旁的人，衣服的顏色也是灰灰的，在他們中間，只有一個人與眾不同。

他穿的是蒙古衣服。

一件寶藍色的袍子鑲着金邊，腰間紮着一條金黃耀眼的腰帶，頭上戴着黑色氈帽，腳下是長馬靴，靴套處還繡着花邊。

下了車，我向他走過去，他的身材並不高大，卻很粗壯結實，應該是成年人了，眼睛黑亮，鼻子高而挺直，被風霜染成紅褐色起了皺紋的臉上，卻有着像少年一樣羞澀的笑容。

有人過來給我介紹，說這就是我的姪子烏勒吉巴意日，從家鄉前來接我的。我的姪子用帶着奇怪腔調的漢語叫了我一聲：

「姑姑。」

這個做姑姑的竟然只能用笑容和握手來回答，剛剛聽到的蒙古名字根本學不出正確的發音，很早就準備好了的話也都忘了。

幸好這時他已經轉身忙着到車上去拿東西準備行禮，沒有注意到我的窘態。有人幫着他，把準備好的東西一樣一樣取出來，有奶，有酒，有鑲銀的蒙古木碗，還有一條淡青色的哈達。

風很大，淡青色長長的絲質哈達很輕，在風裏不斷上下翻飛。

6

我們此刻將這上天降下的華物「哈達」敬獻給您，希望永保福澤綿長。

7

在家裏，每年除夕祭祖，爺爺奶奶的遺像上都會輕輕地放上一條哈達，是從老家帶出來的，父親說那是由一位活佛祝福過的聖物。

父親和母親跪拜之後，就輪到我們這五個孩子按着順序一一叩首，每次我臉紅紅地站起來再向供桌一鞠躬的時候，都覺得供桌上的燭火特別亮，香燃燒着的氣味特別好聞，再加上蘋果和年糕還有其他供品混雜在一起的香氣，充滿了平安和幸福的保證。

我也記得在燭火跳動的光暈裏，那一條哈達閃耀着的絲質光澤。過完年，母親就很小心地把哈達摺起來，和爺爺奶奶相片一起，收到大樟木箱子裏面去，要等下一個除夕才再拿出來。

即或是這樣小心收藏，哈達也一年比一年舊了。有許多地方已經開始破損，顏色也變得灰黯，燭火再亮，再跳動，它也不再有反映的光澤了。

幾十年的時間就這樣過去。母親去世以後，我在那年除夕從樟木箱子裏找出這塊哈達，雖然輕輕軟軟的，拿在手裏一點重量也設有，卻怎麼樣也掛不上去，幾次試着把它放到母親的相片上，幾次又拿了下來。

終於還是含着淚把它收進箱子裏面去了。

8

先敬奶類的飲料。

我的姪子面對着我，用雙手捧着裝滿了牛奶的銀碗，在銀碗之下，墊着那塊哈達。照着祖先的規矩，我先用雙手捧碗，再用右手無名指觸及碗中的牛奶，然後微微高舉右手，用無名指和拇指向前方彈指三次，敬了天地和祖先之後，才能啜飲故鄉的牛奶。

等每一位朋友都像我一樣，喝了烏勒吉巴意日獻上的牛奶之後，儀式再重新開始，這次碗中注滿的是草原白酒。

依舊是要在接過來之後，先敬天地和祖先，再恭敬地雙手捧碗，啜飲故鄉的醇酒。每一位客人都不能忽略，每一個人都要領受祝福。太陽很大，風也很大，站在寬廣而又荒涼的公路旁，站在踏一步即是故鄉的邊界上，我們這幾個人一遍又一遍地反覆着同樣的動作。

四周很安靜，偶爾有卡車運貨快速呼嘯而過，然後又歸於沉寂。我可以聽見不遠處土牆裏面有雞羣在咕咕覓食，有飛鳥細聲叫着飛掠過去。

太陽很大，風也很大，哈達的中段是擺在烏勒吉巴意日往上平放的雙掌上，他用大拇指將兩端緊緊夾住，剩下的哈達就在風裏隨意飛揚，淡青色逆光之處幾乎是透明的，每一翻動，都閃耀着絲質的光芒。

9

回家的路還有一段要走。

按照計畫，我們要先在旗辦公處的招待所裏住一夜，這次是米旗長親自來接待我們了，他是教育界的前輩，人非常開朗。

有幾位家裏長輩從前與我們家是世交的朋友，知道消息，也都趕了來。我們的父母或者祖父母彼此都是好友，可是到我們這一輩相見的時候，卻要一點一滴從頭來解釋。雖說是第一次認識的陌生人，晚餐桌上舉杯互祝的時候，有幾位蒙古男兒卻哽咽不能成聲，為了怕人誤會，還得趕緊啞着喉嚨解釋：

「我只是想起了自己的長輩，心裏難過。」

連王行恭在舉杯的時候，也有好長一段時間說不出話來，我認得多年的朋友，平日那樣冷靜沉着的朋友，心裏也是有碰不得的痛處吧？

我一一舉杯向他們祝福和道謝。祝福你們，我應該熟識卻又如此陌生的朋友，願前路上再無憂傷與苦惱。謝謝你們，每一個人都從那樣遙遠的地方趕來，陪我一起回家。

10

第二天早上出發的時候，已經變成有六、七輛車的車隊了，領頭的兩輛，依舊是那兩位快車手來駕駛。

聽說家鄉的親人會到草原的邊界上以馬隊來迎接我，我把相機給了王行恭，請他到時候幫我拍照。

我知道自己已經開始緊張起來。天有點陰，層雲堆積，有人勸我加衣，我卻覺得心中燥熱難耐，離家越近，越想回頭，一切即將揭曉，我忽然不太敢往前走了。

車子開得飛快，經過一處又一處不斷起伏變化的草原。差不多開了四十多分鐘之後，爬上一段山坡，在坡頂最高處往前看下去，下面是一大片寬廣的山谷，芳草如茵，從我們眼前斜斜地鋪下去，一直鋪到整個山谷，鋪向左方，鋪向右方，再往上鋪滿到對面的坡頂，再一層一層地向後面的丘陵鋪過去，一直鋪到天邊。

在這樣一處廣大碧綠芳草離離的山谷中間，有一小羣鮮豔的顏色，因為遠，所以覺得極小，因為顏色，又覺得非常奪目。

尼瑪在我旁邊驚呼：

「看啊！慕蓉，他們在等你。」

這應該是一生裏只能享有一次的美麗經驗！

前面就是我的家了嗎？

這一大片芳草鮮美的山谷，就是我家園疆界的起點了嗎？

幾十年來，在心裏不知道試着給自己描繪了多少次，可是，眼前的景色，卻是從來也想像不出的遼闊與美麗！這真是一生只能享有一次的狂喜啊！還有他們，那正在家園前等待着我的族人，就在我眼前，在山谷的中間，有幾十個人穿着鮮紅、粉紫、寶藍的蒙古衣服，紮着腰帶，有的騎在馬上，有的站在草地上，圍成了半圓如一彎新月的隊形，遠遠地安靜地等待着。

車子開得飛快，我只能在坡頂高處看到那麼短暫的一瞥，相機不在手上，也拍不下來。

不過，沒有相片並不表示沒有記錄，這記錄已經在那一瞥之間深深地鐫刻在我的心中。就在那快樂與幸福都沸騰了起來的一瞬間，我忽然看到隊伍裏面，有人雙手捧着一條哈達站了出來，草原上的風一吹過，淡青色的哈達就在風裏飄動，閃耀着對我熟悉得不能再熟悉的，絲質的光芒。

11

我們此刻，將這上天降下的華物「哈達」呈獻給您，歡迎回到故鄉。

結集於一九九〇年七月

載《江山有待》（臺北：洪範書店，一九九一），頁一六三——一七七。

天演貓狗鼠

阿盛

阿盛（一九五〇年生），本名楊敏盛，臺灣臺南新營人。東吳大學中文系畢業。著作有散文集《夜燕相思燈》、《萍聚瓦窯溝》、《三都追夢酒》等二十二種。曾獲南瀛文學傑出獎、五四文藝獎、吳魯芹散文獎、吳三連獎文學獎、中國文藝協會文藝獎章、中山文藝獎。

寵物貓泰半不會也不肯捉鼠，這讓所有的貓揹了黑鍋。現代人總愛嘲笑貓的生存本能退化，可與鼠和平共處，其實言重，說法未免卡通式。家貓野貓十之八九還是老鼠的天敵，鼠要躲掉萬代宿仇，恐怕得等到九十八世紀時地球上的生物全經基因改造後。

狗呢，牠平常不屑也不願捉耗子，並非為了「多管閒事」的譏諷，必要時，牠會玩真的。一般家狗食人之物，忠人之事，至少得盡義務看顧門戶，若果失職，主人棒棍敲打一番，嚴重些的，逐出，較諸都市大企業老闆還無情。養狗而遭竊，簡直丟臉，人會說：「糟過養老鼠咬布袋」，不棄何為？所以，一方水土養一方狗，農村的狗甚至會看出主人的好惡臉色，沒事時捉鼠向主人獻功，主人拍撫其頭，表示嘉許，牠從此便以此作副業。

貓的深穩陰謀強過狗，狗沉不住氣，如何捕鼠？放心，人會利用這躁動的長處。平原產蔗稻，雞豬鴨牛大規模飼養場密布，田內場內之鼠可能數目超過人口幾十倍。有些聰明人想辦法，天天餵狗吃鼠肉，三五個月後，斷絕供應。狗胃與人胃差不多，皆連接心肝，你應讀過林語堂〈生活的藝術〉，他說：「愛國不就是對小時候吃過的好東西的一種眷戀？」同理，對好滋味的鼠肉，狗難免眷戀，於是，牠愛那找得到鼠肉的地方，牠的心肝腸胃牽扯牠去尋覓，遇上了立刻掠之。鼠雖狡黠，吃撐肚子跑不快，禽畜場內的狗專捉這種，牠懂得估量距離角度，相準時機，猛然發動攻擊，後腿落地，前腿已壓住肥鼠，又一次，牠遂行「愛國」了。

這與貓暗算鼠不同，貓常躲在不明處，靜靜觀察鼠的行動，無聲靠近靠近靠近，鮮少遠遠撲上去。狗不耐煩，閃電作戰，躁動或有失誤，一撲失誤，無所謂，牠頂多追幾步，此鼠跑了，彼鼠自會出現，狗大概知道機率問題。貓呢，死纏不休，耐性好，卻損體力，你見過貓捉到鼠後往往逗弄良久，純遊戲嗎？未必，牠藉此休息休息，待氣定了，開始吃啃。狗捉到鼠，通常當場幹掉，牠要馬上解決眷戀之苦。

貓一天吃一隻鼠就夠了，吃飽，牠懶洋洋的曬太陽去，半天不動也可以。被訓練過的狗，吃四五隻鼠，於情於理都該停戰了吧？不，牠得搞到疲累為止，尤其是主人面露怡色，牠更來勁，吃不下，咬死，吠兩聲，意思是叫主人來順摸牠的頭身毛。

更嚴格訓練的狗，用來捕田鼠。田鼠基本上吃素，甘蔗稻米地瓜蔬菜番茄莢豆，什麼都合胃口。雜種狗較適合狩獵，理由？人只知其果不知其因。訓練時，不餵牠吃鼠肉，主人以鐵絲籠關十幾隻田鼠，餓之三五天，召來狗，放出田鼠，驅令追逐，捉到啣交主人，有賞，賞食香腸之類，方法等同接飛盤皮球。一旦帶到田內，狗憑嗅覺追鼠，依演習作業即可有獲。但同一小地區未可久待，田鼠不可能在遭襲後四處遊走，牠避入洞穴，狗便拿牠沒辦法，唯有對穴低吠，此際，對狗而言，世界上最遠的距離是，鼠就在眼前，而狗不知道如何去掏出牠。

田鼠肉嫩鮮美，有人愛吃，仿三杯雞烹煮，亦有人混充豬肉做香腸，反正加多香料，誰曉得？平原上的捕田鼠人，絕口不提，那是職業道德，良心交易，壞了行規是不行的，香腸製造商會說，某某真沒原則，出賣我們。那，他們的作為合乎良心道德原則嗎？他們絕口不提，夠精明。

鼠也很精明，田鼠家鼠皆然。田鼠情急無路或離穴甚遙，牠攀上蔗梢，靜靜俯視狗，狗腿抓蔗幹，田鼠隨蔗幹搖擺，牠掉下來的可能性，零，因為命只一條。家鼠也非容易就範，牠連燈油木頭都吃得下肚，怎會是省油的燈？運背被貓咬住，牠不掙扎，一副死相，貓歇息放下牠，牠不跑，逗弄牠，牠裝出天壽已盡的模樣，四腳張開，貓湊近嗅嗅撥撥，牠仍僵躺，貓爪輕按牠，牠乍地翻身，跑了。宋蘇軾作〈黠鼠賦〉，概意是説，人不專心，受外物左右，乃被鼠所騙。貓正是這般，牠太大意。人太大意會失去荊州，貓太大意會失去好肉。

驅貓捉田鼠，可不可行？不行。狗對人依賴、忠誠，貓對人若即若離，喜自由行動，狗像公務員，貓像江湖人。貓究竟到處可為家，牠讓此人抱餵，未必表示屬於此人，彼人抱餵牠，牠接受，彼人未必肯定擁有牠。牠捉鼠純為自己，如果牠到田內狩獵，人別想從牠口中奪取，遑論與狗一樣送入人手中。

但貓狗人都永遠捉不完鼠，三種動物通力合作也辦不到。天演萬物，自有法則，人狗貓的繁殖能力輸給鼠超多，一對鼠夫妻，一年內能衍生出一萬五千個子孫。你動用核子武器對付鼠，不但無效，反而對牠有特殊功效。美國於一九四六年試驗核子武器，地點，西太平洋安潔比島，結果島上動植物幾乎不存，唯鼠存活，科學家研究發現，那些鼠碩大如昔，更氣人的在後頭，牠們的壽命比試驗前還長。

鼠有記憶力。人設捕器，鼠中計，下場是唯一死刑，僥倖萬分之一越獄成功，牠餘生不會再犯同樣的錯。入牢之鼠恐慌吱叫，他鼠聞之見之記之，同樣的錯不會蹈犯。

鼠有合作精神。不是合作抵抗列強，而是合作打家劫舍。一貓懾百鼠，百鼠要是羣力攻貓，貓定敗，但群鼠懾而散逃，乃天造之性，改不了的。至於同夥盜物是否天性，天曉得。養雞場內，小雞與雞蛋最易受到鼠的覬覦，咬小雞很簡單，偷蛋便得用些技巧，鼠抱蛋則無法走動，咬破現吃須費時，沒那個膽冒風險，怎麼才好？一鼠抱蛋仰躺，一鼠含其尾端拖曳，經驗豐富之鼠，見人不輟其事，迅速準確鑽進穴中，人只能乾瞪眼。

初生之貓會畏鼠，幼貓對大鼠無可奈何，追幾步退幾步，沒敢一鼓作氣撲上去，大鼠見多識廣，往往與幼貓對峙，但除非逼到絕處，不貿然反擊。幼貓也是貓，貓有貓的尊嚴，牠可以敗給任何其他動物，就是不能輸給鼠。逢上惡鼠不退，幼貓有一招，緊急呼喚，父母或叔伯或姨嬸總會適時出現，當場示範捉鼠本領讓幼貓學習。幼貓逐漸長大，牠先練捉幼鼠，成年後，碰見再大再惡的鼠，牠都敢直接交鋒，獨力辦事，牠已經是一隻真正的貓。

真正的好貓能用智，你不會見到貓死守在鼠穴口，那是站衛兵，差不多類似處罰自己。貓若存心將特定目標逮捕歸案，牠通常選擇高處，既不驚動主犯亦可便利監視，時機成熟，牠迂迴移動，而眼光一直鎖住對方，猛撲將近鼠身時，悽叫長聲，這有作用，鼠就最怕這一聲，聽到即呆住，忘了跑。人類警察捕歹徒，近身暴喝不准動，理同此。清蒲松齡《聊齋誌異》中有〈大鼠〉一則，描寫貓之智，甚為傳神，結語是「匹夫按劍，何異鼠子。」高手出招，不作興胡亂嚷嚷，貓是有智的高手。

狗智不下於貓，唯愛叫。風吹草動，牠扯開喉嚨叫，生人招呼，牠喉嚨扯開叫。未受訓練的狗，見鼠見貓都叫。狗與貓無宿怨，但偏偏合不來，電視上或有貓狗一家親的報導畫面，那是人為特例，你若全信，你自負責。貓狗彼此不順眼，原因何在？達爾文也許亦不曉得。所謂好狗不與貓鬥，記得這句話指的是好狗，普通的狗還是常與貓鬥。貓要惹怒狗，只須在狗面前跳左跳右，表演特技，狗脾氣發作了，且叫且趕，貓保持安全間距，繼續跳舞，看看苗頭不對，牠跳上牆跳上樹，趴穩，狗在牆下樹下跳腳，跳久了悻悻然回工作崗位。這隻貓從此與這隻狗結下梁子，永無和平相處的可能。

一般，狗不去惹貓，牠有職務在身，不能像貓那樣輕鬆雲遊。即使是無主流浪狗，都有地盤觀念，牠看重故土。平原上有人專門收養流浪狗，出於善心嗎？有是有不是。不是出於善心，收養何為？你知道冬令進補吧？那就勿用明說了。原本，平原上的人鮮少吃狗肉，「香肉」一詞肯定是大陸籍人帶過來的。平原以外的地方呢？縱有食狗肉者，亦不成風氣。鍾理和〈原鄉人〉一文，記錄兩位嗜食狗肉的原鄉人，其一，「他宰狗極有技巧」，後來，「脖上長了一個大瘡，百方醫治無效。」其二，「遇着他殺狗時，村裏大人小孩都把他圍成一圈。」殺狗過程，相當殘酷，村中的人議論：「多狠！」顯然當時人認為吃狗肉不合常情。

落戶在平原上的大陸兩廣人，不承認吃狗肉違逆常情。「牛雞豬鴨鼠，都吃得，狗肉非肉嗎？」這令人為難作答，只好各行其是，互不干涉，小心自家養的狗別被抓走就好，尤其是天寒時節。

天寒，貓慵懶，牠放心的交配、睏眠。大致而言，牠沒有天敵，此地無虎豹獅狼。牠比狗好命，至少沒有被烹食的危險，兩廣的名菜「龍虎鬥」，端不過海來。一方習慣造一方特色，有些事勉強不得。恰如寵物貓，你要牠捕鼠，牠已習慣飯來張口，爪抓拖鞋，牠的特色是磨磳撒嬌，怎能捕鼠？唐陳黯作〈本貓說〉，專說貓之捕鼠與不捕鼠，文短而意長，藉物諷人。無獨有偶，唐來鵠〈貓虎說〉一文，亦指涉人。偶外有三，唐陸龜蒙〈記稻鼠〉一文，重點仍在人身上。

人有鼠性、貓性、狗性，難以否認。以狗貓鼠來喻人，不算委屈了人。人性紛雜多端，未可數語論判。以是，「仗義半為屠狗輩，負心多是讀書人」之類激憤語，僅供參考。你奉為真理，直如咬定「人為萬物之靈」那般表面認知。林語堂有句話：「總有一些智者深信動物有許多足以教導我們的地方。」深刻觀察了解動物，人會明白自己該向鼠貓狗牛馬羊學點什麼，以利人種進化。

貓狗鼠，至今未被天棄，表示一直在進化。而天生為人，算來辛苦，天災不斷、疫癘不斷、爭戰不斷，人卻未必磨練出比這些動物更多「適者生存」的本能。說是文明發展有助和平，說是二十一世紀可以改造人的基因，說是人定勝天……聽聽便罷了，現實生活沒那麼卡通。人還是跟地球上所有生物一樣，躲不掉原始「物競天擇」的嚴凜考驗，永遠。

選自《香港文學》二三四期，二〇〇四年六月號。

收入《新世紀散文家：阿盛精選集》（臺北：九歌出版社，二〇〇四），頁六七—七三。

廁所的故事

阿盛

開始念小學那一年，我第一次看見衛生紙，至於正式使用，是在二年級的時候，在這之前，解手後都是用竹片子或黃麻稈一揩了事。大人們的廁所在房間內，用花布簾圍住壁角，裏邊放着馬桶；小孩子們沒有限制，水溝、牆角、甘蔗田以及任何可以蹲下來的地方，統統是廁所。

在學校裏，老師天天交代我們：要穿鞋子，要常洗頭髮，要買衛生紙，不要隨地大小便。我回家跟爸說要買鞋子，爸說沒那麼「好命」；我提起衛生紙的好處，媽說那太浪費，小孩子不懂賺錢的辛苦；我又引用老師的話，說用竹子揩屁股會生痔瘡，爸生氣了，他說老師一定瘋了，因為他從一歲到二十多歲都是這樣，也沒生過痔瘡；我小聲地說，應該有廁所，祖父說，奇怪，水溝不是很多嗎？最後爸解釋說，衛生紙太薄，容易破，揩不乾淨。這以後，媽准許我用粗草紙，那是大人們用的，不過，我還是寧可用竹片子，粗草紙就帶到學校讓老師檢查，我們班上有一半以上的同學都和我一樣，老師也不再要我們買衛生紙了。

二年級下學期，三姑帶着表弟從臺北來我家玩，吃過中飯，表弟說要上廁所，我帶他到門前的水溝邊，他很驚訝，硬是不肯脱下褲子，說是沒有東西擋着他拉不出來，我帶他到豬舍旁邊，他蹲在地上，不時看着我，然後站起來，說是也拉不出來，我只好走開，隔一陣子就喊：「好了沒有？」表弟苦着臉走出來對我說沒有，我拉着他跑到學校，他急忙衝進廁所，出來之後，滿頭大汗。在回家的路上，他一直問我：為什麼廁所裏沒有水箱子？為什麼有很多很多白白小小的蟲？還有，在水溝裏拉屎，警察為什麼不管？我說警察的兒子也和我們一樣，他就說，回臺北以後要報告老師，叫老師來抓警察，我聽了感到很生氣，跟他說，警察和真平、四郎一樣偉大，不能抓，他不相信，還說校長可以管老師，老師可以管警察，真平和四郎跟總統一樣大，不是跟警察一樣大。我氣極了，不再理他。

三年級放寒假的時候，爸和叔叔們合資蓋了一間廁所。「落成」那天，我們幾個小孩子熱烈地討論誰應該第一個使用，六叔把我們趕開，他說他是高中生，當然是第一。他進去了，一下子又走出來，很不高興的樣子，原來，有人先進去過了，六叔一口咬定是那個泥水匠，他嘀咕着說要找泥水匠算帳，我們建議六叔把他抓來灌屎，像灌香腸一樣，六叔說好。那天晚上，爸和叔叔們在院子裏聊天，聊到這件事，二叔說，新廁所有外來的「黃金」，大吉大利，六叔不同意，他認為新廁所應該由自己人開張，才有新氣象，爸沒意見。我對爸說，六叔只知道拉屎要爭第一，六叔一巴掌打在我屁股上，媽說該打。我很不甘心，跑去告訴祖父，祖父走出來，把六叔罵一頓：「你吃飯爭第一，拉屎爭第一，為什麼英文只考了二十——二十——」、我說二十七分，祖父接下去：「二十七分！啊？」五叔在一旁笑，他說這也可以算第一，六叔說，五哥以前數學只考二十四分，烏龜笑鼈沒尾巴，祖父說：「都是尿桶！」過後，我問六叔，還要不要把泥水匠抓來灌尿，他說我以後再這麼問，他就灌我。

我升上五年級，村長換了人，新村長說，要好好整頓村裏的環境衛生。首先，他出錢蓋了四棟公用廁所，又一家接一家地勸人蓋廁所，他跟祖父說，廁所和吃飯一樣重要，祖父說那有這種事！一有空，他就騎着腳踏車到處巡視，發現有小孩隨地大小便，當場打屁股，我們班上有好幾個男生被他打過，都很氣他，叫他「哭鐵面」。每次開村民大會，他一定會再三地說明廁所的重要性，有一次還說「廁所就是生命」，六叔跑到臺上去，不知道跟他說了些什麼，他馬上又補充了一句：「廁所為成家之本！」末了，他建議大家不要再用竹片麻稈揩屁股，因為這樣會得破傷風，有人站起來發言，說不會得破傷風，應該是會生糞口蟲，我們學校一位女老師立刻又發言，她認為應該是生痔瘡才對，然後指導員出來解釋，他說，應該是會長瘤才合理，他的一個朋友就是這樣。到後來，村長說：「統統有可能，不過，得破傷風的機會最大。」那一次大會後有贈送紀念品，每家三包衛生紙，兩包樟腦丸，一把長柄豬鬃刷子，鄉裏派來的衛生員特別交代，刷子是清洗廁所用的，媽說這種刷子這麼好，用來洗廁所太可惜，所以一直放在廚房裏使用。

初一那年冬天，嘉南平原大地震，震塌了村裏兩棟公用廁所，救災工作結束之後，村長開始計劃重建廁所，村長太太負責募捐工作，她幾乎天天都在村子裏跑來跑去，那陣子，米菜肥料都缺貨，物價又貴，村長太太跑了兩個禮拜，還湊不到蓋一棟廁所的錢。又過了幾天，鄰村有個有錢人到我們村子來，他說他願意負責蓋廁所的經費，條件是，水肥歸他收一年，村裏的人開會通過，半個月後，廁所蓋好了，還裝了水箱，那個有錢人每天派車子來載水肥，聽說他包辦了好幾個村子的水肥，轉手賣給魚塭和農家，一桶二十五塊錢。過了一陣子，他問村長，為什麼你們這裏的水肥特別少？村長說，本來就這麼些，他不相信，硬說有人偷肥，村長說那東西又不能吃，誰要偷？兩個人先是在路上吵，一直吵到派出所，又吵回路上，然後再吵進派出所。警察耐心地分析：這裏的人八成以上種甘蔗，根本不要肥料，村長保證沒有人偷去吃，那個有錢人氣得臉都歪了，他嘀咕着說，這樣下去會賠本，生意真不好做，怎麼大家不多拉一點？怎麼不多拉一點呢？大約一個月後，政府大量配給農肥，接着肥料兩次跌價，那個有錢人再不派車來載水肥了，村長把他找來，要他按照契約清理水肥，他說要那麼多幹什麼？又不能吃！兩個人又到派出所去，結果，一直到我念初二上學期，他都派車清理水肥，一個月一次。有一次，六叔在路上遇見他，問他水肥好不好賣？他說生意不好做；六叔又問他，想不想再跟我們村子訂契約？他說只有瘋到第三期的人才會這樣問。

我讀高一的時候，鄉裏舉辦中北部春節旅行，我也參加。第一天晚上，住在臺中火車站附近的一家旅館，這才第一次看見了抽水馬桶，以前只看過圖片。住進旅館以後，大家都往廁所裏跑，鄉長站在一邊維持秩序，一面叫着慢慢來，他說留得屎橛在，那怕沒得拉啦？等輪到我，我一頭衝進去，看見抽水馬桶，心裏有點害怕，還好我知道是用坐的，坐了上去，也不知怎麼搞的，幾乎用了兩百公斤的力量，仍然拉不出來，外頭敲門敲得很急，我在裏邊更急，好一陣子，看看是不會有「結果」了，只好出來，身上直冒汗，鄉長問：好啦？我說好了。那天晚上，好不容易熬到廁所空了，我才放心地走進去，蹲在馬桶上；以後的兩天，我都是這樣。第四天早上，我們正在整理行李，旅館的老闆娘氣沖沖的跑來，她說不知道是那些人弄壞了三個馬桶護圈，我們都說，那一定不是我們，老闆娘嘮叨了許久，她說護圈是新裝上的，怎麼坐得斷？真奇怪！

去年暑假，我回家鄉，找六叔聊天，聊起有關廁所的事。我對六叔的幾個孩子說，你們命好，我們小時候連廁所都沒有呢，他們不太相信。我說不但這樣，解手後都用竹片揩屁股哪，他們說我欺騙兒童。六叔說，這是真的。八歲的小堂弟說，他要去報告級任老師、爸爸和堂哥愛撒謊；十歲的堂妹說，最好報告校長，因為校長比較「匈奴」，一定會打堂哥屁股；正在念初一的堂弟說，爸爸是石松，堂哥是余天，搭配得很好，真會「講笑話」。最後，他們聯合問我們一個問題；用竹片可以揩得乾淨嗎？六叔說大概可以，我說差不多啦。

發表於一九八七年三月

載《行過急水溪》增訂新版（臺北：九歌出版社，二〇一〇），頁三五—四一。

蘭花辭

周芬伶

周芬伶（一九五五年生），現任教於東海大學中文系。散文集有《北印度書簡》、《絕美》、《熱夜》等；小說有《妹妹向左轉》、《世界是薔薇的》、《影子情人》等。以散文集《花房之歌》榮獲中山文藝獎，《蘭花辭》榮獲首屆臺灣文學獎散文金典獎。

如果這是逃亡路線，我是不是來到終點？

這屋子與院子種了些花木，園丁說門口種竹是對的，竹報平安。那院子進來的那棵梅樹怎麼說？還喜上眉梢咧。梅蘭竹菊四君子全到齊，我不排斥這文字遊戲與迷信，遂在後院弄了個迷你網室養蘭，卻連養蘭的常識也沒有，把蘭花曬得紛紛死去。

現在只剩菊了，但我對菊花沒感覺。

對你漸漸也沒感覺。

我想我會死在這個終點。

搬到這房子天天躺在床上呻吟，其時還是夏末秋初，天氣蒸熱，房間到了下午嚴重西曬，我感到身體日漸朽壞乾枯，如同這個行將朽壞乾枯的老屋。

過了五十，該有的都有了，連兒子也回到身邊，一切太像夢，讓人罪惡，人生再無目標，這就是所謂的終點嗎？

有時狀況壞的時候很想把抽屜所有的藥一起服下，這樣的念頭越來越強烈。

或許不配過這樣的生活，幸福對我而言太沉重，自己作自己的心理醫生常常是死路一條。

撐到最後掛了門診才知病情加劇，藥量壓不住。這是因劑量不足而引發的種種不適，原來如此簡單。果然加重一倍藥量，恢復正常作息。

連一點刺激都受不住，身體脆弱如紙糊人。

多年來拒絕接受是病人，說自己只有口乾症，只需要一點八仙果與一些肌肉鬆弛劑。

醫生說，陽光讓病情加劇，而這個夏天特別長。

是啊，從七月到九月，每隔一天或兩天，在盛大陽光下奔走於中港路上，為了定時澆花澆草，通常過午到達，等到太陽西斜才澆花，這應該是件愉快的事，但等待的時間覺得房子像火燒，汗流不止，進入還在裝修的房子，感到黑沉沉的憂鬱。

原來連陽光都曬不得，就像走廊上的蘭花，因過多的陽光折了腰萎了花瓣，一點也無花的形貌神采。

只有擺在客廳中的白蘭花，來了四個月還硬挺着一路開花，常來的客人都說：「這花都不凋，是假花吧？」好像為了反駁，不久又生出兩個花苞，彼時已入冬，陽光甚少來訪，寒流低至五、六度，窗戶緊閉，一室闇然，越多的陰影讓它越強壯。

我就像那蘭花，因天涼後，身體日漸好轉，還吐出兩個花苞。

那是黑暗的花苞，因無光無溫長出的蒼白之花。

芝蘭之屋滿室幽香已成笑話，現在臺糖的溫室蘭花像紙鶴般無聲無臭地開，鼻子湊再近都沒用。

背向你很久了吧，沒有罪惡感的我，自覺良心破了大洞。

先背向異性，再背向同性，再背向異性，也許我兩者皆是，兩者皆不是，情感自有它的紋路，岔出去並非到頭，而是再岔出去又岔出去，如同掌紋，直到紋理淡去。

你包藏着自己的慾望，逃到陌生的城鎮，也許連有沒有慾望都不確定，是不是背叛也還說不定，因為還有聯絡，你的東西還在他（她）那裏，他（她）的東西還在你這裏。

需要確定的實在太多，就讓它懸宕，如同一封封寄出的電子郵件，常常沒回音，而你也不想回。

活越久叛逃的人越多，時間越久，再也分不清誰是叛逃者，誰是被叛逃者，反正我們都是孤身一人，在不同的城市擁抱各自的孤獨，有什麼差別呢？

所有道德的譴責到最後都跟掌紋一樣越岔越淡。

剩下的只有草原上的風，街道上的雨，還有各自擁有的窗口。

你的窗口緊閉，一絲風也透不進，還加了遮光簾，你不需要光也不需要空氣；而我的窗口明亮，窗外有花木草原，大量的光線與風沙像海浪湧進來，但我沒比較快樂，跟你一樣日日老去。

連性別也不那麼重要，人到一個年紀，女身男傾，男身女傾，再也無分別。

一切無分別，事物的兩面性，其實只有一體，痛苦與快樂，幸與不幸，男與女，生與死，皆無分別。

喲！說是這樣說，我還沒老到看破一切。

現在的小孩，性別不再是問題，雙性才是麻煩，先愛男人再愛女人，或愛女人之後才確定愛男人，或者電流亂竄，愛上網戀，三劈四劈，婚外情或老少戀。

網戀最可怕的是，若有似無，只要離開電腦幾天立刻折損，或者不宅之後，也就沒電了。

有一度我跟同性站在一邊，甚至幻想建造自己的王國，現在想來那是如何虛幻的烏托邦。

或者只是老到沒有性慾也沒有性別。性慾對於任何性別都是平等的，早則五年，晚則十年，還在一起的伴侶都過着無性的生活。

異性戀者有了孩子，先是一個孩子夾在床中間睡，生了兩個，各擁一個睡不同房間，孩子長得好慢，可倏忽過了十幾年，無知覺長期中止性生活，許多夫妻都是這麼過來的。

至於那同性的本不以性慾為主，主要是生活的伴侶，一起買菜比一起做愛更幸福圓滿，久而久之，也只剩睡在一起的形式。

有一對在一起十幾年，才三十歲就沒性生活，成天鬧分手，鬧了十年還住一起，不知是什麼綰住對方，是恐懼吧，再也找不到一樣好的人，同性能找的對象更少。

另有一對領養一個女孩，生活跟異性戀一樣緊張忙碌，接送安親班才藝班暑期夏令營，講故事哄孩子睡，為了孩子的將來，神經兮兮買了棟豪宅，讓我們病的不是性別也不是性慾，是孩子，是老死。

人只要有了孩子，想的都是虛胖的未來，孩子明明並不那麼需要你，男孩子長到十幾二十，滿腦子精蟲，女孩子則每一吋肌膚都在保養打扮中。

你開始厭惡水汪汪的眼睛，動情的嗓音，顫抖的嘴唇，香水太香，費洛蒙比灰塵可怕，危機四伏，超短迷你裙下少女白豔又纖細的腿，你從不知那有多煽情，或者少男的眼鏡後那雙充滿肉慾的眼睛，這世界太色情了，讓人躲無可躲。

那晚學生來過聖誕夜，飯後玩「真心話大冒險」，你尚且還不知那是什麼遊戲，真心話就開始了，同性戀男問處男：「你的電腦裏有多少A片？」，「很多」，「上一次手淫是什麼時候」，「就前天」；處男反擊「你被從後面做，不會放屁嗎？」「有時會。」「是水屁還是滾屁？」「狗屁啦！」我紅着臉自言自語：「這樣會有快感？」，同性戀男順便答了真心話「快要嗯出來時會有水噴出來，那就點點點囉……」「厚，不可省略」，同性戀男接着逼問異性戀男：「你最久一次做幾個小時？」異性戀男說：「不知セ，記得有一次一邊做，一邊放帶子，結果電影放完了還沒做完，做太久其實不那麼舒服啦。」（低調得意），「什麼片？下次我也要看。」一陣火燒騷動，「成龍的啦！武打片。」同性戀男緊接着問「那你那裏一定很可觀，多寬多長？」，許多人阻止「你可以不用回答這個問題，真的。」，被問的人是我認為很有深度的男孩，他真愛回答，用真心在木頭地板上畫着長寬，還好中間有人隔着沒看見，好真心啊，為什麼我們以前不真心，這麼真心還會有性問題嗎？還有自動爆料的，大一時在學校水塔做愛，做完去聽某作家的演講。咦，那場轟動的演講，大家幾乎都在場，的確是中場才趕到，大家聽了一點都不詫異，我的下巴要掉下來了，怪不得兒子不讓我參加他死黨的聚會。

話語一旦被說出，意義開始分歧，語言的開始就是延異、差異、延宕、衍異……所謂的真心話跟真心往往沒關係，跟冒險比較有關。

那夜之後我急需心理治療，找六年級問：「你們玩真心話嗎？」

「玩啊，總有十來年了，青春期的小孩才玩，你學生有退化的傾向。」

真的沒有純純的愛，純純的小孩，連純愛小說、漫畫都不純。

這徹底殺傷我對學生與兒子的迷戀。

我對兒子說：「沒有承諾不要占女孩便宜。」

兒子說：「妳不要管那麼多。」

我輩就是退化，就是愛純純的愛，白色恐怖時代的特產，連愛也變得蒼白恐怖，也就是愛在心裏口難開，不敢真心的年代，男女約會連手也沒敢碰，共撐一把傘就算達到高潮。

那時最開放的性冒險，男女雜處一棟公寓三天三夜，沒什麼事發生，男孩為女孩點菸（聽說有性暗示）；那個超長髮女孩聽說很開放（但從沒撞見她親吻或愛撫場面）；那個長髮男孩聽說會嫖妓（被女朋友抄到保險套因而分手，但誰也沒見過）；只有一個風騷女孩（背後被罵公共汽車）光腳丫子勾來勾去，然後問：「如果存在是虛無，活着只為等死，這麼荒謬的人生，只有死亡才能對抗嗎？自由真的存在嗎？」「實有的世界是生命的一次元：存有的世界才是二次元，那麼除去自由還有責任……」，如果我們早一點知道長寬，或者上一次手淫是什麼時候，也許不用摸索那麼久才懂得愛情。

事實證明被白色恐怖閹割的情慾，花兒世代早就凍結他們的長寬，到老還是喜歡純純的愛。

我真的好喜歡純純的愛的純純感。

如果說是真的純純，那麼為何在月經不來時如大病一般難過？或者因純純的花言巧語輕易獻身？或等到中年才慾火焚身也焚了一生，毀家離散，還不懂什麼是長寬，什麼是中出？

從經期開始紊亂，開始無止盡的逃亡，像亡命之徒般不知死活，只為追逐一盆畏光無溫的白蘭花。

而你在逃往的城市，不知是被棄還是棄人抑或是自棄，把自己吃成八十公斤或餓成四十公斤，過胖與過瘦，都是受傷的標記。

日日，你在停車場學騎腳踏車，五十歲才學會不掉下來，六十歲上路，七十歲要騎去哪裏？墳墓或安養院？那時我會騎在你之前或之後？

而另一個你，先是開車載着父母去看病，之後載情人，再載兒女，你真愛當司機，那讓你覺得像個男人，曾經我坐在你的旁邊，去追梧棲的落日，衝向臉盆大的紅太陽，車速飆到一百二，像鴛鴦大盜一路狂喊：「就這樣死了算了。」

我曾經那麼喜歡你，因為你給我純純的愛中的真純。

但已經不純的我不要了，寫愛通常只寫一半的我，是愛的殘障者。

從來沒有好好完成一場愛，總是中場退出，讓賽事懸宕。也許感情就是這樣的瘋狂開始卻無疾而終。

很多事都是懸宕，無疾而終，譬如說種花吧，初來時院子雜草高一兩尺，都是俗名「恰查某」之類有刺的野生植物，請園丁來處置，三兩下就清除，他總有六十幾了吧，說話很文雅，我愛死他的園藝哲學，因為他讓它變得簡單，讓我的黑手指變綠手指，他說：「種花就是這樣，你付出的都看得見，它會回饋你更多，每天十五分鐘拔雜草，一天都不能停，雜草剛長出來一摘就掉，長大了就拔不掉，園藝就這麼簡單。」他讓我了解種花先從拔草開始，於是乎每天拔「恰查某」我都快變成「瘖查某」，好不容易維持良多莠少的局面，卻忽視了酢醬草，不是說是幸運草嗎，如海般的草浪也許藏着四瓣幸運草可以許好多願望？好肥的幸運快跟玫瑰花一樣大，吞掉長春花與韭菜蘭，眼看鈴蘭也快淹沒，它們的生長速度驚人，才一晃眼，就像消波浪一樣吞沒整個草地，我妹來時說：「真正的花園，連酢醬草也不該有。」我妹是高純度的女人，有時我懷疑她信奉伊斯蘭教，每天念《可蘭經》，她的嚴謹精確與我恰成對比。

所謂的莠草就像是非理性的力量或是藝術的假貨，遠看完全看不出來，還以為綠草已連天，過去我將愛情視為玫瑰，勤心澆灌，拔去一切莠草，以為這樣可以擁有愛情；現在覺得情愛就是莠草一如這消波浪，無法無天地蔓生，有一天，你已沒有力氣了，不狂野了，才明白愛情包含玫瑰與莠草，相倚相生，沒有玫瑰哪來莠草，莠草是吃玫瑰的肥長大擴散的，你見過沒有酢醬草的草原嗎？那就不用拔了，不如學習韭菜蘭，看來像莠草其實是幽蘭，在隱祕的樹林中短暫地吐着小紫花。

朝飲木蘭之墜露兮，夕餐秋菊之落英。
苟余情其信姱以練要兮，長顑頷亦何傷？

攬木根以結茝兮，貫薜荔之落蕊。
矯菌桂以紉蕙兮，索胡繩之纚纚。

詩人為拯救蕙蘭，陷入苦戰，直至憔悴欲死。

如此我想放棄拔莠草。

愛情的消退如今更快了，一段感情能維繫十年算是小永恆了。你與她的感情邁入十年，很少打電話，偶爾吃個飯，可以想見會越來越淡，只差沒有說出口。

年輕時什麼都要說明白，結果鬧得一個自殺，一個遠走他鄉，鬧翻半個地球結果還是跟她在一起，現在學乖了，不說真心話。

也許現在年輕人只是較敢說，本質上沒有不同，知道很多但一樣保守，感情從來只有除舊沒有布新。

說話的方式改變而已，人越老越知道真心話說不得。

我想對你說真心話，但我做不到。

只有走進網室，補救那幾盆蘭花，記得父親以前在家鄉頂樓搭蘭花棚，罩着一層黑色的濾光網，不如先拿蚊帳來擋一下吧！將白色的紗網摺成好幾層，遮在蘭花受光的那面落地窗，雖然不雅觀，似乎救回一些，幾盆蝴蝶蘭開得滿像樣的。

在那個南部小鎮很奇怪的大家染上養蘭熱，許多人院子裏都搭有蘭花棚，亞熱帶的毒辣陽光是第一號天敵，父親勤於澆水不懂照顧，常常是到期不開花，只有綠葉長青，每到年節，各式各樣的蘭花展在農會或鎮公所盛大舉行，才八、九歲的我擠在人羣中鑽到最前面瞻仰蘭花，奪冠的一律是嘉德麗亞蘭等洋蘭，西化年代連花也崇洋，花朵大至十幾公分，牛頭似地頭角崢嶸與你相望，也有那如仙度瑞拉的玻璃鞋般的拖鞋蘭、紅孔雀鳥形的鶴頂蘭、密布斑點或網紋的萬代蘭像有雀斑的淘氣阿丹、跳弗蘭明哥的舞孃擺動裙角的文心蘭、還有偷擦胭脂的石斛蘭等，那時本土蝴蝶蘭還未成主流，中國蘭也是配角，如今本土意識鮮明的蝴蝶蘭引領風騷，這被戲稱為「臺灣阿嬤」的蘭花之后，去年的蘭展冠軍是以一株三花梗七十六朵盛開十三．五公分的大白花，長一百八十公分花梗如流泉飛瀑的蝴蝶蘭獲得。賞蘭看開品，其中有主觀也有客觀，聽説現在最昂貴稀有的品種是達摩蘭與水晶蘭，達摩蘭貴在它是原生種葉片端自然的突變，在墨綠色的葉片尖端與葉片邊緣出現一條條滑溜的金黃色帶，好滑溜像黃金蛇般越金黃越貴，一九七零年間人們在臺灣臺東之大武山區發現這小矮蘭，正在我的家鄉附近，它可説是臺灣原生報歲蘭之矮化種，葉質肥厚、葉幅寬大、葉姿優美、體型小巧可愛，葉片有縷如金線的「縞」，葉緣有齒若細鋸的「爪」，可説是國蘭的極品，講究可多了，什麼雞頭、十公、六合；因無法以人工的方式培植，它的身價可喊至千萬以上，人人瘋達摩，我不瘋達摩已夠瘋。炒作蘭花最俗不過，蘭花長在山區與世何干？各人愛其所愛，每個人都以為自己養出的蘭花孩兒最美最俊。

是不是要等到情愛淡薄，才燃起對蘭花的熱情。

余既滋蘭之九畹兮，又樹蕙之百畝。
畦留夷與揭車兮，雜杜衡與芳芷。
冀枝葉之峻茂兮，願竢時乎吾將刈。
雖萎絕其亦何傷兮，哀眾芳之蕪穢。

詩人在山邊野外，訴說着對蘭花瘋狂的愛，或者是心死之後，愛上了蕙蘭芳芷，或者遠離非洲與愛情之後，真的只有種花一途？或者老去的容顏像討債似地向花顏索回青春，哦，永不凋零的青春，誰能真正握在手中？

我的蘭花熱病一直隱埋在血液中，一直到現在才發作，都是臺糖一盆幾百的普通品，要的只一種氛圍，當你在蘭房中靜坐看書，那寧靜的繁華，熱情冷卻後的微寒，讓人覺得回到生命的起點。雌雄同體的蘭花竟是無溫畏光的花蛇，在熱帶高山中密密繁衍，矛盾的花朵，訛亂的根莖，像是從無情大地中擠出的最後一絲血花。

或竟是白蛇娘子的屍身，歷經千萬劫，被法海金鋼杵搗成兆兆片，灑落海拔千尺高山，紅的肉白的膚幻化成紅蝴蝶白蝴蝶蘭，或是大逆子哪吒剮肉還母抽腸還父的親情倫理悲劇現場，遺留至今開成血跡斑斑的萬代蘭石斛蘭：或者蛇化成仙，仙化成蘭而成金黃一線達摩蘭，令人一見頻抽冷氣，驚到無法言語。

我們共同經歷的感情雖沒這樣壯烈，也有這樣的驚魂動魄與痛入心肺，然而是什麼讓愛情冷卻，我的話語糾纏，仍說不出個真，能被說出的已遭塗寫，未被說出的永遠是個謎，所謂的原初真的存在嗎？

只有在蘭房發呆的時刻，時間一刻刻老去，單獨生活已十幾年，提早過着老人的空巢生活，這令我分裂，有時分飾兩角，老去的自己看着年輕的自己在草地上奔跑，就像母親看着孩子嬉戲；有時我變成你，你變成我，坐在走廊上作黃昏的長長對談；或者分飾好幾角，過去、現在、未來，你我他共演一齣悲欣交集的大戲。

如此我墜落於語言的暮色中。

載《蘭花辭：物與詞的狂想》（臺北：九歌出版，二〇一〇），頁二九—四三。

小綠山之歌

劉克襄

劉克襄（一九五七年生），詩人、自然生態保育工作者。現任中央通訊社董事長。曾獲臺灣詩獎、吳三連報導文學獎、臺灣自然保育獎、吳魯芹散文獎等獎項。文學作品有《虎地貓》、《十五顆小行星》、《四分之三的香港》、《座頭鯨赫連麼麼：小說十繪本》等。

大青開花

九時許，枯木洞的五色鳥又交了一次班。等牠們交班十分辛苦，有時刻意等個半個鐘頭，還不一定見得着鳥影。相信這也是鳥蛋尚未孵化的原因吧？牠們換班時，我看到飛臨者的背部頸間，紅毛並不清楚，不好做依據的判斷。但右翼肩有一道白羽，看來是綠光的可能性較高，而飛出的白翼早已不知去向。

綠光飛入後，隨即探出頭，我躲到車棚下，仔細觀察，牠的嘴角基部，靠眼的紅痣相當淡。一般的五色鳥都有這塊痣。兩小時後，回來再觀察，結果這次觀察的情形不一樣，應該是換白翼孵巢了，因為探出洞的頭，那紅痣明顯鮮紅了許多，牠的紅痣前端也清楚的有一個小黑點。

現在只要看鳳蝶們集聚在林子的哪一角落，八成即可知那兒一定有開花的大青，今天就是靠着這個線索，在密林裏發現好幾棵高兩公尺，冠層小白花盛開的大青。

入口的林子，有兩隻黑枕藍鶲幼鳥，叫聲細弱，飛行也很笨拙。過去一段日子裏，牠們較喜歡躲在江某、血桐或香楠等林葉較密的所在。然而，今晨牠們已比往常敢於飛到較高而且葉子稀疏的相思樹上活動。

後來，前往西峯頂觀察，未看見任何動靜。有一種預感，以後要在這個最初的教養場再看到雄鳥帶幼鳥，或是整個家族在一起，恐怕是不可能的事了。幼鳥們的學習似乎已進入另一個階段，開始在學習獨立的覓食生活。

抵達鞍部時，不遠處有一隻幼鳥。乍看時還以為是雌鳥，但看久了，仍可以從一些細微的小動作分辨。譬如，牠的飛行不俐落，無法快速飛降，仍常在冠層間鑽探，且無叫聲。此外，牠的胸部仍有兩、三塊黑斑。

回到入口，那兒又有一隻黑枕藍鶲，初時以為是雌鳥，因為身體的羽色，實在和雌鳥相近。然而，牠的棲息姿勢再度暴露身份。牠們常在林冠隱祕處跳躍，飛行還是不俐落；而且，不發出聲音。同時，藍色的頭部黑冠尚未明顯顯現。胸部雖沒有黑斑，但也沒有印象中雌鳥的亮麗。牠一直徘徊不去，或休息、或覓食，都是在同一個區域進行。最後，牠飛上大香楠樹，覓食一陣，突然發出叫聲細弱的「吉」聲，越過我。隨即聽到「吉歪歪」之聲，正感疑惑。原來是雄鳥輝輝到來！牠們父子相會，馬上有一陣高高興興的吱喳聲。隨即，輝輝又不時發出「吉歪」聲向我警告，有時離我很近，只有兩、三公尺之遠。我也再次看見輝輝快速而俐落的身手，在灌叢間垂直起落。但未過多久，牠不再叫了，帶着幼鳥在我附近嬉戲。約莫五分鐘後，牠突地消失，仔細搜尋，竟是未再見到牠。只剩幼鳥在林冠上層，繼續覓食、休息，仍舊徘徊不去。也許，這行徑包含了一種等待。等雄鳥待會兒再回來探視。

我也更加相信，這時牠和其他幼鳥一樣，正在父母親的領域裏，學習獨自生活的本領。

一對小彎嘴在鞍部相互理毛。然後，沿着竹林旅行，一路發出叫聲。

菜畦上的枯枝，仍是褐頭鷦鶯宣示領域的場所。一隻叫時，另一隻則緘默其口，那叫的一隻姿勢彷彿是發出全身的力量，向四周喊着。很少有小鳥如此賣力。有一隻灰頭鷦鶯跟牠站在同一根枝頭，並未遭到排斥。遠方有粉紅鸚嘴和斑文鳥的叫聲。

——一九九三・七・十六　晴

五色鳥紅痣

這時節不少麻雀在林子邊緣覓食，不知是否蟲子多的緣故。上山時，嘴角紅痣較淡的五色鳥在枯木洞。回來時，換另一隻了。牠的嘴角紅痣十分鮮豔，而且，前端有小黑點，因此決定把白翼改名紅痣。紅痣的臉輪廓分明，我猜是雄鳥。到西峯，未見到黑枕藍鶲家族，北峯的谷地出現一隻，飛行不俐落，八成是幼鳥。

後來，每個地方都走了兩三回，都無所獲，要回去時，這個家族的成員才陸續出現。先是一隻從我背後發出「伊悠」的叫聲越過我。不久，在三岔口的下坡處，老天，至少有四隻幼鳥！其中一隻的飛行特別突出，快速飛落，遠看是雌鳥樣。其他三隻主要仍是在林冠上層活動。試着接近，希望雌鳥發出警告叫聲，藉以更加確定。但牠們飛到西峯的竹林處，在那兒和小彎嘴（約兩隻）和山紅頭（約四隻）的覓食團體集聚。牠們徘徊許久，仍然是那隻雌鳥表演快速的降落飛啄。當其他亞成鳥和牠站在一起時，難分軒輊。始終未看到雄鳥的出現。這樣意外的場景出現，真是跌破眼鏡的紀錄。已經不知如何去解釋，為何雌鳥這時才帶着三隻亞成鳥覓食，而且並未有其他聲音發出。

這種情形，理性無法判斷，感性也缺少接受的意願。

簡樸生活和自然觀察是絕對緊密互動的。一個優秀的自然觀察者，最後的本質裏往往有着簡樸生活的傾向，或者乾脆去實踐。這是鳥友沈振中出現於自然觀察世界給予我們最大的啓示。

——一九九三．七．十七　晴

烏秋幼鳥

黃昏時前往小綠山。這時的經驗，林子裏往往比較死寂，我只是去再一次證明自己的判斷。枯木下，有一輛摩托車正在發動。摩托車離開後，一隻五色鳥向林子飛去。一隻入洞，探頭。

探頭的是紅痣。綠光隨後在東峯北麓咕嚕叫着。

今天是星期假日，有五個人在小坡池對面釣魚。那一對褐頭鷦鶯又在菜畦的枯枝上鳴叫，灰頭鷦鶯也在旁出現。

林子來回兩趟，未聽到任何動靜。後來，在三岔口遇到一隻藍鵲家族的幼鳥，匆匆地從南麓跑出來，在九芎覓食，接着依序跳到柚木、相思樹、竹林、白匏子，隨即又消失於南麓。

突然想到不只筒鳥走了，連樹鵲也沒有蹤影，頓時有些悵然。回到枯木下，聽到宛轉而多變的鳥鳴。聲音來自西峯北麓，靠近社區的汽車停車場出入口處。有三隻烏秋幼鳥佇立在相思樹上的枯枝。其實適才經過時已注意到，有四隻烏秋在那兒。唯那時並未注意到裏面有幼鳥。兩個月前，有天下午在對面人家的屋頂上發現四隻成鳥集聚，初時還以為這又是牠們的再次見面。

這三隻烏秋鳥幼鳥和成鳥最大的不同有三處：嘴喙較淡，小翼羽和初級飛羽仍有明顯白斑，尾羽尚未分叉；但牠們的叫聲已如成鳥的多變。一隻成鳥啣着食物飛向牠們時，牠們發出吱吱叫聲，鼓翼迎接。但成鳥一次只能餵食一隻。成鳥就這樣從外面捕食物來去，餵育牠們，直到天黑。

大兒子奉一近來屢次拒絕去爬山了。這個快五歲的小孩，寧可選擇在家裏，沉浸在恐龍的世界。他的鳥類知識，繼續停留在烏秋、小白鷺、黑冠麻鷺，這幾種鳥的認識。他不想爬，我也不會勉強。我只是有一個很大的夢想——或許是這輩子最大夢想，希望自己的兩個孩子也成為自然觀察者。就像鳥居龍藏，一家父子三人都鑽研於人類學浩瀚的領域。

——一九九三．七．十八　晴

烏秋家族

早晨，烏秋家族的三隻幼鳥仍在同一棵相思樹上，一隻成鳥也跟昨日一樣，站在對面空曠的電視天線上。我站立多時，發現兩邊都在休息，可能太熱，並未有覓食的動作。後來有一隻幼鳥，飛到電視天線那邊，但成鳥已離去。

另外，在小坡池邊，有一隻烏秋成鳥，追擊一對粉蝶，來回兩趟都未成功。

在西峯頂遇到黑枕藍鶲家族的家長，雄鳥輝輝。牠站在旁邊不到三公尺處，先發出「叮叮叮」之後，開始連續的「吉歪歪」或「吉歪」。叫了一陣，雌鳥吉吉也現身，發出「吉吉」之聲。一隻在前時，一隻一定在後。有時，輝輝就在我頭上不到一公尺處，距離之近實在令人難以置信。而吉吉更表演了兩次向我直撲而來，吉吉近一公尺時，才衝往樹上。我相信那不是攻擊，而是一種奇怪的警告，彼此都已熟識後，才會有的動作。只有我和牠們之間才能領悟。然而，幼鳥都已長大，而且並未在附近，牠們為何仍如此情緒激昂，莫非與下一次繁殖有關，牠們已選擇這裏成為一般的營巢區，或是在小綠山的領域縮小一個範圍作為「領域裏的主要領域」?此外，為何有時去才會如此激動地叫，有時去那兒卻什麼影子也未看到。我無法確切了解牠們叫聲裏的真正涵意。

試着離開頂峯，那雄鳥仍跟着，一段一段地，忽而在左忽而在右，時而在樹冠上層，時而在下層的灌叢，這時牠未再發聲。走到三岔路口，看牠消失了，又試着走回西峯頂。結果，牠也在頂峯出現，發出「叮叮叮」之後，「吉歪歪」叫着。這樣再來回兩趟都遇到如此情形，覺得很不好意思，又不明就裏，遂匆匆離去。

「回回回」有時也是黑枕藍鶲家族雄鳥和雌鳥之間，遠距離呼應所使用的叫聲。但通常和「叮叮叮」一樣，是宣告領域才發出；至於之間的不同在哪裏，尚未清楚。今天直接對我發出的「叮叮叮」是很有趣的經驗。

——一九九三・七・十九　晴

西峯頂上

在入口處被黑枕藍鶲雄鳥輝輝發現。我正帶兩名朋友來觀察。等送走朋友，便直接上到小綠山。輝輝也在那兒出現，牠先發出「叮叮叮」，接着「吉歪」、「吉仔」。故意走下頂峯，走到西峯最北角。牠才停止鳴叫，等我再重新爬上頂峯時，唉！還是被牠發現，發出「叮叮叮」之聲，接着是「吉歪」、「吉仔」。

幼鳥並不在那兒，也未看見雌鳥，在這個先前的教養場，牠為何仍如此敏感呢？是不是縮小了夏日的領域於此，不然為何會有比孵育幼鳥時更持續、堅決的警告聲。這時，我突發奇想，做了一個實驗。選擇一棵黃肉楠樹下，盤坐在頂峯上。四周是灌木型態的九節木、小西氏灰木和正開花的大青。最初，雄鳥輝輝只在遠一點，約三、四公尺遠的樹上鳴叫，仍是以「吉歪」的初級警告聲為主，在我的四周圍繞。未幾，牠飛到旁邊的大青和九節木上，繼續叫着。這時，平均的距離不過一公尺，這是我和牠之間從未有過的接近。好像整個自然世界在那時才和你有了最順暢的溝通。這種接觸有點不可置信，彷若奇蹟般。我內心激動不已，可是仍寂然不動，像尊石像般。雄鳥輝輝顯然不信我。我清楚看到牠凌亂未整的白色羽毛露出在外，以及眼神所流露的疑慮。但是，我依然盤坐不動，希望牠能心安下來。不知道現在這個教養場對牠的功用為何？但我希望牠對我產生信任，憑着過去迄今，半年來在林子的不斷接觸，我知道對牠很困難，但總得試試看。

終於，有一回，牠無聲地飛到我身邊。但最多就是一公尺的距離，不能再近了。再近，對牠好像是一個極限；是自然和我之間永遠無法突破的界線。我看到牠站在九節木上，咬了一隻蜘蛛，連網一併吃進去。接着，牠又在小西氏灰木咬了一隻小蟲，像綠繡眼啄食般。很顯然若進入密林的冠層，牠也常使用非飛啄的方式覓食。

這次以後，牠又接近幾回，轉而一直保持在三、四公尺之外，不再進來。時候也近正午，我只好起身，走下山去，準備明日再來盤坐。輝輝仍跟前些時一樣，監視我下頂峯。

正午，烏秋家族仍在相思樹林的老位置上休憩，一隻成鳥帶着三隻幼鳥。那兒看來是烏秋幼鳥學習成長的教養場之一。

那隻左肩三級飛羽有明顯白翅的五色鳥，飛入枯木洞裏接替綠光。我繼續不放心地仔細核對，果然先前取名「白翼」的牠就是紅痣。嘴角的紅色痣羽前端有黑斑。後來，紅痣飛到相思林枯枝上。從適當的角度遠眺時，牠的左肩和嘴角也能辨認。我還是堅信，紅痣是雄鳥，因為輪廓比鮮明。

——一九九三．七．二十　晴

第二代幼鳥（一）

帶了兩個小淺盤，有一個還裝了清水準備餵食黑枕藍鶲雄鳥。另一個是打算找一些漿果，看看牠是否有興趣吃素。可惜姑婆芋已沒有漿果，瑪瑙珠也未找到成熟的。

上抵西峯頂後，雄鳥輝輝仍在那兒守候。先是發出「叮叮叮」之聲，接着是「吉歪」為主的初級警告。我繼續在那棵黃肉楠和大青下盤坐，把盤子放在兩公尺之外的空曠地，希望輝輝會有興趣去喝水或洗澡。

輝輝仍像昨天一樣繞着我，在一、二公尺範圍之內的距離，對我鳴叫着。有時還比昨日近，有一回甚至在我手臂伸出可及的位置。最初，牠在我面前捉捕一隻小型的蛾類，讓我覺得很慶幸，覺得帶水是正確的決定。後來牠又在我頭上的大青搖了一陣小白花，弄得我全身沾了不少大青的花瓣。

半小時後，雌鳥吉吉現身了，牠掠過頂峯上，急促地叫了一聲，隨即消失。奇怪了，正狐疑，那雄鳥繞到我後面繼續鳴叫。未幾，又看到雌鳥吉吉從左邊的林坡地急躁地飛來，消失於背後。

我愈加覺得事有蹊蹺。仔細看了那一個方向，突然發現那位置上有一個黑影。用望遠鏡對準，一看，老天！我差點摔倒。那兒竟有一個黑枕藍鶲酒杯狀的巢。裏面還有三隻幼鳥，已經長出羽毛，可以探出身子，快離巢的樣子。這時，雌鳥正回來餵食。想到連着幾日來的自我陶醉，以為牠們已認識我，接受我的親近。突覺得羞愧萬分，急忙起身，走下頂峯。

唉！實在不好意思，竟讓輝輝警戒了如此之久，也讓雌鳥辛苦地獨自覓食、餵育，忙了一段時候。

輝輝繼續無聲地望我下山。回家後，翻查了第一代的繁殖紀錄，重新核算。

五月六日，成鳥築巢。十天後，五月廿七日，第一代幼鳥孵出。六月七日，幼鳥可能於昨日離巢。六月廿六日，發現幼鳥活着，雌雄輪流餵食。以後則多是雄鳥餵食。六月三十日幼鳥羣開始在西峯頂活動。七月十一日起，不再到西峯。七月十八日起，未再見到幼鳥。

若以這樣的繁殖過程，推算第二代的情形可能如下：七月廿一日發現幼鳥長滿羽毛，往前推算十天，七月十一日左右，可能是牠們孵出的日子，那時第一代正離開西峯。再往前推算，六月廿日或廿二日左右，可能是成鳥忙着築巢之起日，那時第一代幼鳥也仍要成鳥餵食。成鳥無疑是兩頭忙，這也可以說明為何一直不見雌鳥餵食，都是雄鳥在餵食第一代。顯然雌鳥正在忙着第二代的孵育和餵食的工作。

一隻烏秋成鳥回來，後面尾隨一隻幼鳥。成鳥啣着一隻毛毛蟲，牠停在教養場後，三隻幼鳥都在叫。牠餵食其中一隻停在那兒的幼鳥。另一隻未跟出去，也未獲得食物的幼鳥這才跟着牠再飛出去。遠方，兩百公尺外，一隻成鳥烏秋叫着，猜想是警戒的雄鳥。

五色鳥綠光從固定的方向回洞，從另一個方向離去，前往東峯。牠啣了綠色的螽斯（？）回來，總算等到牠們繁殖。綠光餵食後先行離去。未幾，紅痣也回來交班了。

回家後，閱讀一些美國自然寫作的作品。突然想起臺灣的自然寫作，崛起於八零年代，經過一代的摸索，在九零年代蔚為風潮，並進而有了一個更成熟、多元的觀察與野外現場解讀，這是我廁身於這個行列，對九零年代初期自然觀察的定位。

——一九九三・七・二十一　陰雨

第二代幼鳥（二）

早上觀察烏秋的三個階段如下：

一隻成鳥帶着一隻幼鳥在教養場邊的空曠場地——菜圃，練習飛行與覓食。

五分鐘後，三隻幼鳥回到教養場，一隻成鳥回來餵食。幼鳥們繼續發出拍翅鳴叫的乞食行為。一隻成鳥在遠方兩百公尺，電視天線的老位置監視着。相信是牠們的雙親之一。後來跟何華仁討論，他也判斷瞭望的是雄鳥，餵食的是雌鳥。這種成鳥的餵育行為，白頭翁、五色鳥也是如此。

從小綠山回來，三隻幼鳥仍在相思樹的教養場，不斷地發出叫聲。成鳥時而帶回食物。成鳥就在附近捕食，並非每次都能捕到飛蟲。牠也很少下到地面捕食物。幼鳥會為了食物爭先飛到覺得較能讓成鳥看得見的位置，等候成鳥回來。

五色鳥紅痣回來接替綠光的班。牠的白翼消失了，害我差一點認錯。所幸，每次我都會從洞口再一次核對。紅痣回來時，啣的食物也是綠色的東西。比起黑枕藍鶲，牠們的餵食次數太慢了。

上抵西峯頂去探看黑枕藍鶲家族。由於知道了輝輝和吉吉已經有了第二代，此次上山格外謹慎。只想確知幼雛仍在巢裏否，就要迅速離去。果然，甫上抵頂峯，輝輝便如影隨形地跟着，並且馬上發出「叮叮叮」，再發出「吉歪」之警告。幼雛仍在，但有一隻已快爬出巢了，顯見牠們已到離巢的倒數之日了。這一次，牠們築的巢仍是一棵九節木的分叉，高度竟只有一公尺左右，就在頂峯下不遠，平時上來尋找或觀察第一代幼鳥時，我常走到那兒，居然一直未發現。很擔心附近常跑到此休息的野狗發現牠們。清晨時，牠們常在頂峯休息、避暑。今天接近巢位時，雌鳥又向我飛撲而來，反正已知牠們的情形，急忙離去。我也沒有進一步打算，雖然那是一個絕佳的展望位置，甚至攝影。但我不願影響牠們的餵育，幾日來無心的干擾仍舊讓我耿耿於懷，深深覺得對不起牠們。

——一九九三．七．二十二　雨

載《小綠山之歌》（臺北：時報文化出版公司，一九九五），頁二〇〇—二一三。

最後修改於二〇一八年十一月

李家寶

朱天心

朱天心（一九五八年生），作家。祖籍山東臨朐，生於高雄鳳山，臺灣大學歷史系畢業。著有《擊壤歌》、《想我眷村的兄弟們》、《古都》、《獵人們》、《三十三年夢》等。除寫作外，長年關注政治性公共事務，並擔任街貓志工。

李家寶是隻白面白腹灰狸背的吊睛小貓，之所以有名有姓，是因為他來自妹妹的好朋友李家，家寶是妹妹給取的名兒，由於身份有別於街頭流浪到家裏的野貓狗，便都連名帶姓叫喚他。

李家寶剛來時才斷奶，才見妹妹又抱隻貓進門我便痛喊起來，家裏已足有半打狗三隻兔和一打多的貓咪！我早過了天真爛漫的年紀，寧愛清潔有條理的家居而早疏淡了與貓狗的廝混，因此一眼都不看李家寶，哪怕是連爸爸也誇從未見過如此粉妝玉琢的貓兒。

有了姓的貓竟真不比尋常，不知什麼時候開始，他像顆花生米似的時常蜷臥在我手掌上，再大一點年紀，會連爬帶躍的蹲在我的肩頭，不管我讀書寫稿或行走做事，他皆安居落戶似的盤穩在我肩上。天冷的時候，長尾巴還可繞着我脖子正好一圈，完全就像貴婦人大衣領口鑲的整隻狐皮。

如此人貓共過了一冬，我還不及懊惱怎麼就不知不覺被他訛上了，只忙不迭逢人介紹家寶的與眾不同。家寶是短臉尖下巴，兩隻淩燐大眼是橄欖青色，眼以下的臉部連同腹部和四肢的毛色一般，是純白色。家裏也有純白的波斯貓，再白的毛一到家寶面前皆失色，人家的白是粉白，家寶則是微近透明的瓷白。

春天的時候，家中兩三隻美麗的母貓發情，惹得全家公貓和鄰貓皆日夜為之傾狂，只有家寶全不動心依然與人為伍，為此我很暗以他的未為動物身所役為異。再是夏天的時候，他只要不在我肩頭，就高高蹲踞在我們客廳大門上的搖窗窗檯上，冷眼優閒的俯視一地的人貓狗，我偶一抬頭，四目交接，他便會迅速的拍打一陣尾巴，如同我與知心的朋友屢屢在鬧嚷嚷的人羣中默契的遙遙一笑。

家寶這些行徑果然也引起家中其他人的稱嘆，有說他像個念佛吃素的小沙彌，也有說寶玉若投胎做貓就一定是家寶這副俊模樣。我則是不知不覺漸把家寶當作我的白貓王子了。

曾經在感情極度失意的一段日子裏，愈發變得與家寶相依為命，直到有一天妹妹突然發現，問我怎麼近來所寫的小說散文乃至劇本裏的貓狗小孩皆叫家寶，妹妹且笑說日後若有人無聊起來要研究這時期的作品，定會以此大作文章，以為家寶二字其中必有若何象徵意義。我聞言不禁心中一慟，永遠不會有人知道，僅僅是一個寂寞的女孩子，滿心盼望一覺醒來家寶就似童話故事裏一夜由青蛙變成的王子，家寶是男孩子的話，一定待我極好的。

這之後不久，朋友武藏家中突生變故，他是飛F—5E的現役空官，新買的一隻俄國獵狼犬乏人照顧，便轉送給我們了。狗送來的前一日，我和妹妹約定誰先看到他誰就可以當他的媽媽。是我先看到的，便做了小狗「托托」的娘。托托剛來時只一個多月，體重五公斤，養到一年後的現在足足有四十公斤，這多出來的三十五公斤幾乎正好是我的零食和買花的零用錢，而耗費的時間心力更難計算。

自然托托的這一來，以前和家寶相處的時間完全被取代。由於家裏不只一次發現家寶常背地裏打托托耳光，不得不鄭重告訴家寶，托托是娃娃，凡事要先讓娃娃的。家寶只高興我許久沒再與他說話了，連忙一躍上我的肩，熟練到我隨口問：「家寶尾巴巴呢？」他便迅速拍打一陣尾巴，我和他已許久沒玩這些了而居然都還記得，我暗暗覺得難過，但是並沒有因此重新對待家寶如前。

家寶仍然獨來獨往不理其他貓咪，終日獨自盤臥在窗檯上，我偶爾也隨家人斥他一句：「孤僻！」真正想對他說的心底話是：現在是什麼樣的世情，能讓我全心而終相待的人實沒幾個，何況是貓兒更妄想奢求，你若真是隻聰明的貓兒就該早明白才是。

但是只要客人來的時候，不免應觀眾要求表演一番，我拍拍肩頭，他便一縱身躍上我肩頭，從來沒有一次不順從我，眾人嘖嘖稱奇聲中，我反因此暗生悲涼，李家寶李家寶，你若真是隻有骨氣的貓兒，就不當再理我再聽我使喚的！可是家寶仍然一如往昔，只除了有時跟托托玩打一陣，不經意跟他一照面，他兩隻大眼在那兒不知凝視了我多久，讓我隱隱生懼。

家寶漸不像以前那樣愛乾淨勤洗臉了，他的嘴裏似乎受了傷，時有痛狀，不准人摸他的鬍子和下巴一帶，因此鼻下生了些黑垢，但就是如此，家寶仍舊非常好看，像是很有風度修養的紳士唇上蓄髭似的，竟博得「小國父」的綽號。而我並沒有注意到他的日益消瘦。

元宵晚上家中宴客，商禽叔叔的小女見奴奴整晚上皆貓不釋手，自然我也表演了和家寶的跳肩絕技，奴奴見了自是抱着家寶喜歡得不知怎麼好，妹妹遂建議把家寶送給奴奴，反正家寶是最親人且尤需人寵惜的，現在遭我冷落，不如給會全心疼他的奴奴好。我想想也有道理，一來見奴奴果真是真正愛貓，非如其他小孩的好玩沒常性，二來趁此把長久以來的心虛愧歉做一了斷，至於家寶的要生離此——到底是貓啊！此一去有吃有住，斷不會如人的重情惜意難割捨吧！便答應了奴奴。

臨走找裝貓的紙箱繩子，家寶已經覺不對，回頭一眼便看到躲在人堆最後面的我，匆亂中那樣平靜無情緒的一眼，我慌忙逃到院後痛哭一場。

忍到第二天我才催媽媽打電話問問家寶情況。回說是剛到的頭天晚上滿屋子走着喵喵叫不休。現在大概是累了，也會歇在奴奴和姊姊肩上伴讀。我強忍聽畢又跑到院子大哭一場，解貓語若我，怎麼會不知道家寶滿屋子在問些什麼呢！

一星期後，商禽叔叔阿姨把家寶帶回，說家寶到後幾天不肯吃飯。我又驚又喜的把紙箱子打開，家寶已不再是家寶了，瘦髒得不成形狀。我餵他牛奶替他生火取暖擦身子，他只一意的走到屋外去，那時外面下着冷雨，他便坐在冰濕的雨地裏，任我怎麼喚他他都恍若未聞，我望着他呆坐的背影，知道這幾天裏他是如何的心如死灰形如槁木了，不錯，他只是隻不會思不會想的貓，可是我對他做下無可彌補的傷害則是不容置疑的。

由於家寶回到家來仍不飲食且嘴裏溢出膿血，我們忙找了相熟的幾位臺大獸醫系的實習小大夫來檢查，說家寶以前牙床被魚刺扎傷一直沒痊癒且隱有發炎，至於這次為什麼突然會惡化到整個口腔連食道都潰爛，他們也不明白。

原因，當然只有我一人清楚的。

此後的一段日子，我天天照醫師指示替家寶清洗口腔和灌服藥劑牛奶，家寶也曾經有回復的跡象。但是那一天晚上天氣太冷，我特別灌了一個熱水袋放在他窩裏，陪着他，摸了他好一會兒，他瘦垮得像個故障破爛的玩具，我當下知道他可能過不了今晚，但也不激動悲傷，只替他擺放好一個最平穩舒適的睡姿，輕輕叫喚他各種以前我常叫的綽號暱稱，有時我叫得切，他就強撐起頭來看看我，眼睛已撐不圓了，我問他：「尾巴巴呢？」他的尾巴尖微弱的輕晃幾下，他病到這個地步仍然不忘掉我們共同的這老把戲，我想他體力有一丁點可能的話，他一定會再一次爬上我的肩頭的，重要的是，他用這個方式告訴我已經不介意我對他的種種了，他是如此有情有義有骨氣的貓兒。

次日清晨，我在睡夢中清楚聽到媽媽在樓下溫和的輕語：「李家寶最乖，婆婆最喜歡你了噢……」我知道家寶還沒死，在撐着想見我最後一面，我不明白為什麼不願下樓，倒頭又迷濛了一陣，才起身下去，家寶已不在窩裏，摸摸熱水袋，還好仍暖，家寶這一夜並沒受凍。

我尋到後院，見媽媽正在桃樹下掘洞，家寶放在廊下的洗衣機上，我過去摸他、端詳他，他還暖軟的，但姿勢是我昨晚替他擺的，家寶眼睛沒闔上，半露着橄欖青色的眼珠，我沒有太多死別的經驗，我只很想摸暖他，湊在他耳邊柔聲告訴他：「家寶貓乖，我一直最喜歡寶貓。你放心。」便去撥他的眼皮，就闔上了，是一副乖貓咪的睡相，他的嘴巴後來已被我快醫好了，很乾淨潔白，又回到他初來我們家時的俊模樣，可是，我醫好了他的傷口，卻不知把他的心弄成如何破爛不堪。

家寶埋在桃花樹下，那時還未到清明，風一吹，花瓣便隨我的眼淚閃閃而落。現在已濃蔭遮天，一樹的桃兒尖已泛了紅，端午過後就可摘幾個嘗嘗新了。我常在樹下無事立一立，一方面算計桃兒，一方面伴伴墳上已生滿天竺菊的李家寶。

載《獵人們》（新版）（新北市：INK印刻文學，二〇一三），頁七八—八六。

剛剛好

張曼娟

張曼娟（一九六一年生），中國文學博士與教授，在大學教書逾二十年。二〇〇五年成立私塾「張曼娟小學堂」，致力推廣少兒經典閱讀。著有《海水正藍》、《當我提筆寫下你：你就來到我面前》、《緣起不滅》、《我輩中人：寫給中年人的情書》等。

二〇一〇年底到二〇一一年初，我被突如其來的重感冒擊倒，低溫的夜裏，聆聽遠方跨年狂歡的煙火爆響，一邊計算着下次服藥的時間。我用極嚴格的方式管理自己的病，絕不少吃一次藥，想要盡快康復，甚至要求醫生為我注射，因為我不耐煩在養病這件事上花費太多時間。事實上，我想，許多年來我都不耐煩在自己身上花費時間。

而我並不是那麼沒耐心的人。見到因為發燒而痛苦流淚的孩子，我的直覺反應是將他們擁抱在懷中，直到他們緊繃的身體放鬆；聆聽朋友的憂傷或失落，我願意一遍遍複習每個細節，直到他們在陪伴中感到安心。

對待他人，我總是不厭其煩。對待自己，卻是很不耐煩的。為什麼會這樣呢？我想，那是因為我並不覺得自己是可珍貴的人吧？長久以來，我看重的是別人，從不是自己。我常覺得自己擁有的一切只是幸運加上僥倖，而我偏又是對「無常」感受很深刻的人，於是，越來越往內在心靈退縮，變得更封閉而孤僻，世界也越來越小。

感冒初癒的那一天，和朋友吃了美味的香蕉鮮奶油蛋糕，在微博貼上照片並且發表感言：「一塊好吃的蛋糕，能帶我們脱離一切穢污坎坷的現實。」那天深夜，疲憊的我，看見了一位大陸網友的回應：「愛你的人是多的，因為有很多愛你的人你並不知道。因為太愛，所以漸漸被神化，因為被神化所以不敢靠得太近，怕你被這凡間的濁氣玷污，所以才在遠方看着你吧？常常想着在無人的夜裏，在一盞燈下獨自寫作的你，穿越古籍經典的你，為了他人感傷而感傷的你，可曾記得給自己倒杯熱水，添件衣服？」這段話與我的香蕉蛋糕一點關係也沒有，卻令我震動，怔忡許久，直到淚水模糊了電腦屏幕。

我想起不久前，與讀者見面的簽名會上，母子二人笑嘻嘻的來到我面前，請我幫他們簽書。「我們都是妳的讀者喔。」與我年紀差不多的母親這樣説，念高中的兒子俊逸有禮，靦腆地笑着，點點頭。他們是下班下課後搭高鐵來的，趁着夜色還要趕搭高鐵回家。我想起曾經在許多場合裏，遇見我的讀者將二十幾年前的我的書，用書套好好保存着，看起來完全沒經歷過歲月，那樣嶄新。「這本書我有三本，一本是自己讀的，一本是借人家的，這一本是要特別珍藏的，我的寶貝。」我也想起在馬來西亞演講的時候，要求合照的讀者朋友總會將閃光燈關閉，因為將近二十年前初訪大馬我曾說過，不斷刺入眼中的強光令我暈眩不適，而他們竟然一直記得。

我的讀者或許都是比較內斂低調的，平常確實感覺不到，但是，當我在餐廳用餐時，發現自己的料理更豐盛些，便明白主廚是我的讀者。當我在醫院做健康檢查，醫護人員溫柔的呼喚我的名字，我知道又遇見了我的讀者。我在旅途中，在飛機上，在銀行櫃檯裏，在許多熟悉或陌生的街角，都能遇見，我的讀者。

相逢只一笑，明日又天涯。我從許多微笑的眼睛中，看見了珍惜的光芒。在這樣的光芒中，又怎能不看重自己？

而時間過得飛快，曾經，走進演講場聽見亢奮的掌聲與歡呼；如今，演講場中的少年臉上有着無可奈何的表情，他們是被規定坐在這裏的。「我知道你們根本不認識我，更不是我的讀者，我知道你們真正想看見的作家是誰。」我說出了兩、三位最暢銷、最受歡迎的網路作家的名字，少年們這才活絡起來，他們熱烈的掌聲代表的是贊同。對這些少年來說，我已經太老了。

卻有朋友輾轉告訴我，他們曾經向公部門遞過企畫案，計畫拍攝我的紀錄片。出版已經滿了二十五年的作家，或許有些故事能夠表述出過往的歲月留痕吧。結果，他們的企劃案被退回，退回的理由或許不好明說，於是，給了「她還太年輕」的說法。對這些公部門執事來說，我竟然太年輕。

在「太老」與「太年輕」的矛盾中，我卻覺得是個剛剛好的時機，該為自己編一本散文精選集與小說精選集，記錄不同年齡的自己，看見的世界，感受到的人生。這是為一直以來與我相伴的讀者們編選的，也是為可能有緣相遇的新讀者編選的。我一直記得自己年少時在圖書館裏，最愛閱讀的便是作家的精選集，在翻閱着一本書的當下，彷彿便能觸摸到作家靈魂的輪廓。

這真是一件奇妙的事，我的世界這樣小，認識的人這樣少，卻一點也不覺得匱乏。原本以為出書之後，世界會變大一些；後來以為到國外工作之後，世界會變大一些，如今才明白，這樣的小小世界，其實最適合我。這個世界中許多美好的相遇和際遇，使我的生命豐盛滿盈。

我的世界有點小，卻是剛剛好。

剛剛好，遇見最美好。

載《剛剛好：張曼娟散文精選》（臺北：皇冠文化出版，二〇一一），頁二—五。

蔡珠兒（一九六一年生），作家，南投縣埔里鎮人，臺灣大學中文系、英國伯明罕大學文化研究系畢業，旅居香港多年。曾獲第二十屆吳魯芹散文獎，以及多次好書獎。著有《花叢腹語》、《南方絳雪》、《雲吞城市》、《紅燜廚娘》、《饕餮書》、《種地書》等散文集。

今晚飲靚湯

蔡珠兒

山頂纜車，男人街女人街，熾熱的快活谷夜馬，公屋窗口迎風飄展的「萬國旗」……這都是香港特有的視覺風景，至於香港的味覺風景呢？是鏞記燒鵝、阿一鮑魚，還是油麻地的大排檔？

都不是，香港最獨特的味覺景致，是尋常人家的老火煲湯。下午才兩三點，各家的廚房傳來一陣輕微騷動後，不久就開始氤氤氳氳地飄出氣味來，起初縹緲而平淡，還夾有生腥之氣與糙澀之感；漸漸漸漸地，那味道就像釀酒般醇了又洌了，頑冥化為乖馴，腥澀轉成鮮腴，原先的虛無縹緲也坐實為濃郁稠厚，此時已是華燈初上的薄暮時分，湯的氣味混合着萬家燈火，瀰漫懸浮在城市的半空中。

這是一個只有鼻子才能領略的風景，不管是淺水灣的豪宅還是深水埗的屋邨，黃昏夕照時，必定都浸淫在一片芬馥的湯味裏。在這個全世界貧富對比最尖銳的城市，只有一鍋「家常老火湯」鑽破了地域與階級的藩籬，日復一日餔養着香港人的身體，滋潤着香港人的靈魂。

燒湯不難，大約誰都做得出一兩個拿手湯，各大菜系更少不了本門的招牌湯羹，然而能像廣東人這般取精用宏、鞭辟入裏，深得湯水箇中三昧的，天底下大概是沒有了。

廣東湯水的美味自不待言，而其烹調手法工謹考究，一絲不苟，選材搭配卻靈活多變、汪洋宏肆，充滿創意但又蘊涵格律，簡直自成一門博大精深的「湯學」，令我先是折服繼而着迷，竟喝上了癮，每天無湯不歡。

在此之前，我對自己的煮湯本領頗有幾分自得，紫菜蛋花湯、冬瓜蛤蜊湯這種基本功不算，臺菜中常上檯面的四神湯、苦瓜排骨湯、燒酒雞、酸菜鴨、螺肉魷魚蒜湯等，我都應付得來。嫁給上海人後，我又學了些「本幫菜」，什麼雪菜黃魚湯、油麵筋粉絲湯，還有用鹹肉、腿肉加扁尖筍燉出的「醃篤鮮」等，都能順手輕鬆拈來。坐井觀天，我不免躊躇滿志，以為中菜的湯汁之道殆在其中矣。

直到兩年前遷居來港，見識了道地的「明火靚湯」之後，我總算大開眼界，不禁暗叫慚愧，原來天底下還有這麼多好湯，我那幾招只算入門，離升堂入殿還遠得很哩！於是劍及履及，遂開始下工夫學煲湯。

廣東湯的品目浩瀚，基本上共有煲、燉、滾、燴四大式，其中又以煲與燉最具特色，由於講求火候，故名「老火湯」，一般酒樓餐館則叫例湯，每日必備，內容則隨節令時鮮而變化。港人常把湯水暱稱為「靚湯」，其實老火湯的樣子倒不漂亮，泰半呈茶褐色，上桌供食時先把「湯渣」撈起另置，湯水看來單薄木訥，然而似淡實濃，精華內蘊，一口入喉，令人頓覺齒頰濡香、口舌生津，通體舒暢熨貼，但又說不出究竟好在哪裏，無以名之，只能以一「靚」字來形容概括了。

老火湯的材料無甚出奇，大抵是禽畜魚貝加以瓜果菜蔬，再配佐中藥共冶一爐，近似於臺菜中的「燉補」或「補湯」，諸如四物雞、當歸鴨、羊肉爐等湯品。不過我們通常在秋冬才吃補湯，廣東人卻是無湯不補，一年飲到頭，春夏兩季尤其頻密，因為要祛濕解熱、清潤降火——說來也怪，嶺南的中國人一到冬天就腎虛氣虧，夏天又總是肝火旺盛。

所以，煲湯的第一要領並非風味，而是效用，必須視乎寒熱濕燥等時令氣候，炮製出清潤或滋補等不同作用的湯水，以收食療調養之功。例如冬令須補中益氣，常見的湯有淮山杞子煲羊肉、糯米燉鯉魚，北芪黨參煲竹絲雞（即烏骨雞）、南瓜紅棗煲排骨、當歸紅棗燉牛腰、黑豆燉塘虱（即土虱）、杞子燉羊腦、南棗（一種黑棗）煲黃鱔、花旗參燉雞、火腿乳鴿燉花膠（即魚肚，魚鰾的乾製品）等等。講究的則用上較昂貴的材料，如水蛇煲老雞、火腿煲魚翅、鮑魚燉水鴨（即野鴨，秋冬常見的綠頭鴨）、冬蟲夏草燉水魚（即鱉，又叫甲魚），以及取自林蛙（哈士蟆）卵巢的雪蛤燉人參等等。

至於清熱去火的夏令湯水，花樣就更多了，一般的家常湯包括冬瓜盅、荷葉薏米煲老鴨、馬蹄竹蔗煲豬骨、昆布海藻煲豬踭、霸王花（一種仙人掌花）煲瘦肉、粉葛鯪魚赤小豆、沙參玉竹燉螺頭（一種大型的海螺肉）、椰汁鮮奶燉烏雞、眉豆節瓜湯雞腳、紅蘿蔔無花果煲生魚、西洋菜煲鮮陳腎（新鮮與乾製的鴨肫）、老黃瓜（逾期採收的胡瓜）蜜棗煲豬腱……等等，款式不可勝數。

嶺南自古是瘴癘之鄉，高溫多濕易致人病，南宋詩人范成大親身領教過，所以解釋道：

瘴者，山嵐水毒與草莽沴氣，郁勃蒸薰之所為也。（見《桂海虞衡志》）

此說雖不科學，但卻反映出中國傳統的見解，至今仍深入人心牢不可破，為了禦抵炎夏的蒸鬱濕毒，兩粵民間流傳着不少驗方，諸如五花茶、廿四味茶、竹蔗茅根水等飲料，以及用來煲湯的「清補涼」，內含芡實、淮山、蓮子、薏米、百合等藥材，可搭配禽鳥肉類燉煮，其味略似臺灣的四神湯。

粵人在夏日亦常犯「骨火」，周身關節筋肉疼痛，但並非風濕，乃因體內火熱燥氣所致，這時就要煲粉葛鯪魚湯或野葛生魚湯飲用。粉葛為山藥類的塊莖，可解熱發汗、開鬱散火，鯪魚則是一種廣東特產的小型鯉魚，有活血行氣之效，將二物配合生薑與竹葉熬煮，可收「去骨火」的功效，若加入赤小豆（不是紅豆）更能除濕解毒。

而有近似療效的野葛生魚湯，風味尤佳。生魚是一種學名烏鱧的池塘魚，離水之後尚能存活，因生命力強韌而得名，廣東人認為牠不但滋補，而且能健脾生肌、清熱祛風，用處大得很。手術後吃生魚有助癒合長肉，生魚煲紅棗可治肺結核，而與蜜棗、瘦肉共煲的野葛生魚湯，除了去骨火之外，據說還可治喉炎、腎炎、水腫、腳氣諸症，簡直神乎其效。夏季我經常做這道湯，不是要治病，是因為偏愛野葛。

野葛又叫葛菜或塘葛，學名焯菜，是一種十字花科的野草，華南到處可見，其性寒涼，能清熱解毒。舊式的「涼茶舖」，夏天常備有現成的葛菜生魚湯、羅漢果葛菜水外賣，可見其普遍程度。野葛微帶辛澀之味，最宜與肉類或魚介共烹，不但減卻湯汁的肥膩，而且平添一股隱約的草葉芳香，嗅之有如置身田野山林，未飲湯已令人暑氣大消。

並非所有的湯水都有寒暑分明的「時效性」，也有不少湯是四季皆宜的，例如青紅蘿蔔排骨湯、蓮藕章魚煲豬蹄、木瓜雞腳湯、馬蹄白果（即銀杏）煲豬肚、金銀菜（新鮮小白菜與白菜乾的合稱）煲鴨腎、杏汁腐竹煲豬肺等等，都是本地最普遍的老火湯水，一般餐廳的「是日例湯」多在此列，超市也有現成調配好的湯料可買。剛學煲湯時，我就是從這些現成的「湯包」入手，幾次下來，漸漸揣摩出材料的搭配原則與比例。

老火湯重視「湯底」，內含的材料相當豐富，為了增益美味，經常合併使用兩三種葷料，例如雞肉配排骨、瑤柱（即干貝）配火腿、魚肉配豬骨等，主輔分明卻又融洽無間，極具巧思。而用得最多的輔佐葷料首推豬肉，又分豬蹄、豬脹、瘦肉以及各式大小湯骨，用法也大有講究。豬蹄是豬蹄內側的肉塊，俗名「不見天」，較為肥膩，適合與瓜菜等「瘦物」共烹，如老黃瓜、昆布海藻、蓮藕章魚等，配豬蹄才能湯汁香滑。相反地，如果要搭配雞、鴨、魚等會出油的材料，最好選用瘦肉或湯骨。至於豬脹則是腱子肉，質瘦而腴，久煮不渣，適合用於燉湯，與鴿子、水鴨等禽鳥野味極其襯配。

煲湯另一不可或缺的要素，自然是中藥材。廣東湯的中藥不像臺式補湯下手較重，一般點到即止，選用的也多是清淡甘甜的材料，雖有中藥之名，其實更像食品，諸如北芪（又作黃耆）、沙參、（桂）圓肉、玉竹、薏米、淮山、芡實、蓮子、百合、黨參、羅漢果、銀耳、紅棗等等。最常用到的則是陳皮、蜜棗、南北杏、無花果、（枸）杞子等，因為這些材料不但有補益潤燥之功，而且有助調味，可使湯水清甜可口。

粵人喜愛陳皮，蒸魚煲湯煲粥都要用上一塊，說是可以化痰消滯，越舊的陳皮越值錢。蜜棗是蜜漬過的棗子，味甜又可治虛羸虧損，老火湯十有八九少不了它。南杏仁味甜，北杏仁味苦，以南十北一的比例混合即是南北杏，有潤肺生津之效，常與蜜棗共用，除煲湯外並可磨成杏汁或杏仁茶。無花果能健腸胃去痰火，枸杞子可滋腎補肺清肝明目，總之多吃錯不了，五臟六腑都能關照到。

要注意的是，陳皮須刮去內瓤才能烹煮，否則有濕熱之弊；紅棗則要去核才能入湯，否則會燥熱；而用粉葛、野葛等性涼之物煲湯，火候務必要足，否則會生寒傷腎。

對於食物的寒涼燥熱，中國人都有些基本概念，而廣東人不但深信不疑，還加以充分引申發揚光大，世代積累，建構出一套壁壘分明的食物指涉系統。例如斑鳩、麻雀性暖，可「補火助陽」；鴿子則清補，可解痘疹濕毒。雞肉屬燥火，但老母雞則不燥，可以補氣療虛。燉鴨有濕毒，老鴨則濕性減弱，可以滋陽補血；野鴨寒涼能滋陰解毒，而臘鴨則能降火氣……凡此種種不一而足，既嚴謹又荒誕，外省人咄咄稱奇大謬不然，老廣卻心領神會，恪奉不渝。至於傳統養生學中「以形補形」的信念，更是廣東湯水的重要靈感，所以花生雞腳湯可補腳力，白果豬肺湯補肺止咳，番茄牛肉湯可補血（二者皆為血紅色），魚頭煲和豬腦湯可止眩補腦，杜仲燉豬腰可治腎虛腰痛，菜乾鴨腎（肫）湯能增強脾胃，核桃排骨湯補腦益髓（核桃的紋路似人腦）；這些都言之成理，只有一樣我始終想不通：用乾墨魚燉豬手或桃仁，說是能調經滋陰，因為墨魚補血。但墨魚花枝這類東西，不是「沒血沒眼淚」，臺語還拿來罵人嗎？

總而言之，喝湯既要滿足口腹，也要有補療功能，進食與醫療的界線十分模糊。我認得一個英國人，在香港已住了好幾年，對此事依然大惑不解：「他們這哪裏是吃飯？每天喝藥湯，像是長期治療，難道個個都有治不完的病？」

話是說得外行，然而不無道理。來港後我以身相試，飲了一兩年的湯，也沒能脫筋換骨，體質仍是不好不壞；若說我「湯齡」太淺不足言效，那麼香港人從小喝到大，補了幾十年，似乎也未見奇蹟，此地的十大致命病因和其他國家相若，都是癌症、冠心病、糖尿病什麼的，而港人的平均壽命還比臺灣人低呢！

所以，老火湯未必是有療效的藥湯，倒是另有深刻的社會人倫功能。老一輩臺灣人每以「呷飽未？」來寒喧問候，而粵人的飲湯則更進一步，體現出親密的倫理關係。父母常交代外出的子女：「早啲返來飲湯啊。」而丈夫也常在下班前打電話回家問太太：「今晚飲乜湯呀？」湯水意味着家庭的歸屬與呵護，由身及心，把自家人緊密地縮結相連。

湯水是家庭特有的福祉與權利，無法與外人共享。港人常互相說：「第日（改天）一起飲茶啦。」朋友可以一起去飲茶、喝酒、吃「魚翅撈飯」，但飲湯則是個人私事，只能在私領域與「屋企人」或愛侶分甘同味。雖說酒樓飯館不乏汁濃味香的明火靚湯，但港人最推崇的仍是「住家老火湯」，不只真材實料「落足重本」，而且多了一分可貴的心意情感。

湯水雖然喝進腸胃裏，然而它的終點其實是頭頂上的「心」，這種把抽象情感物質化（或食物化）、身體化的傾向，突顯出廣東人與食物之間的纏綿情結，連帶地也使湯水染上幾分曖昧，例如「阿二靚湯」。阿二今稱二奶，即小老婆或外室，為了爭取歡心拴住丈夫，阿二學會了煲一手好湯水，以是得名。幾年前香港有餐廳以此為名，專賣湯水，問世後大受歡迎，連鎖店迅速蔓延，可見「阿二靚湯」雖語含譏貶，卻在市場頗有號召力。

不過我想，如果純粹是為了佞媚邀寵，阿二不可能練就一手功夫，烹飪就像其他的技藝一樣，必須高度投入長期磨練，沒有興趣怎熬得住？阿二的煲湯本事，必定是一再嘗試、不斷研究與新創的成果，其中有許多不足為外人道的訣竅。

最後，我綜合了多位阿大阿二、阿爺阿婆、彌敦道上的路人甲乙丙丁，以及我自己的心得，把煲靚湯的祕訣獻曝如下，聊博此中同好一哂。

一、煲湯前先妥善處理材料，禽鳥、肉類須略加燙煮，沖淨血水骨渣。魚類最好先油煎去腥，乾貨、藥材須先發泡洗淨。

二、等水滾沸後才放入煲湯材料，可防止黏鍋，並保持湯水清澈。如隔水蒸燉，燉盅內須注以沸水，以利受熱。

三、火候要足，粵人講究「煲三燉四」，煲湯至少三小時，燉湯還要更久。先武後文，大火煮沸後轉為小火，使湯面呈「菊花心」滾動。

四、不能中途加水，不宜經常掀蓋察看，以防湯味走漏。尤不可先下鹽或油醬調味，以防湯料變「老」，並保湯料原有的清甜。

五、不妨滴入少許黃酒同煲，既可辟腥又能助味。用加飯紹興或花雕最妙。

六、有人認為煲湯宜一氣呵成，不能半途中斷，我卻發現停火燜煮效果更佳。方法是煲一小時左右便熄火，過三、四十分趁熱力未消時開火續煲，約半小時後又停火，等一陣子再煲完最後的半小時。其理接近燜燒鍋，肉骨得以發揮自熟作用，瓜熟蒂落滋味盡出，香美尤勝於一路煮到底。

畢竟，煲湯之道無他，熟極而流，淪肌浹髓而已。

載《南方絳雪》（臺北：聯合文學，二〇〇二），頁一一一——一二二。

茉草

簡媜

簡媜（一九六一年生），散文家。曾獲中國文藝協會散文創作類文藝獎章、梁實秋文學獎、吳魯芹散文獎、中國時報散文獎首獎。著有《月娘照眠床》、《老師的十二樣見面禮》、《誰在銀閃閃的地方，等你》、《好一座浮島》等。

那樣黏人的性情，總是在早秋的時候發作。

村子裏並沒有聽說誰家特地種了茉草，除了五穀菜蔬是按着規矩之外，甚至連果樹也是自生自滅的。然而，總會聽見這樣的話：「噫！什麼時候長了茉草？」

鄉下孩子都會禁不住地愛上茉草，主要是它會長出鞭節形的玩意兒——真不知該怎麼稱呼？葉子嗎？不對！花兒嗎？不對！果實嗎？也不對！或者什麼也不是，它只是一串童心。最可愛的是，它長着細絨似的黏毛，一碰上衣服、褲子就緊緊地黏住，好似嬰兒見着母親，一定吵着要抱。被黏的人也許還不知道呢，孩子們傍晚回家，家裏老母一把擰起耳朵：「你呻飽太閒，跑去竹叢下跟鬼打架？」孩子辯解：「無啊！無啊！」老母操起竹竿要打：「還在跟我『死鴨仔硬嘴皮』？你看你衫仔給茉草黏得滿滿是，還想騙猾！」

孩子一回頭，嚇了一跳！什麼時候被跟蹤的？孩子不甘心，跑去找一起玩的同伴理論：

「是你把茉草黏在我身上對不對？」

「沒有啊！」

「是你對不對？」

「沒有啊！」

這可真懸疑，難道它會自己長腳找上門？孩子沿着當天遊戲過的地方找，終於在曬穀場邊的竹叢下碰到了：「嘿！給我找到了，在這裏！」

孩子一心喜，急急忙忙把那黏人的玩意兒都挽光，紮紮實實的一把，就等着第二天早上去學校害人。

戰爭從排路隊的時候就開始了，孩子故意跟每個人說話：「妳的國語練習簿有沒有帶？」傻女生低頭翻開書包找：「有哇！」，她背後即已中計了。詭計被發現的時候，戰事也瀰漫了。

「李麗萍，妳的衣服有茉草！」林阿愛說。

「妳也有，哈哈，很多哩很多哩！」

「哪一個死囝仔！」

「陳錦喻啦！」

「不是我！是劉錦盆！」

「你們兩個也有！哈哈嘻嘻！」

「我要報仇！納命來！」

路隊不見了，每個孩子忙着取下衣服上的茉草，向別人進攻。這種混戰顯然分不出勝負，過了不久，很自然地形成女生一邊、男生一邊。女生中又會出現一個靶心——那還用說，一定是功課好、參加演講比賽、得老師寵的那一個。所有的男生都向她進攻，她的重軍帽、髮辮、吊帶裙、書包、襪子、布鞋……參差雜亂全是茉草。女生這一國也會派出健將——力氣大、高、赤腳、功課差、常跟男生打架的秀玉，她硬是揪住一個弱小的男生，把茉草一根根地黏在他的背後衣服反面上——最難拔下的地方。這樣，就算女生贏了，因為已經有一名男生被欺侮了。

「羞羞羞！不要臉！摸江阿彬的——」

「羞羞羞！不要臉！摸江阿彬的——」

幾乎是全校都知道的，她走到哪裏，便有「男生」激她。

茉草爭霸戰一直要持續到村裏的茉草被挽光了為止。戰爭期間，孩子們一放學就沿家沿戶搜，一見到茉草，眼睛都會噴火，樂得比拿第一名還痛快。按照一般的演進，戰爭中最大的主題之一是「反權威」行動，意思是，老師們也受到茉草的偷襲。也許，大家真的都發狂了，看到老師們衣服上東一根西一根，竟然覺得「奇樂無比」，那時候，如果有人敢在校長先生的衣服黏上一根茉草的話，他一定成為大家默認的英雄；孩子們是嚮往「蠻力」的，打躲避球砸死最多人、搶國寶推倒敵國的大將、一個人抬全班的便當、周茉草偷襲全校最兇的女老師。而這些，畢竟只是生活中的一部分。當考試卷發下來的時候，英雄人物常常也是棍子下的犧牲者，或者在每日晨間檢查時，所有的茉草都被沒收了，那幾個偷藏茉草在口袋的頑皮學童，也被罰去勞動服務了。

秋天轉涼了，稻田裏的穗子也染黃，在割收秋稻的鐮刀聲中，茉草漸漸枯黃。

載《月娘照眠牀》（臺北：洪範書店，一九八七），頁一一一一一三。

在茄紅素的領導下

簡媜

如前文所述，西瓜當紅令香蕉與番茄「眼紅」。我基於個人偏愛先寫香蕉故事置番茄於不顧（主因當然是我不太喜歡番茄）。由於同情香蕉遭遇，我一時心軟連吃數日香蕉以致被大腸拖累而手腳俱軟，稿子就擱下了。

沒想到，那粒番茄來託夢。

某晚，我做着對中年人而言猶似鳳毛麟角的風花雪月之夢。夢的帷幕緩緩拉開，一陣微風吹過，眼看花兒就要開了，忽然青天霹靂，蹦出一粒圓滾滾的番茄，剎那間讓我以為自己正在「時時樂」沙拉吧前——我還注意到她背後不遠處站着一顆鬼鬼祟祟、套保麗龍護網的泰國芭樂。番茄來勢洶洶，神情肅殺，張着血盆「小口」語帶威脅：「給妳警告哦，若是不寫我，就叫妳的眼睛腫得跟我一樣紅！」

我立刻明白綺麗夢境已變成區運會鉛球預賽現場，那粒泰國芭樂是番茄小姐請的「外勞」，亦即是預謀中的「鉛球」，標的物就是我的頭。

我大笑三聲，暗想：她也不去向我的家人、情人、友人打聽打聽，簡某人「遇軟則軟、遇硬則硬、遇理則理、遇蠻則蠻」的個性改了沒？竟敢命令我寫她！她可能太久沒碰到有原則的人吧！

我不甩她，把夢境收拾收拾準備走人，瞅了遠處一眼，忽然心生一計，指着那粒大芭樂説：「那傢伙陷害過我和弟弟，我小時候蛀牙，芭樂籽卡入蛀洞挖不出來到現在還很氣，他還害我弟弟便祕，我阿母只好用……。」

「關我啥事？」番茄兇巴巴。

「嘿嘿嘿，以前沒關現在有關，」我笑咪咪：「妳幫我報仇，我就替妳申冤！」接着對芭樂喊：「出來啦被看到了啦，一丸那麼大丸，下次找葉子多的樹躲吧！」

這叫讓主要敵人與次要敵人相互殘殺變成只剩一個敵人，戰敗者為了復仇與你結盟遂有共同敵人，當分不清誰是敵人時，大家又變成朋友了。夢中的我得意至極哈哈大笑，這一笑竟醒了。醒來，自覺卑鄙，心緒為之混亂，想起番茄兇惡的嘴臉，不免驚恐，立刻框上眼鏡巡視，確定番茄沒追來才放心。

仔細回想，恐嚇我的應該是一粒聖女小番茄。

這就引起我的興趣了。番茄家族靠茄紅素含量在蔬果界享有盛名，近年來更進軍飲品市場一枝獨秀。加上拜臺灣固有文化「一窩蜂」精神，「橘子紅了」之後番茄更紅；番茄汁在短短半年闖出二十億業績意謂臺灣人腸胃皆已受洗，「洗」尚不足以表達狂愛，舉凡泡麵、優酪乳、軟糖、甚至女性用來護膚的面膜，無不添加番茄以示追隨茄紅素領導。紅浪席捲之下，昔時稱霸天下的健康食品如蒜精、蜆精、卵磷脂、花粉、蜂膠、牧草粉皆黯然失色。飲食界、養生道場，人人言必稱番茄，雞鴨豬狗（熱狗）牛羊魚，除了雞精保持硬頸精神尚未添入，其餘全跟番茄有染。對受不了番茄味的人而言，番茄時代所形成的專制獨裁統治，比攝護腺腫大更令人畏懼、厭惡。不愛吃番茄本是天賦人權的一部分，如今沒人尊重這點，反倒以「溫柔的殘暴」要你多吃番茄，説着説着又幫你倒滿一杯味似「打落牙齒和血吞」的番茄汁。

時勢至此，番茄再也不是麥當勞裏沾薯條、電視劇裏用來調製血腥效果的「小腳（音ㄎㄚ）」。不獨如此，根據美國《時代》雜誌評選二零零二年全球最重要的四十二項發明，「番茄疫苗」名列前茅。亞利桑那州立大學生物學家查里斯．昂森教授研發出將番茄汁經冷凍乾燥技術製成紅色粉末，內含大腸桿菌基因，服用後，該基因製造出的蛋白質即成為一種疫苗，幫免疫系統識別、對抗細菌，可治療腹瀉。在文明國家腹瀉乃小事一樁，然而在醫療條件較差的第三世界國家，腹瀉卻足以奪命，每年至少有二百萬人因腹瀉而死亡，尤其是兒童。番茄安撫了文明社會男性的攝護腺，又成為落後地區人民的救命仙丹，善哉聖哉！

我太感動了。小小番茄平衡了我這個活在貪婪地耗費地球資源自稱文明社會卻不知悔改以至於讓我常常覺得罪惡的平凡人的良心，她使我好過一點。尤其，當我清理過期食品而思及全世界有八億人挨餓遂慚愧萬分導致大腸激躁而服用腸胃藥時，史懷哲般的番茄倩影總會浮現腦海，她承載了我對億萬個不幸的地球人的歉意與祝福。

我想起夢中那粒小番茄悲憤的神情，頓覺臺灣欠她一份人情、一頂桂冠——憑她的貢獻，聘為國策顧問也不為過。畢竟，本土的滿臉通紅比海外的一頭白髮更能彰顯國運昌隆啊！

我決定替她討回公道。

為了深入了解，我特地到大賣場繞一圈，這才發現番茄品種之多、價格之亂令人咋舌。有礁溪來的、滿載我的童年回憶的溫泉番茄，有顏色千變萬化常客串靜物寫生模特兒的「黑柿仔」，有形似桃子具東洋趣味的「桃太郎」，有紅亮飽滿像紅寶石的「牛心」番茄，有荷蘭進口號稱減脂聖品的大黃番茄，還有農委會歷經五年研發成功、獨具琉璃透亮感的「金豔」黃色小番茄，加上那些個頭小的：連珠番茄、嬌嬌女番茄及聖女小番茄，看得我頭痛，沒想到番茄國度競爭如此激烈。至於曾經轟動一時、引領風騷的小聖女如今竟被擺到角落「俗俗賣」，狀似一群深宮怨婦。

我恍然大悟，小聖女的問題無關乎番茄國族命運而是受不了自己失勢。在轟隆作響的時代巨輪中，她從方向盤位置被推擠到排氣管，這口氣確實嚥不下。

既來之，我忍不住像小時候一樣把酸梅塞入礁溪番茄內，數到十、大咬一口，享受微酸帶甜豐富的味覺層次變化、唇齒間有沙質與水分相互沖積的幸福感。瞬間，彷彿重回陽光燦爛的童年午後，一個人坐在河邊啃食完整的大番茄，那種無憂無慮的幸福使人縮小，小到像一隻瓢蟲，於是幸福的感覺變得更澎湃。我沒料到礁溪番茄對我仍有魔力，更加深我對她的忠貞情懷，再次印證「曾經滄海難為水，除卻巫山不是雲」的強大威力。因此我得出小小結論：一個人（或事物）若不能佔領一世代之記憶區，無法在時間軸線上留歷史印記，又喪失與當代競爭者決勝負的優勢，冷宮，恐怕就是戶籍所在地吧！小聖女番茄的心結應該就在這兒，別說把冷宮視為戶籍，就是當作兩天一夜的度假勝地她也不願意呀！

「恐懼失勢」絕對是一種病，病根源自對權力之過度貪戀以至於無法戒斷——自詡是天地間獨一無二、唯一有資格肩負歷史使命的王，他人皆凡夫俗胎不配掌握權柄。從物種演化角度觀之，這種人是瑕疵品，然而因其鬥性堅強、老謀深算又擅長製造大混亂，故常常在無形間又取得機會再次登上權力高峰。

一旦趁了她（或他）的心，活着不下臺，死了也要成為坐屍更不須下臺。

我不寒而慄，決定離那粒小番茄遠一點，每晚睡前誦唸自己發明的「除夢咒」以遠離是非顛倒夢想。偏偏有一晚漏唸，忽然一粒芭樂衝進來壓我胸口險險害我心臟病發，我奮力一抓、狠狠咬一口立刻吐出大喊：「鬼哦！」那粒芭樂——憑四十年啃食經驗我絕沒認錯——居然是紅皮紅肉！

那種紅太邪門了，跟幼年偶從土芭樂堆找到的紅肉小芭樂不一樣。我嚇壞了，拊胸喘氣，芭樂——不，應該說「番茄芭樂」中的芭樂部分，得意地說：「怎樣？沒想到我也有富含茄紅素的一天吧！」小聖女番茄那部分也故意嗲聲嗲氣應和：「我們混血了，我們融合了，我有他的英俊外表他有我的豐富內在，從今起就是打遍天下無敵手的新品種嘍！」

我真的無法接受紅綠配，頻頻問：「為什麼？為什麼？」

「我們有共同的歷史使命呀！」番茄、芭樂同聲回答。

又來了，「歷史使命」被濫用到比塑膠袋、保麗龍還嚴重，若有「語言環保署」，我要建議限用的語言名單必有：「愛臺灣」、「歷史使命」、「吃臺灣米喝臺灣水為何不會講臺灣話」……。

我神魂稍定，理智轉一圈就看穿這兩個傢伙連講「歷史使命」應有的慷慨、悲壯都沒學會，真把歷史使命交給他們必成「歷史沒命」。我拐個彎探一探芭樂：「以後，再也沒人敢叫你『芭樂票』對不對？」

「說到『芭樂票』我就有氣，」芭樂重重地搥桌，惹得番茄本能地驚叫「小心，會破！」而他提醒她「放心，我很硬！」接着指天恨地開罵：「我們對臺灣沒功勞也有苦勞，我們做錯了什麼？唯一缺點也不過是籽多讓小兒便祕，可是從蒙特梭利教育觀點來看也是『機會教育』讓兒童認識攝取纖維的重要。憑什麼把我們污名化、亂戴空頭支票帽子？那些空心蘿蔔你們一個都不敢惹還讚他們『好彩頭』！這樣對嗎？我們芭樂族任勞任怨跟着臺灣受苦受難撐過來，人說『子孝不嫌母醜，愛鄉不嫌土貧』，我們從來都是隨便站在田邊、路邊、學校廁所邊靠狗屎、撒野尿小孩的滋潤就結出一堆芭樂給你們吃到飽，你們不但不念這個恩還恩將仇報；嫌我們籽多，好啦，『無籽芭樂』順應民意出來了，嫌我們肉澀不甜，『珍珠奶芭』也出來了。結果呢，妳去看看市場上芭樂一斤多少？啊！妳回答我一斤多少？」

「……？」我真的不知道，亂報：「該不會是五十元吧！」

「還『伍佰』咧！」芭樂氣得冒出一坨紅肉瘤：「一斤比不上一粒貓屎咖啡豆！」

「啥是貓屎咖啡豆？Starbucks 有賣嗎？」我問。

小番茄見我的表情「跟不上潮流」，立刻以宛如國會助理的架式秀出一則剪報，大意是：印尼麝香貓取食咖啡樹上的果實，吃掉果肉，把咖啡豆也吞下肚，豆子不被消化，繞其腸道而行遂沾染貓科靈慧之氣、集結天地萬物之味，最後裹隨貓屎而出。便有「逐臭之夫」如獲至寶地「採屎」而歸，以小鑷（想當然耳）畢恭畢敬夾出如同晶鑽一般的咖啡豆，加以烘焙而成。由於產量稀少，咖啡鑑賞家視作稀世珍寶，莫不以朝聖心情「顫抖品嚐」。最近，臺糖打着「麝香貓」名號賣咖啡，一杯五百元，但立刻遭行家質疑其純粹，臺糖緊急澄清賣的是混合豆。可見屎粒之珍貴。

難怪芭樂這麼不平衡，同樣是繞腸道而行，芭樂籽與咖啡豆的「下場」竟有天淵之別。我想起當年我弟痛苦哇叫、我母徒手診治之狀，對照報上大老闆們嘻然暢飲之情，真是不勝唏噓之餘，勃然有怒。

「最好那些貓都剉屎（腹瀉），五百元夠低收入戶小孩繳一個月午餐……」我說。

「妳不要轉移話題，我還沒講完……」芭樂插嘴。

「夠了夠了，」不愉快的談話加上污穢想像令我不耐，「你就是一肚子牢騷、滿腦被迫害妄想，講一百遍、一千遍還是同樣論調，好像天下人全辜負你似的……。」

「妳太標準就是『不願聆聽』的那款人，為什麼我講百遍千遍？因為你們連一遍都不願意聽完！」

好囉嗦的變種芭樂把我氣得滿臉漲紅——也算富含茄紅素。本想回擊，轉念一想，平日最恨那些尖嘴亂啃道理比老鼠咬布袋更缺乏邏輯、美感的人，若破口與芭樂槓上，豈不毀了修養？況且他的怨憎也有幾分道理，就從那幾分道理處對他「同情與理解」吧！我緩一緩口氣：

「我們別爭了。天地間萬物皆如此，千金難買一句肯定。昔日你當道今天換人掌權，這是自然法則，不妨就從這節骨眼自我釋懷吧！我也承認你現在確實受到不合理對待，不過，我相信很多人記得你帶給他們的童年快樂——哪種水果像你一樣可以當棒球投？多想想這些就不會那麼在意鎂光燈下的位置了！」

芭樂默然，臉上現出香甜時才有的鵝黃色澤。

偏偏番茄「哼」了一聲，給他「注射」疫苗：「聽到沒？她承認你受到不公平對待了吧！你更應該堅持原則、抗爭到底，要是憑幾句話就被軟化，她一轉身就會譏笑你是沒種芭樂，他們的陰謀我太了解了！」

芭樂再次漲紅臉，又搥了桌。

我終於體會，當雙方喪失互信基礎時，所有的對話都會變成刀槍，這時最好的方式就是「不對話」。

我決定離開夢境，說了聲：「那就祝福賢伉儷成為打遍天下無敵手的當紅巨星吧！」醒來，心情不佳。明明能雄辯卻硬要自己「鎖喉封口」確實需要強大的自制力與調適功夫。天下事多無奈不差再添一樁，很快地我也釋然了。偶爾行經市場，瞄一眼「番茄芭樂」上市了沒，如此而已。

奇的是，趕上茄紅素熱潮的「紅彩頭」紅皮白蘿蔔、「紅旺來」紅皮鳳梨都在市面招搖一陣子了，就是沒看見紅芭樂的影！

後來，聽說那晚我離開夢境後事情還有下文。一顆路過的「金艷」小黃番茄聽了我與芭樂番茄的對話，竟滾出來羞辱聖女小番茄：「妳怎能跟我們比？我們『金艷』是副總統賜名等於國家掛保證的呢！看到沒，品種名叫『臺南十二號』，臺南專門出總統知道吧！妳再怎麼改良也沒用啦，乖乖回去當妳的沙拉吧小姐！」

唉！標準的「權力的傲慢」，番茄版。

這「番」話激怒那兩個「同是天涯淪落人」，更加誓言為「歷史使命」皮連皮、肉連肉。不過，話才說完，兩人就為名字起了一點「內亂」；到底該叫「番樂」、「芭茄」還是「番芭」、「樂茄」一直談不攏。芭樂認為自己「又硬又大」應該排前，番茄自認營養豐富民調高應該居先。兩人不斷協商、密談，還一度各退一步取了「泰國小聖女」這種A片綽號，次日又同意推翻——此乃唯一一次意見相同。

唉！也是標準的「未得天下、先分天下」。

爭執不下，只好假民主方式召集小聖女家族、芭樂家族舉辦「命名公投」。而且為了公平起見，公投決定每年重新公投一次，直到大家都不在乎叫什麼名字為止。

原載二〇〇四年三月十七日《聯合報》

節錄自〈臺灣蔬果恩仇錄〉，《好一座浮島》（臺北：洪範書店，二〇〇四），頁一四八—一五八。

蔣亞妮（一九八七年生），臺灣臺中人，散文家。著有散文集《請登入遊戲》、《寫你》。

寫妳

蔣亞妮

有時候，我會因為聽到一首歌而忍不住把自己深深放進捷運上的椅子，試圖把自己埋在人潮更深的地方，想偷到一些人和人的間隙，埋進我多出的情緒。即使我知曉不能永遠待在捷運的椅子裏、即使不管忽然冒出哪一張臉指責我真是膽小自私時，都無法耽誤我下車、我人生。

我一直在找一句話，形容「之後的人生」，好知道我該怎麼寫、妳該怎麼活。我還沒找到那句話，但唯一的結論是，妳我都不能把之後的人生叫做餘生，餘生不該是這樣的。

夏天剛開始的時候，我回家了一趟，媽媽在打包行李，打包這三十年來，無論我飛到哪裏，都伸出條絲線綁住我的地方。媽媽一手把我帶大，一手指的是，只憑她一個人的手，從沒有別人對她伸出過雙手。她就是那種一生裏最大的運氣只是中個尾牙陸獎的人，而成堆的安慰獎她也只是任憑它們在家中四散。我們開始忙着搬家，忙着整理她不知道哪年抽獎得到的果汁杯、烤箱和保溫瓶，她忙着帶我走，就像我忙着帶她走一樣，急着帶對方走出這個家的三十年。

故事的開始，我不在場，但總之後來媽媽沒有了丈夫，但中間也曾有過情人，在我不知道的時間裏，他們決定一起走接下來的路，又在我不知道的時間裏，他們決定把一路，變成一段。這三十年，是三十箱的行李都收不完的夜晚和話語，有許多次、真的是許多次，我開口想問這三十年，或這六十年，她過得好嗎？但我不在家裏，不在她愛過的青春裏。

開始打包的下午，她切開裂紋極多的哈蜜瓜，剖開去子，這卻是一顆絲毫不甜的哈蜜瓜，她手都沒洗的繼續搬出陳年囤積的雜物，發現了這樣一個盒子。盒子裏全是A4紙，印着密密麻麻的字，比哈蜜瓜的紋路還要深和密集。她不說我也知道，人類只和最親密的人說那麼多的話、打那麼多的字，但是她偏偏要說，她不像我、不像你們，只敢縮進捷運的位置裏，她簡簡單單的告訴我，笑着但不是強顏歡笑，告訴我：「妳知道這些是什麼嗎？是我和他寫過的所有email。」一整個下午的她，專注的一行一行、一張一張，看完便細細的撕掉，細細的壓進回收箱裏。我還是忍不住問她，為什麼要把email印出來？它已經是email了，打開電腦登入郵箱，只要不按下刪除，就能不錯頁、不泛黃的躺在那裏。有時候我覺得跟她相比，我所謂的堅強，都不足夠強。她説那一箱、真真實實的一大箱情書都是想要以後老了，留着和他一起看的。「情書」、「老了」、「以後」、「和他」，她把我這一生從未開口過情話般的字眼一句句湊齊，而我在她的不停撕紙的指間和整張微微下垂的月亮臉頰裏，沒有讀到任何一點不堪。那個下午，我吃了半顆哈蜜瓜，陪她撕完所有的紙，再跑下樓一次丟進回收車。不只這些，這下午我憋了一肚子的水，捨不得去上廁所，因為我想知道人能承載的回憶片段，總共是幾十萬字、幾千次對方的名字？

不論是幾十萬、幾百萬個字，上千句對方的名字都好，所有的不堪都只會跟某一個名字有關。那一個名字變成了你的坎，變成了你渡不了的劫，但我怕她的一生裏，卻有太多的劫。

長達一個月的打包，我每週回去幾天幫她，後來，變成了我們長達一個月的爭吵，雖然在我成長、她變老的過程裏，我們最不欠缺的就是爭吵。她是一個好人，但大概不是一個好媽媽，從父親背棄她的那年，我就感覺到她的丕變，她不再留長髮，那一頭波浪翻成雲海一樣的美麗長髮，在帳單、欠款跟我考上的私立學校學費單裏，變得乾黃、分岔，她的保養品從雅詩蘭黛、倩碧變成了開架再變成了購物臺裏跟大品牌總會只差一字半音不同的奇怪品牌。所以我不明白我該怎麼怪她，該怎麼怪她對我的一切責問、刁難，無法出口只能逃離，但這麼多年來我還是慶幸着，她始終還是一個好人。

書房是整個家裏最亂的地方，有一臺中毒的電腦、無數箱不知道哪一年堆放進去的紀念品、資料箱，我懼怕這書房和那些資料箱，害怕她又從裏面搬出哪一人的情書、哪一段的照片。書架上是一套的字典，和她從沒翻過的《年庚堯新傳》，幾本《京華煙雲》，那整架的書藏在我不敢跨越的箱和箱之後，所以也變成了我全無興趣的書目。我也曾想就這樣相安無事的把它們丟在那一輩子吧，但沒有什麼事能篤定一輩子，我們為了走下去，必須回頭把一段段從前收拾乾淨，情書就只一箱，還好沒再遇到其他。好像還有一箱書法用具，宣紙已一碰就脆裂成絮、墨汁已乾，習到一半的字帖，我認得出是父親的字，這箱可以直接丟掉，她對我說。在她帶走了幾十箱的保溫杯、回收紙袋、泛黃的A4列印紙，甚至還有好幾盒已無處用的三．五磁片後，卻能對我說把狼毫、胎毛筆、端硯通通丟棄，這就是她所擁有的勇氣。我被她的勇敢震驚的七零八落，打開社區的垃圾筒，書法箱落進去，發出咚咚咚的巨響，我聽出這也是她的劫，是她第一個劫。

我似乎還沒訴說我懼怕書房的原因，大約三四年前，我總習慣在夜裏看影集、聽歌、泡一杯濃茶，駝着背抱着筆電坐在沙發上。有一晚，我在空氣中，聽見啪達達的輕微聲響，就像某一年我和愛人在北方城市裏每次牽手前的小小電流撞擊聲，大概比那還小聲些。被回憶觸動的我回頭，卻看見一隻碩圓的蟑螂騰起，在書房前不穩的滑翔、飛行，我從小就怕蟑螂，曾經夜歸在門口看見一隻蟑螂倒臥，而一直打手機吵醒媽媽，只為了要她把那屍體拿開。那一晚，只有我一人在家，對牠幾乎噴光了半瓶殺蟲劑、噴到我自己也微微暈眩時，我看見牠轉頭逃進書房成堆的文件箱中，鑽進箱和箱之間，我也撐不住睡意的睡去。她隔天回家，被家裏濃濃的殺蟲劑味嚇到，將門窗大開，她一直認為我那天昏睡到下午是因為已小小的中毒了。從此後，我幾乎不再進書房，更何況那一整座書房，就像是母親的人生儲物間，與我無關。

這一年的夏天，又比前幾年的夏天更炎熱、更不耐一些，記憶中，也有過一段這樣的夏天。大約是高中時的某一段暑假，她沒交代太多、太細，只留下信封袋裏十幾張的千元大鈔，和簡單的囑咐，飛去了她壓根沒想過的美國西岸，找情書叔叔。媽媽的勇敢，總是超出我的想像界限，她連他的英文名字都說不標準，所有的英文字母都似天書，但她有勇氣，用我的話就是不要臉的勇氣，只憑勇氣她就能飄洋過海。一個月後，她帶着後來只放在D槽的十幾GB相片回來，漁人碼頭、比佛利山、星光大道、舊金山大橋、Las Vegas，豪氣花完所有千元大鈔的我那時隱約閃過了她也無憾了的念頭，想來是一個不吉利的念頭，因為無憾也是一種完結。後來，情書叔叔回了臺灣，卻不是為了母親，而是為着另一個說着流利英語、也信着上帝的年輕阿姨。但我猜，至少這一段沒有互相虧欠、沒有遺憾，母親她那麼勇敢，在和男人的故事中，我沒有看過她流任何一滴眼淚。

她所有的眼淚，都給了我。

如果命中有劫、劫有注定，那麼她最大最難渡的劫絕對是我。我是一個自私無比的女人，小時候，也是個自私的小孩。很多人的母親吃苦，總瞞着兒女，不想讓他們擔心、想讓他們的成長無憂。我的媽媽有勇卻無謀，每一件事她都瞞不過我，即使是夜裏睡着的我，耳朵也總是不會漏聽一字一句，但這卻沒有換來不忍。我的成長歲月裏，總是一邊堅強的為自己打算、一邊怪着她什麼都瞞不過我。我不曾走錯了道路，因我自私為己，又怎麼會願意賠上自己的人生？在我十幾歲的那近十年時間，我經常穿上校服出門，往等待校車的那路上走，在早餐店吃完早餐後，算好她出門的時間，回家倒頭大睡到中午，再在假單上隨便簽個她的名，坐上公車上學。用這裏多報一些、那裏多說一點的錢，買一切我想要卻不需要的美麗東西，即使我一直知道，她比別人的母親都更辛苦。那麼多年的酣睡、無所事事，睡過了我整段別人忙着戀愛、補習、社團的學生時期。母親也曾經因為這樣的我，這樣寧可倒在家中癡睡、自慰、不吃不喝，厭惡陽光、羣體生活，卻也不幹其他壞事的我，哭着求我罵我打我，但我依然這樣的長大了。

「等我想要長大時，我就會長大了。」我這樣告訴哭着的她，而她總是聽不懂。

開始戀愛後的我，果然自己長大了，不再需要那麼多的睡眠，願意為了愛人曬太陽，為了愛人的一句話轉學、考研、拿獎金。她只差沒有去謝神拜佛，但只有我自己知道，也不是真的為了任何人，我所做的不為別人爽快，只是不給自己留退路而已。我不愧是母親的女兒，在不留退路這件事上，無畏無懼。後來的我，也曾因為沒有退路，吃藥、就醫、後悔莫及。那一年，媽媽會在我吃完藥後只有心悸卻仍不能成眠的晚上，輕撫癱在沙發上我腳躁的傷疤，棉花糖白的一道細長疤痕，提醒我們，許多年前的我就應該知道，要有所保留，不要做濃度那麼高的人、不要喝濃度那麼高的酒。

傷疤被摸時會很癢，透着薄薄的皮，很輕易的把搔癢傳到更底層的皮膚之下，我會忍不住的像被微弱電流電擊般的抽搐着腳皮。媽媽問：還記得那年嗎？

她不過是罵了我自私，罵我像父親一樣的自私後，我就在她面前肅着臉赤腳踢破一整面陽臺玻璃，玻璃像水晶一樣四裂，有一道最尖的角劃開了我的腳踝，我坐在地上，她看到我純白的肉、骨白的底，然後才是血、很多的血，流滿了趾甲和腳底，流過瓷磚的線條，我只是指着她告訴她我不自私。她背着我走下五樓，送往急診，那一年，我十四歲，她已經四十七了。

搬家前一天，我拖着一些東西下樓丟棄，在二樓樓梯間塑膠袋破了一大口，我蹲在地上撿着東西，看見鐵杆下有好幾滴淡咖啡色的痕跡，想起母親說背着我下樓時，我沿路滴的血滴，有好些無論怎麼都擦不去。一樓階梯上，還有着我不知道哪時因為爛醉，嘔吐過後拭不乾淨的陰影，它們都留在洗石子灰的階梯上。丟掉最後幾大包垃圾，我全身汗濕的上樓，忘了帶鑰匙的我忽然像是用盡了所有力氣的坐在門口。我害怕開門後，看見那麼勇敢的母親，告訴我人生的不堪都會過去。我怕這樣的勇敢，會讓人把人生和她一樣過成餘生，我想要離開這裏，躲進一個被城市人潮覆蓋的車廂。

妳真的很勇敢，隔天搬家也很順利，我知道妳一個人指揮着搬家公司來來回回，把好的、不好的都運離舊家。終於，在今年夏天最悶熱的一個午後，妳一個人搬進了新家，勇敢地、和妳的前半生一樣。

原刊於二〇一七年十月《印刻文學生活誌》第一七〇期
收入《寫你》（新北市：印刻文學，二〇一七），頁八四—九三。